新人間叢書208

三世人

施叔青◎著

時報出版

目錄

中卷

下卷

記憶的救贖

——台灣心靈史的鉅著誕生了

南方朔（著名文化、文學評論寫作者）

施叔青的「台灣三部曲」終於在完結篇的《三世人》裡達到它的高潮。它已無所迴避地碰觸到了那個最難碰觸的「台灣認同」問題。就如同書的下卷裡所說的：

——「從日本投降到二二八事變發生，短短的十八個月，施朝宗好像做了三世人。從日本的志願兵『天皇の赤子』，回到台灣本島人，然後國民政府接收，又成爲中國人。到底哪一個才是他眞正的自己？」

「哪一種身分才是眞正的自己？」這實在是個對台灣的大哉問。因爲任何社會的成員，「歸屬感」乃是成員間心理感受的終極家鄉，這就是「身分」與「認同」，也因如此，近代國家在從事「國族建造」時，都會以共同的血緣及文化等「起源」（origins）的要素爲根本來建構神話俾整編社會，當代法國女性思想家古莉絲蒂娃（Julia Kristeva）即將這種認同建構稱爲「起源崇拜」（cult of origins）。

不過，以古代某些共同性作爲「認同建構」的基礎，近代已受到愈來愈多質疑；例如，過去所謂的許多「事實」，不過是被人擷取過而被編織出來的「虛假意識」；有些則是將某些面向誇大附會而成的意識形態。如果用當代史學大師霍布士邦（Eric Hobsbawm）的話來說，它們都是「被發明的傳統」（invention of traditions）。正因爲認同問題有太多像唱片跳針般的走音，這遂使得人們在談到認同問題時，常對大歷史變化所帶來的強勢認同支配充滿了無力感的憤怒、徬徨、淆亂，以及認命的無奈。

而台灣的認同問題在近代史上之所以特別受到注意，就是在台灣四百年史裡，統治者多變，前現代時期的荷領、明鄭、清領，由於社會對認同問題欠缺足夠的認知，因而姑且不論。但自一八九五年至一九四五年日治，一九四五年至一九八七年國民黨戒嚴統治，而自一九八七年至今台灣歸於民主，短短不及百年裡，台灣的認同即由「清朝中國人」、「日本人」、「中國人」而出現三次巨大變化，其間又有二二八事變造成的失望，以及目前正在發展而又充滿不確定的兩岸關係，連帶的都造成認同上的迷亂惶恐與不安。「台灣人是什麼人？」這種不安可能還會持續很久，很久！

這時候，就想到史丹福大學人類科學助理教授梅莉莎．布朗（Melissa J. Brown）的近著《台灣是否中國人：文化、權力及移民的變化中認同的衝擊》（*Is Taiwan Chinese?*）。該書特別指出，認同的形成不在於文化和祖先、歷史等，而在於一個社會的人們的「社會經驗」，而「社會經驗」也就是法國早期思想家莫里斯．哈布瓦赫（Maurice Halbwachs）所謂的「集體記憶」。當代思想家赫米．巴巴（Homi Bhabha）曾指出過，認同的建構乃是一種「將摺疊事物解開的敘述」（narratives of unfolding），這句話有多重意義，它的意義之一，就是把那被制約、被遮蔽的記憶重新找回。

十八世紀烏克蘭猶太哈士德派（Hasidism）智者美名大師托夫（Baal shem Tov，1700-1760）

曾說過：「遺忘只會把人帶往放逐，記憶才是救贖的祕密。」我最早讀到美名大師這句話時，很對話裡的機鋒覺得震驚，因爲，記憶不但是救贖的奧祕，也是認同的奧祕。而施叔青的《三世人》，其實也就是美名大師這句名言的見證。因爲，施叔青在這部作品裡所做的，就是試圖去解開困惑人們許久的認同混亂及無力感的迷失，如果人們不只是想著像浮萍一樣隨著旗子的變換而忙碌著去搖擺，那麼就勢不可免的一定要去問「我是誰」這個難題，而「我是誰」這個問題要有答案之前，可能就是要試著先去思考「我不是誰」。無論「我是誰」或「我不是誰」，它的起點都是台灣心靈史的重新展開，把台灣心靈最艱難時刻的認同混亂、迷惑、無力，那段記憶重新找回！

因此，在作品的定位上，《三世人》可以說是近代台灣文學裡第一部有關心靈史的創作，由於它涉及心靈的歷史，因而作者遂需要花費大量的研究，去理解時代及社會的演變，以及相對應的官方意識形態、民間習俗及價值認同的改變，以此爲架構，始能理解到在那些時代中，人們心靈的變化，以及失去自我所造成的徬徨與受苦。個人一向認爲，傑出的小說家經常也必然是個傑出的時代見證者，甚或是傑出的思想家。在《三世人》這部台灣人的心靈史詩裡，施叔青證明了這一點。

《三世人》的角色複雜，但無論他（她）們是什麼角色，他（她）們都是活在時代變化中，在認同問題中深受折磨的眾生裡的一員：

——有出自洛津（鹿港），以清朝遺民自居、不用日本年號，不學日文，仍活在想像的中國幻影中的施寄生。他的兒子施漢仁則在專賣局當個小公務員；而他的孫子施朝宗則已是日治第三代，心靈已日本化，取了日本名字太郎，樂於成爲天皇の赤子志願兵。而二二八事變之後，他開始逃亡。這整個家族分屬三代，在三種認同間變化不定。這是《三世人》作品裡「雄性敘述」的主軸，所謂的「雄性敘述」指的乃是隨著大歷史的轉移而造成的心靈變化，從乙未割台到二二八事變，政權三度更換，人的心靈也是由「清代認同」、「日本認同」、「中國認同」、「反中認同」四度更換。小說裡那個小丑說：「陳儀是大蟲，大陸人是蝗蟲，日本人是臭蟲，台灣人是可憐蟲！」就單單這句話裡，就已道盡大歷史的滄桑與無奈。

——除了施家三代的「雄性敘述」外，與之相對應的則是養女王掌珠的「雌性敘述」這部分了。所謂「雌性敘述」指的是大歷史下，與每個人有關的語言、服裝、生活行爲這些小歷史或個人歷史的變化。語言、服裝爲日常生活的符號層次的事物，乃是認同的另類註腳。她由穿著大裀衫的鄉下小女子，而後日本和服與洋裝，再來是台灣光復後的旗袍，二二八之後又穿回大裀衫；而在語言上她也一路追著由台語、九州腔日語、東京腔日語、北京話等而變化，這個上進的小女子在時代變化下被一步步啓蒙，她有過不可能的夢想：「掌珠構想的小說，主要想描寫一個處在新與舊的過渡時代，卻勇於追求命運自主，突破傳統約束，情感獨立，潔身自愛，堅貞剛毅的台灣女性。」這段文字或許也是施叔青的心懷之所寄。《三世人》透過王掌珠的成長歷程的敘述，其實已在替認同的救贖，勾畫出了路線圖（roadmap）。

《三世人》的施家三代以及養女王掌珠，乃是那個變化震盪的時代中的兩種反映，一種是隨著大歷史的變化而困惑，因而有了「我是誰」這樣的痛苦；另一種，則是在痛苦的成長經驗裡一路走來而不向命運妥協。而穿插其間的芸芸眾生，如小藝旦月眉，如後來成爲無政府主義信徒的富裕茶商之家出身的阮成義，如膽小怕事的宜蘭醫生黃贊雲，……他或她們都是時代變換下的某種漂鳥，當然最大的漂鳥，就是那個出身洛津，帶著日軍進入台北城，後來榮華富貴的「大國民」了。他或她們都成了唏噓的對象！

《三世人》的每一卷卷首，都有一段樟腦紀事，樟腦是個大隱喻，樟腦的利益開始了列強的爭逐，而台灣的命運也就與樟樹如影隨形般同起同落，樟樹其實也就是台灣命運的另外一種「無關係聯想」啊！

台灣從乙未割台到二二八事變短短不過半個世紀裡，在人間不過三代的時程，活得久的，或許還可親眼目睹它的歷程。在這個過程裡，台灣被推向現代，日本殖民主也開始強勢介入台灣認同的塑造，這是台灣心靈隨著大歷史變化，擺動幅度也最大的時刻。而認同的混亂無力，尤其是二二八事變，更造成台灣認同出現被背叛的空白化，它是心靈創傷的源頭，「我是誰」這種困惑的種子因而在痛苦中被種下，它終究會有發芽的時候，就像是所有新的植物會從廢墟裡長出一樣。將來台灣會長出什麼？是更多隨風搖擺的漂鳥？是更多鬱抑的心靈？或更多憤怒？人們沒有答案，施叔青當然也不能給我們答案。作爲一個傑出的小說作者，她只能把以前因爲被摺疊，因而遭到隱藏的事物，細手細腳的一點點揭開，讓時間的風聲把那些壓抑掉的痛苦痕跡再現。在沒有回答「我是誰」之前，《三世人》至少已試著要爲「我不是誰」去替時代解惑。剩下的路，則將由更多後來的人接棒下去！

「台灣三部曲」以《三世人》這個沉重的題目作爲尾聲。它由《行過洛津》、《風前塵埃》走到現在，故事說完了，而未來卻仍敞開在那裡等待著去畫下更美好、也更少折磨的結語。而無論如何，施叔青終究獻給台灣最珍貴的禮物！

三世台灣的人、物、情

王德威（中研院院士、哈佛大學教授）

《三世人》是施叔青「台灣三部曲」的完結篇。上個世紀末，施叔青在完成了「香港三部曲」（一九九七）後，隨即將目光轉向台灣。台灣是施叔青曾經生長於斯的地方，歷史的曲折處較之香港只有過之而無不及。而施旅居海外各地多年，驀然回望故鄉，自然有了更殷切寄托，下筆也形成更大的挑戰。從醞釀到完成，「台灣三部曲」耗費施叔青十年以上的時間，成爲她新世紀以來的主要功課。

三部曲的第一部《行過洛津》（二〇〇三）從嘉慶年間（一七九六—一八二〇）講起，主要圍繞戲子許情三次從唐山過台灣的啼笑因緣，背景則是洛津（鹿港）——也是施叔青的故鄉——盛極而衰的一頁滄桑。第二部《風前塵埃》（二〇〇八）的場景移到日本殖民時期的花蓮，敘述「灣生」日本女子橫山月姬的愛情和政治遭遇，以及多年後她的女兒重遊故地的救贖之旅。《三世人》顧名思義，描寫殖民時期三代台灣人的經歷；小說依循台北和洛津形成的動線，從一八九五年乙未割台開始，寫到一九四七年二二八事件結束。

我們還記得「香港三部曲」以妓女黃得雲和她的家族爲主幹，三部小說環環相扣，如此與之平行的香港的歷史也有了起承轉合的脈絡。但施寫「台灣三部曲」眼光有所不同。三部小說的情節人物互不相屬，《行過洛津》的焦點是十九世紀上半葉的台灣，《風前塵埃》則跳接百年以後，而《三世人》的時代似乎與《風前塵埃》呼應，但又把時間拉長到日本殖民台灣半世紀的始末。

施叔青顯然有意避免重複已經操作過的敘述模式，希望呈現不同的風格。但她更可能認爲台灣的歷史經驗繁雜，作爲「局內人」，她必須更誠實的以多重視角、時間、事件來呈現心目中的實相。的確，即使在結構上「三部曲」的發展也呈現輻射的傾向。《行過洛津》裡的許情，《風前塵埃》裡的橫山月姬都是歷史裡無足輕重的人物，但施叔青以小觀大，透過他們的冒險，得以照映一個時代的紛紛擾擾。到了《三世人》，她索性放棄了焦點角色的安排，而讓各路人馬輪番登場，形成掃描式的觀照。小說也沒有明確的結局，暗示故事結束時，歷史並不因此打住。更令人矚目的是，以往施叔青的修辭風格以華麗豐贍爲能事，但《三世人》越寫越淡，甚至令人覺得清冷。這裡所暗示的敘事姿態和歷史觀點的變化，值得讀者玩味。

《三世人》的情節至少有三條平行主線。洛津（鹿港）文士施寄生乙未割台後矢志不事二姓，而以遺民自居。但施的兒孫輩卻未必作如是觀，他們成長在殖民環境，審時度勢，有了不同的身分自覺。另外，自幼被賣身爲養女的少女王掌珠不甘命運支配，力爭上游，她與時代狂潮相浮沉，忽而民主，忽而摩登，成爲不折不扣的弄潮兒。與此同時，宜蘭醫生黃贊雲、大稻埕敗家子阮成義、律師蕭居正因爲參與文化和政治活動有了交集。這些人物背景不同，抱負互異，但因緣際會，他們都進出台北，在這座新興都會裡有了錯身而過的可能。而他們所延伸出的人際脈絡，爲施叔青的殖民史填充了各色人物。

施叔青無意營造太多巧合，促進這些人物之間的關聯，這和三部曲的前兩部，尤其是《風前塵埃》，很有不同。她所著眼的毋寧是另一層「有機關係」，就是在日本殖民主子的統治下，三代的台灣人如何不斷因應、塑造自己的命運。從遺民到皇民，從天皇萬歲到共產革命，施的人物也許互不相干，對未來的抉擇也各行其是。但他們畢竟同舟一命，都是台灣人。

施叔青以冷筆寫這些人物，看出他們在殖民情境下求生的不易，也看出他們思維行徑的表裡不一。像施寄生這樣的舊派文人自命正統，將興亡之感寄托在詩詞和美色上，卻難掩猥瑣酸腐的習氣。而像王掌珠這樣的新女性出身寒微而又努力奮鬥，幾乎要成爲樣板人物，但她的虛榮和矯飾卻暴露了底氣不足。施寄生的發憤賦詩或是王掌珠的勤學日語，寫來是要讓讀者發出嘲弄的微笑的。另外新派人士如黃贊雲、阮成義、蕭居正等雖然廁身政治，但動機不同，結果也多半虎頭蛇尾。大歷史裡的要角像林獻堂、蔣渭水、謝雪紅等也爲小說所涉及，但他們只是影子人物。他們被傳奇化了的身影只能反襯出小說人物的各樣缺陷。

識者可以指出施這樣的看待歷史，已經有了自然主義色彩；她刻意與她的人物和題材保持距離，以便檢視一個社會的病理學。施也可能因爲對她所要描寫的時代有切身之痛，反而要以冷筆來穿透視而不見的盲點。但收放之間，施叔青最大的考驗是如何面對小說的高潮——也是整個三部曲的高潮——二二八事件。這段歷史早已經被正典化，成爲現代台灣創傷記憶的圖騰。施一反血淚交織的標準公式，以素樸的手法寫日本人走了，國民黨來了，暴動了，流血了，二二八了。

這當然是取法乎上。小說在施寄生的孫子涉入暴動，託身戲班逃亡之際嘎然而止，刻意留下空白——也呼應了三部曲第一部《行過洛津》裡人生如戲入夢的開場。但對照三部曲的格局，施在此處可以有繼續經營的空間。二二八是台灣現代史的大劫，如何將這一事件從政治「劫難」的紀錄，提升到對台灣兩百年命運「劫毀」的思考，如何讓自然主義式的描寫生出大恐懼、大悲憫，應該是她心嚮往之的路數。如是轉折之間，施藉冷處理所要呈現的力道似乎還沒有完全釋出。

《三世人》不只是講台灣三代「人」的故事，也講三代「物」的故事。讀者不難發現穿插在各章節間豐富的事物印記。對物質世界的觀察和描寫一向是施叔青的強項，由物所散發出的各種象徵系統、感官誘惑和權力關係也早在她書寫香港時期就得以發揮。《三世人》裡殖民時期的台北市由日本人精心打造，儼然是種種新興事物的集散地。大至博物館、百貨公司、電影院、西餐廳，小至照相機、化妝品、男女時裝，台北五光十色，成爲殖民地消費現代性最重的展示場。這些物質性的吸引力以一九三五年日本政府慶祝治台四十周年舉辦的博覽會到達巔峰。

施叔青進一步觀察殖民時期台灣人和物微妙的互動關係。施寄生之流抱殘守缺，以古典詩文、「故國衣冠」——包括遲遲不肯剪去的辮子——來表達自己的遺民姿態。與此恰恰相反，王掌珠熱烈追求時髦事物，從語言、時尚、到意識形態無一不包。施花了大力氣描寫王的服裝四次——大衵衫、旗袍、和服、洋裝、再回到大衵衫——改變，雖然前有來者（張愛玲的〈更衣記〉），畢竟點明服裝就算是小道，往往能左右一個人乃至一個社會的「感覺結構」。

不僅此也，施更要強調人、物之間的關係永遠隱含流動的變數。在此，語言之爲「物」成爲格外耐人尋味的例子。施寄生引以爲傲的中國古典文字可以被日本殖民者以「漢文」之名挪用成爲懷柔士紳的工具；殖民行政長官後藤新平炮製的「揚文會」就是個好例子。王掌珠來回在日語和中文之間，以各種名堂爲自己找尋發聲的立場，但她每每顧此失彼，無非是依樣畫葫蘆。小說安排她一度希望成爲默片人物的解說員，反諷自在其中。

當然，小說更刻意著墨殖民政權如何細膩操作台灣人的身體，從改變衣食住行的習慣，到重新打造語言、知識體系，再到塑造皇民主體。這項「造人」工程是殖民者物化台灣的最高潮。

但台灣人果然如此任人擺布，或另有因應之道？小說第三部有一章寫植物的「嫁接」，以物喻人，呼之欲出。然而嫁接產生的結果可能是雜種，也可能奇葩，其實很難以簡單的後殖民論或霸權論所解釋。光復後，施寄生那個一心要成爲皇民的兒子忙不迭從天花板後面請回祖宗的牌位，王掌珠快快換上她的大褂衫。上有政策，下有對策，另一輪的人與物的「嫁接」關係正要開始。

如此我們看到穿插小說中有關台灣樟木的擬人化敘事。台灣樟木原名臭樟，賤木也，但在殖民時期一躍而爲最重要的經濟作物之一。臭樟提煉的樟腦是製造無煙火藥的主要塑化原料，也是中西醫療皮膚病到神經衰弱不可或缺的藥材，又是合成塑膠製品和電影膠片主要成分。等到臭樟所萃取出來的腦油成爲香精的基本原料，臭樟搖身一變，成爲芳樟。然而大量砍伐的厄運隨之而來。這則台灣樟木的「自述」也許失之過露，但施叔青顯然有意以此托出台灣人與物所展現的「能動性」及其反挫的底線。

「台灣三部曲」的首部《行過洛津》以多情的戲子跨海來台尋情開始；第二部《風前塵埃》以日本移民在台灣的情殤作爲主軸。儘管都是黯然收場，卻是此恨綿綿，餘意盎然。這其實也是施叔青以往寫香港故事就擅長的風格。但到了《三世人》，她「言情」的策略有了改變。小說表面充斥各種情緒：亡國的悲情，追逐殖民現代性的熱情，獻身民主獨立的激情。然而施叔青寫來卻讓我們見證了一個人與人，人與家國，甚至與自己，缺乏眞情與實意的故事。

施寄生的遺老姿態可疑，因爲跨海過去，大清皇朝眞沒把台灣的得失當回事，施的悲哀就顯得一廂情願。王掌珠的生命有十足煽情的元素，但她對自己、對環境缺乏自知之明，以致顯得自作多情。至於新派民主人士的奮鬥，不論是自治運動還是暗殺計畫，到頭來都是雷聲大雨點小。甚至小說裡的幾段愛情故事也顯得蒼白無力。所有的怨懟和躁動此起彼落，到了二二八一觸即發，爲台灣人帶來最大的挫傷。

是什麼樣的歷史經驗讓三代的台灣人這麼「傷感情」？什麼樣的歷史觀點讓作者在熙熙攘攘的「民族」、「國家」、「帝國」、「現代性」的修辭之下，直見殖民主體自欺欺人的「惡信念」（bad faith）？這，是《三世人》最讓人無言以對的問題。

我以爲這樣的問題從文本以內延伸到文本以外，以致影響了施叔青的敘述風格。她拋棄了任何讓小說「蕩氣迴腸」的可能，語氣變得空疏起來。她對台灣人和物關係的鋪陳，從「感物」到「戀物」（fetishism），從「物色」到「物化」（reification），有了每下愈況的結論。《三世人》所要寫的台灣半世紀殖民史是熱鬧的，但敘事的基調是清冷的。我也願意揣測施的冷與淡同樣來自近年習佛後所不自覺流露的心態，彷彿明白了人生的虛妄，歷史的徒然，她不再汲汲爲她的人和物找安頓的理由，寧願留下各自好了的嘆息。

然而另外一種讀法有沒有可能？道是無情卻有情，施叔青越是對浮生百態冷眼旁觀，也才越寫出殖民時期台灣人的認同的困惑，身分和情感不由自主的無奈。《行過洛津》是以主角「許情」——許諾的「情」——開始的，而《三世人》以台灣人的「不情」做結束。果如此，三部曲對台灣史的感喟以此最爲深切。

創作四十多年了，施叔青曾經寫過太多奇情故事。她終於在面對家鄉的一頁痛史時，變得無比謙卑肅靜。以此她有意爲自己的創作生涯畫下句點。但是否以此她也會找到另外一種創作緣法的開始？

對這樣一位專志的作者，我們當然應該給予最高的敬意和企盼。

三世人

上卷

日治時期，樟腦、糖、茶葉被稱為「台灣三寶」。

台灣是全地球樟樹分布最廣，種類也最多的地區之一。樟木生長於台灣中北部海拔一千二百公尺以下的山地和丘陵，與相思樹、苦楝混生，屬於長綠的喬木，褐色的樹皮縱裂，橢圓型的小小葉片呈互生，五月間開著黃綠小花，味道清香芬芳，結果成熟後，藉著鳥禽傳播，落在肥沃的土地上發芽。

樟樹生長在廣大空曠的林間，迎風逍遙自在，或當路樹供人觀賞。在樹下乘涼盤桓，多愁善感的詩人，喜愛樟樹的美麗多姿，寫詩吟詠，像日本原歌見的《古今六帖》，以樟樹的多枝來比喻對愛人重重的相思憶念。

然而，生長在北緯十八至三十二度之間的樟樹，可就逍遙不起來了。因為它們身上含有腦腺，可供熬取樟腦，尤其是葉片綠中帶黃的那種樟木，更是有經驗的製腦者的最愛，一眼便可斷定含有豐富的腦量，於是從樹的根部含腦較多的部位依次往上砍，連樹幹、樹枝都不放過，整棵樹砍伐殆盡倒下後，腦丁還把埋在地下的樹根挖掘出來加以利用。

樟木因含有腦腺，因之難逃被凌遲成片片，最後身首異處的命運，在仆倒地下的剎那，應該會羨慕《莊子》裡的那棵沒有用的樗樹吧！

惠施對莊子說，樗樹的主幹木瘤盤結，小枝也凹凸扭曲，儘管長在路邊，可是不獲木匠的青睞，因為它完全不合乎繩墨規矩。

樗樹因無用反而保全了性命，沒遭砍伐。

老天爺把含有腦量的樟木賜給台灣，是福是禍，難以言說。

早在漢人渡海移民到台灣來之前，泰雅、阿美、布農等先住民對樟腦的提煉早有認識，各族的語言中，都有對樟腦的稱謂。

《諸羅縣志》記載：「樟，大者數抱，四時不凋，枝葉扶疏，垂蔭數畝。其色赤，其材細，作器雕鏤必用之，熬其汁為樟腦，可入藥也。」

鄭芝龍居台時，就有用樟樹焗腦的產業，與日本人的貿易紀錄中，列有樟腦品項。清朝時，道台獨占台灣樟腦權，祕密生產運銷大陸。鴉片戰爭後，西方列強促成淡水、安平開港通商，主要目標之一就是為取得台灣的樟腦。

為了控制樟腦權，英國還不惜發動戰爭。

淡水、安平開埠後，洋商為謀求更多的利益，降低樟腦進貨的成本，直接向生產者收購，不讓道台介入。不願失去主要財源的清朝官吏於是設立專賣權，拒絕售予外商，官方政令愈嚴，外商愈目中無人繼續置採走私。英國怡和洋行在梧棲設置棧房，遭清政府官吏查獲截留，英國領事館請求英政府出兵攻台，發動了樟腦戰爭。

結果清帝國屈服，不戰而降，賠款撤道台、撤廢樟腦官辦制度了事，英、美、德外商均受其益。

日本領台後，樟腦列入專賣，行銷全球，台灣成為世界的樟腦王國。二十世紀初，日本預估日俄戰爭開戰後，歐洲腦價將會暴漲，因此積極生產。

第五任總督佐久間左馬太實施「五年理蕃計畫」，用武力平綏先住民，將山林收歸官有，也是在樟腦價格在國際市場不斷上揚，供不應求的影響下展開。

1 避難

1.

「二二八事變」後，國民政府以綏靖的名義進行肅清奸暴的清鄉，警總參謀長以列寧「對敵人寬大就是對同志殘酷」的一句話，寧可枉殺九十九個，只要殺死一個真的肇事者就可以，從北到南，開始全島大逮捕。

施朝宗一個事變中穿上日本軍服、揮舞武士刀、唱日本軍歌示威的戰友，越過淡水河逃到八里，被當地的地痞發現藏匿的地點，向當局告密領取獎金，施朝宗決定離開台北南下避難，他計畫回到老家洛津，搭漁船偷渡到對岸的泉州。日本投降後，聽說有好幾個作惡多端的日本警察害怕被台灣人報復，化裝成捕魚人，坐船從洛津港口出逃。

雖然臨行匆忙，施朝宗本來不想帶身分證，怕自暴身分，又擔心台灣人沒有它寸步難行，趁著雲陰月暗，躲過三線道路站哨荷槍的衛兵，不敢搭乘縱貫線火車，東躲西藏準備徒步往南走，他也不敢住旅館過夜，警察憲兵駐守旅社檢查客人，一個晚上幾次臨檢，住客提心弔膽，不敢闔眼睡覺。

走了大半個晚上，正尋覓露宿的所在，施朝宗在五股漆黑如墨的田間，發現兩盞綠幽幽的電土燈，土地公廟前在演歌仔戲，酬神演戲必須演到天光。施朝宗匍匐到戲棚下，看到貼演《平妖記》，夜已深沉，已然沒有觀眾的戲台上，唱哭調的苦旦掩著臉，不知是否不敢像事變前演戲，放聲嚎啕大哭，她只是嗚咽著啼泣，流著酸淚。

獲得歌仔戲班班主義氣收留，施朝宗以戲班做掩護南下，一直到烏日才離開。

半夜回到洛津老家，不敢開燈，像盲人一樣摸索著，憑著觸覺反覆檢查門鎖是否鎖好，窗戶是否緊閉，最後爬進祖父生前所睡的八腳紅眠床，放下帳幔深垂，躲在最裡面，施朝宗和衣躺下，臂腰仍然挽著包袱，只要屋外一有動靜，他以為憲兵跟蹤來抓他了，可立即越窗逃走。

恐懼令他瘧疾一樣的全身打顫，頸後的頭髮豎立，渾身淌著冷汗，兩條腿鉛一樣的沉重。施朝宗感覺到有一條蛇在肚子爬行，聽到自己的胃痙攣翻攪的聲音、飛蛾在蚊帳外飛舞的呢喃聲、蒼蠅撲拍翅膀的嗡嗡聲、藏在角落暗處老鼠的吱吱叫聲、屋外的風聲、樹枝搖動的聲音、水溝的流水聲，周遭充滿了各種聲音。

從二月二十七日的傍晚，這個海島就開始充滿了各種聲音，最先是台北太平町的天馬茶房前，取締私煙的官員用槍托狠狠毆打人的聲音，混合著被打的哭泣的哀求聲，路見不平的群眾蜂擁現場雜沓的腳步聲，官員為嚇阻聚集的群眾手槍朝空中發射，子彈飛出槍管咻一聲，被槍擊的路人哀叫倒地的聲音，軍用吉普車被翻倒點火焚燒的嗶剝聲，群眾一路吶喊，向警察局、憲兵隊陳情訴求，得不到反應，回到出事的現場，默默佇立街頭，聽到彼此心裡的怒吼聲。

二月的最後一天，公賣局外敲鑼打鼓、舞獅助陣的示威聲，棍棒、磚塊、石頭砸向公賣局的公務車，砰砰作響，被推倒的車輛撞倒電話亭的轟隆聲，長官公署陽台上機關槍向請願的群眾掃射開火，六個被槍擊中，幾十個受重傷的震天哀嚎，以及群眾四散的腳步聲。

「台灣同胞們……」民政長官電台廣播戒嚴令，事變兩天後，台灣人接收新公園的「台北放送局」透過十多萬台收音機發出怒吼，響應的聲音從北到南。

「喂，你是哪裡人？阿山還是番薯？」

用台灣話、日語問。回答不了的，被拳頭、球棒痛打的聲音，中山裝的口袋、旗袍的下襬撕裂的聲音，把搶過來的皮包丟到火焰裡焚燒的聲音。

三月八日，民政長官在電台播送：

「國軍已經來保護全省人民！」

施朝宗記得南下避難前，一個準備逃亡的同伴，歷歷如繪地跟他說：

中央軍二十一師分別抵達基隆、高雄，軍艦還沒靠岸，手持步槍、輕機槍的國民黨士兵朝民眾和房屋濫射，港邊苦力、工人、商船職員、火車乘客、市民以為是鞭炮聲，直至看到中彈的血流成河，才驚叫逃命。來不及逃走的，被抓到活活塞進帆布袋裡，工人被鏈索綁成一排排，從碼頭推入海中，人體墜入海裡，施朝宗恍惚聽到混亂驚惶的那些聲音。

二十七軍開進台北城，坦克車、軍用卡車轟隆輾過道路，士兵架著機關槍巡邏，子彈不設固定的目標，沿街胡亂掃射，流彈擊中路樹，射穿住戶門窗，玻璃嘩啦破碎，路上躲避不及中彈市民哭天搶地。

害怕流彈射中門窗牆壁，施朝宗和他的父母不敢睡在床上，抱著棉被擠在樓梯間本來堆雜物的壁櫥間，外面用桌椅沙發當物障圍住，雙手掩住耳朵，還是聽到外邊不斷的槍擊聲……

一直到現在，施朝宗連續做著同樣的惡夢：

他迷失在一片相思樹林中，就在他焦慮走不出這林子，逃離不了時，發現前面走著一個人，頭顱被凌空而來的利刀砍下，正好飛過他的肩膀，沒有頭的身體在他面前走了好幾步才仆倒下去……黑色的血噴灑了他一頭臉，施朝宗想伸手拭去血跡，手卻不聽使喚，舉不起來……

他唯一的生路是坐船逃離，偷渡到大陸。

洛津與對岸的泉州遙遙相對，距離最近，坐船只需一個日夜便可抵達。占地理位置的優勢，洛津靠著海港貿易起家，清乾隆末年開港，極盛時期港口帆檣林立，風帆接天無濟，他的祖父寄生以身爲洛津子弟爲榮，從小便對他引述文獻記載，形容「大街長三里許，舟車輻輳，百貨充盈」的盛況，追憶洛津過去的榮光。可惜好景不常，到了清朝末年，海港泥沙淤塞，大船無法直接駛入停泊，港口機能衰退，洛津自此沒落。

「轉眼繁華等水泡。」

施寄生搖頭唏噓。

2.

朝宗晝伏夜出，晚上到洛津北頭一帶養蚵人家探問漁船出海的行期，白天躲在祖父過去開的書塾，想從他生前留下來的書信往來找出廈門劉梅安的地址。朝宗在大陸舉目無親，劉家似乎是唯一可投靠的對象。

他記得父親漢仁說過，祖父與新竹望族劉梅安有深交，曾經不只一次到劉家的梅園作客吟詩。乙未日人領台未久，劉梅安舉家內渡，在廈門落戶，還是經常與寄生魚雁往來，朝宗但願憑著祖輩的交情，劉家後代不至於給他吃閉門羹。

祖父的漢學書塾被日本當局關閉後，空置了好久，後來改成文具行，賣些紙筆墨硯，朝宗的父親拆去街面那排古老的木板，裝上玻璃櫥窗吸引路人的注意，文具行經營沒幾年還是收了攤。

走進廢置的書塾，朝宗聞到一股沖鼻的霉味，越過凌亂的紙筆雜物，朝南靠牆一座塵封的赭紅高架木櫃吸引了他的視線，直覺地感到沉重的鐵鎖後一定收藏著祖父生前的文稿墨跡。敲開那把生鏽的重鎖，打開木櫃，呈現朝宗眼前的是紅紙標籤，分門別類的詩稿：贈別、慶賀、祝壽、頌恩羅列齊整，一大落蠅頭小楷的文稿也是依序堆疊，朝宗抽出其中一卷，彈去灰塵，捧著祖父的遺墨，想到兩年多前，台灣慶祝光復，台北北門飄揚青天白日滿地紅的國旗，城牆兩邊垂掛對聯：

喜離苦雨淒風景
快睹青天白日旗

當時朝宗很遺憾祖父早了幾年離開人世，沒能親眼看到台灣回到祖國懷抱，如果他還在世，朝宗一定要他大筆一揮，用他最得意的石鼓文字體寫下「還我河山」四個墨氣淋漓的大字，當作上首橫掛城牆上。

很想念祖父。朝宗先拿過牛皮紙包紮的一大落舊照片，抽出一幀回憶祖父的音容，那是一幀獨照，中年時的模樣，照片已經泛黃，他看到祖父辮子盤在頭上，梳了個道士髻，身上一襲深色的長袍，腳下一雙包仔鞋，一副清朝人打扮，看起來是特地到照相館拍的，好像是寄生以此照向世人昭示不呼應日本當局斷髮易裝的政策。

祖父臉上的堅決神情，令朝宗會心地笑了起來。

成疊泛黃的舊照片，水漬斑斑，一幀「櫟社」成立紀念照，霧峰林痴仙等二十餘名漢詩人，在乙未割台後不久，以台灣人學非所用的棄才自喻成立的詩社。

朝宗捧著照片，一一巡視正襟危坐的詩人，遍尋不獲祖父的身影，悵然之餘，想起父親漢仁說過，當年梁啓超到萊園作客，林獻堂曾經邀請寄生作陪，他沒去赴約，梁啓超肯定日本治台績效，並不站在台灣人的立場，而且他來是爲向台灣資本家尋求經濟援助，寄生認爲梁啓超左右逢源，而婉謝林獻堂的邀請。

放下舊照片，朝宗在舊信函中翻尋祖父詩友劉梅安廈門的地址，果眞給他翻出一封寫給劉梅安，卻未寄出去的信函，朝宗打開摺疊齊整的信箋，小楷字跡沉著有力，寫得極爲工整，似乎每一個字都是經過深思熟慮才下筆。

朝宗憑小時候被祖父強迫背唐詩三百首的古文根基，約略拼湊出信函的內容：

寄生遊說劉梅安聯袂內渡大陸的台灣富豪大戶籌足巨款，把台灣從日本人手中贖回來。日本領台初期，曾因抗日之舉層出不窮，苦於無良策對付，日本人表示願意將台灣讓售給法國，寄生和一些愛台人士抓住這大好時機，遊說林維源等富豪募捐銀兩，請英國居間斡旋，由清廷出面贖回台灣，結果因李鴻章反對只得作罷。

寄生是在知道大勢已去，台灣的命運無可挽回，才沒把這封信寄出去？

信箋之外，放在一起的文稿還附錄了寄生抄錄的《孟子》，說是聖人有幾類：

聖人有幾類，聖之任者也，聖之和者也，聖之清者也。

寄生自稱景仰清中之聖。

書信之末，施寄生歌頌讚嘆明末清初兩位書家的風骨：黃道周精通詩藝、天文曆數，在福建銅山孤島的石室讀書，號「石齋」，清兵拘捕他時，正在研讀《尚書》、《周易》，就義前，仍如平日般作畫寫作。

倪元璐盡賣家產募兵，死士數百人，李自城陷北京，那日他整衣冠，自縊謝國。寄生讚譽他書如其人，形容倪氏書法焦墨雜渴筆，筆力沉著兼帶滯澀紙，沉凝嗚咽抑塞鬱結，有如獅子搏象全力以赴……

艱澀的文言文，看得施朝宗不知所云。

記下劉梅安廈門的地址，當天晚上朝宗做了個惡夢，夢到中國國民黨的偵察人員，把一大疊《風月報》雜誌朝他一丟，指控他是漢奸之後，他的祖父施寄生，日治時代小有文名的漢詩人，專寫些風月狎邪的漢詩，與略諳文言文的日本鬼子相互酬唱吹捧，借謝某某主編的詩刊出版，大力歌頌同化。太平洋戰爭期間寫皇民詩，鼓吹大東亞共榮主義，白紙黑字盡是「吾人幸得為大日本帝國臣民」。

偵察人員控訴施寄生為虎作倀，說他警告日本人防禦白人奸計合力攘夷，侮辱美國盟友，散布打倒碧眼奴的毒素思想。偵察人員抽出一本《風月報》，翻到漢詩欄，念了一句：「殘山剩水……」指控施寄生居心不良，早在詩文中惡意預言國民政府有朝一日會退駐這小島上。

從夢魘中驚醒，施朝宗嚇出一身冷汗，趕緊翻身下床，點上蠟燭，回到書塾，他必須儘快銷毀祖父生前留下的反動文稿，連隻字片語都不得留下。

光復後，國民政府有鑒於台灣淪陷長達五十一年之久，在日本帝國主義者的高壓統治下，散播無數文化思想毒素，使台灣同胞受其麻醉薰陶，對祖國觀念模糊，逐漸離心。在國府主事者的眼中，台灣的日本化就等同是皇民化、奴化毒化，肅清掃除日本敵人遺留下來的文化、思想、風俗習慣，被視為刻不容緩的首要工作。

先從書籍、電影等宣傳品下手，查禁敵人占領時期印行發行的書刊雜誌與電影，凡是內容讚揚皇軍者，鼓動人民參加大東亞戰爭者，炫耀日本武力者，詆毀總理、總裁曲解三民主義者，都應銷毀。

朝宗就著燭光，翻閱檢查祖父所留下的遺稿，他決定一發現有詆毀中國政府和國民黨的字語，立即就著燭火毀屍滅跡，祖父地下有知，一定能諒解他害怕罪上加罪的苦衷，不至於怪罪於他的。

含有異議的文章可經焚化，在人間銷聲匿跡，白紙黑字紀錄有憑有據的戶口名簿，鎖在戶政事務所的安全櫃當作證據，朝宗消滅不了它，那烙印將在他以及他後代的身上世世代代，無從抹滅。

皇民化時期，他們施家響應總督府的政策，改了姓氏，以日本姓取代。

在夢中，朝宗把白天看到的祖父恭筆抄錄的《孟子》向偵察人員展示，著急地爲祖父申辯，那幾頁文稿卻被對方粗暴地掃落到地上，偵察人員揮舞著一本戶口名簿，指控他們施家忘祖忘宗，寧願拋棄姓氏，改日本鬼子的姓，無恥至極，光復後還有臉跑到戶政事務所，要求恢復原來的姓氏，辯說更改姓名是受到日本皇民化運動的壓迫。

更改姓氏，朝宗不知是出於祖父或父親的主意。他只記得晚年多病的祖父，以台北盆地氣候不適宜他的慢性病，回到老家洛津長住直到病逝。

剛開始，朝宗的父親漢仁對更改姓名並不熱中，儘管總督宣稱打開姓名變更之途，是爲了使台灣人在形式上與實質上與日本人毫無差別，成爲日本帝國的子民，可達到「形心一體」的境地，變更姓名的條件是要「具有努力涵養天皇國民之資質的深度意念」。

一直到了日本戰敗前一年，當局才放寬條件，《台灣日日新報》登載林獻堂的姪子、阿罩霧庄庄長林夔龍也改用日本姓氏，漢仁爲了兒子的高等教育，也擔心自己公賣局的職位如因不肯響應政策而遭降職，開始有點心動，以台灣人是根源於中國的東洋民族之一支來說服自己，漢仁希望所改的姓與原來的有關聯，認眞推敲合適的日本姓氏。殖民者避免台灣人在新改的姓氏上流露與漢民族文化認同，禁止台灣人以中國地望爲新姓，漢仁有點羨慕姓陳的改爲「穎川」，本來就是既有的日本姓，又是陳姓的地望，骨子裡似乎仍然不失民族大義。

決定變更姓氏之前，漢仁回了洛津老家一趟，再回台北時。皺眉苦著臉的父親，使朝宗不敢因家中獲得糖、其他物質的配合而歡喜形之於色。戰爭末期，糧食不足已到極限，正在吃長飯的朝宗，稀的番薯粥吃不飽，母親只好用高麗菜、南瓜給他充飢。這兩樣蔬菜像豬飼料一樣又黃又乾，以前從滿洲運來的大豆缺貨，做不了豆腐，魚和肉比登天還難，連豬皮也要給軍人做皮鞋，禁止食用。

朝宗揣著糖到學校，在同學面前趾高氣昂，他還特別向老師檢舉一個不肯改林姓的同學，說他的「林」是中國姓氏，而不是大和民族的林，老師應該建議他改爲「小林」或「長林」。

想到這裡，施朝宗冷汗涔涔。

2 穿巷不堪餘夕照

1.

接到文化協會主辦的「漢文教科書編輯研議會議」的開會通知，施寄生舒出一口憋了多時的怨氣。漢文復興在即。他找出鐵鏽斑斑長時間未曾使用的鑰匙，打開關閉久矣的書塾，公學校一設立，家長對書塾的授課方式、內容有了意見，光讓學子們朗誦《三字經》、四書五經，背到滾瓜爛熟卻不明其義，家長質疑漢學教法無法學以致用，紛紛把學子送到公學校接受現代化的日本教育。

當施寄生聽說公學校排除儒學經典，教師不教古體漢文，生怕漢文會阻礙學生的日語學習，他差一點氣死。書塾凋零，學子愈來愈少，最後不得不關閉。

停止設帳授徒後，這裡成為他的傷心之地，從此不再涉足一步。

施寄生推門走進塵封的書塾，從前授課的桌子，朱筆墨硯旁，那把戒尺依然擺在原來的位置，書塾關閉之前最後一堂課上的《千家詩》，書皮蒙上一層厚灰，半途輟學的學子們的作文、用過的紙筆散亂地堆疊課桌上。

寄生打開捲起來的至聖先師孔子畫像，彈去塵灰，掛在原來的位置，昔日書塾的氛圍似乎又回來了。

朝南而立的黑木格架，層層堆疊一落落散本書，多時以來束諸高閣。寄生一走近，沖鼻一股霉味，他拿起一套《詩經》，那是準備給程度比較高的學子，繼《四書》之後的讀本。彈去書皮的塵灰，梅雨初晴的一道陽光從窗櫺斜斜射入，寄生瞇著眼睛望著飛舞的細塵，一時興起，起了曬書的念頭。

他把閒置多時的線裝書全都搬到院子，也不管連續下了一個多月的黃梅霪雨才稍歇，地面濕氣未消，鋪了一地的經史文集、百家之論，連從前書塾課學的《幼學瓊林》、《孝經》也拿來曬。當他看到《海天玉尺》、《珊枝集》兩個集子，那是有心的大清官吏夏之芳、張湄爲學子科舉應試特地編的參考書，寄生重重嘆了一口氣，把它們放回角落。前清的科舉制度早已廢除，這兩個集子再也派不上用場了。

一疊寄生自編自印的《修身教科用書》，拿在手上頗有分量。日本當局頒布「書房義塾規則」，取消漢文書塾的活動，創辦公學校灌輸日本國的歷史文化，寄生不忍眼看漢文生機遭受滅絕，就此斬斷台灣與中原的文化臍帶，編了這本書當課本。

本著「興賢育才，以教學爲先，學所以明人倫，上明人倫，下親小民，堯舜之治，不外乎此」的理念，化明爲暗，以這本修身之書寄生私下授徒，派出所的警察聽到風聲，上門突擊檢舉，三番兩次上門盤問，寄生不堪其擾，只好取下孔子聖像，關掉書塾。

2.

搭乘火車到台北參加文化協會的漢文復興會議，施寄生抱著一大疊自編自印的《修身教科用書》，來到大稻埕的江山樓。外觀堂皇氣派的餐廳，二樓的會議會場紅漆木頭圓桌和凳子，顯得相當寒傖簡陋，牆上只掛著幾幅畫筆潦草的山水畫當作裝飾，與會人士的穿戴卻頗有可觀，絕大多數穿著西裝，胸前打著各色領帶，也有打蝴蝶結的，商賈模樣的紳商褲腰露出一大截閃閃發光的金錶鍊，也有的胸前垂著金袋錶的鍊子，年紀較大的長者手腕還套了翠玉鐲，手指戴著方型的金戒指、玉戒指。

幾乎所有的來賓都對一早就坐在那裡，身著長衫、辮子盤在頭上梳成道士髻的施寄生投以好奇的眼光。

會議開始，台上的主席首先發言：日本領台以來，首先廢止漢文書塾，延請一些失業但受尊敬的漢學仔仙到公學校教漢文，一星期才上四、五個小時，一等到展開所謂的「國語普及運動」，漢文課即聊備一格，變成隨意科，每星期上課縮短爲兩個小時，中學程度以上的學校，漢文依日本式的讀法教授，幾年前「台灣教育令」公布後，代表統治當局立場的《台灣教育》雜誌廢止創刊以來便有的漢文欄，公學校有些教師未經家長同意，擅自將漢文科廢除。

文化協會設置漢文委員會，主席說：目的是要總督收回成命，恢復公學校的漢文教育。

台下與會者紛紛發言，批評總督府的語言同化政策，徒然妨礙學生智力的發達，對思想統一毫無幫助。以日語為中心的教育，造成台灣子弟只擅長機械性的記憶，欠缺理解和推理的能力。

「漢文與日語的語法結構不同，日本人想推廣日語來取代台灣人日常生活的用語，」坐在第一排打蝴蝶結的西裝紳士把手一揮，斬釘截鐵地說：「這是不可能的！」

「總督強迫全面日語教育，目的是要堵住我們的嘴巴，讓台灣人最後連表達自己思想意志的機會都沒有！」

眾人鼓掌。施寄生點頭同意。乙未變天至今他不學日語，不用日本天皇年號，他以文言文作漢詩，只認同漢民族傳統，寄生堅持要做他自己。

這次坐火車到台北，沿途窗外景致的變換，觸動他寫詩的情懷，腦子裡醞釀著一首七言絕句，回過神來，聽到會議話鋒一轉，一個年輕的聲音正在對文言文發難：

「文言文也跟我們日常說的話有隔閡，學起來也不容易，溝通更有困難！」

「文言文已經不能充分對應近代化社會，必須改革！」

「可不是嗎，文言文在表達或吸收近代思想時是有局限的。」

附和聲此起彼落。

胸前斜掛一條金錶鍊的紳士，氣勢洶洶地用手中拐杖咚咚有聲地敲打地板，大聲疾呼：

「文言文是世界上最麻煩的文字，使中國社會停滯不進的元凶！」

這個論調似曾相識，寄生讀過一篇題為「漢文改革論」的文章，沒想到作者就在現場。

會議進行到這裡，施寄生終於領悟，文化協會的漢文復興，只不過是計畫推行一些普及簡易的漢文，為公學校編輯淺易的漢文教科書，另一方面提倡漢文平民教育，在全台灣設點開設夜學會，教育失學民眾，而會中所謂的漢文，指的是白話文。

文化協會要求日本殖民者把中國白話文當作公學校必修的科目。這與寄生心目中的復興文言文，興廢繼絕，維護漢學命脈於不墜的想望相距何其遙遠！

「白話文粗野累贅，哪比得上文言文優雅，用白話文等於是把整個中國文化和文學廢除！」

寄生正想起身發言，一個怯弱的聲音在他身後揚起：

「語言學家說得好，台灣話的音源和白話文的北京話不是一個系統，現在我們聽到的只是台灣式的白話，夾雜台灣話、日語，文法也不盡然正確……」

話未說完，被蠻橫地打斷了。

「不用白話，難道又要回到之乎者也，還用落伍的文言文？張我軍先生不是已經把這座敗草叢生的破舊殿堂拆除了嗎？你還想把它重建呀？」

在場的似乎對兩年前那場文言文與白話文論爭意猶未盡，開始把箭頭轉向舊體詩，表示那些講究押韻平仄、五言七言的舊詩是封建的玩意，文學屬於民眾，應該是通俗可讀的。

「文學沒有雅俗，卻有死活可道，」戴鴨舌帽的與會者引用哥德的名言：「詩來作我，並不是我來作詩。」

故弄玄虛的舊體詩，喜歡用典故，只講究形式，不重視內容，有形無骨，戴鴨舌帽的說：

「只不過是沒有生命，文字的排疊。」

寫文言文舊體詩的詩人好比守墓犬，舊詩像冬天的枯木，荒野中的墟墓，沙漠中的石頭堆，沒有生氣光彩。

日本人禁書塾廢漢文，爲了保存瀕臨滅絕的傳統文化，延續一線斯文，他施寄生嘔心瀝血的作品會是無病呻吟，無中生有，沒有生命，只是文字的排疊？

隱忍了半天的寄生，再也坐不下去了，他舉手想爲舊體詩——漢民族傳統的象徵——說幾句公道話，卻被前面體型高大的人搶了先。

「文言文和辮子、纏足、鴉片煙都是同路貨。」

這人指控多如鴉片煙窟的詩社，是受到日本殖民政府的庇護，抱守殘缺，荼毒青年，帶領年輕人沉淪於擊缽吟會，不圖進取。

「這些老古董犯了道德上的罪惡！」

寄生頹然放下手，感到腰背痠痛難忍，痼疾復發了。

鄰座戴眼鏡的青年這時轉過頭問他：

「老阿伯，你讀過《水滸傳》、《紅樓夢》這兩本白話文小說嗎？張我軍先生說：所謂新文學早就有啦，現在我們只不過接著提倡而已！」

「白話文小說，能登大雅之堂嗎？」寄生嗤之以鼻：「這些作者有膽子說他們的小說是中國文學的正統嗎？」

3.

會議中場休息，寄生在人群中發現一位和自己一樣，穿著黑色竹布長衫的老者，頭戴碗仔帽，腳穿包仔鞋，搖著蒲扇的手上還戴了只翠玉戒指，老者神色從容，一看就是個宿學遺儒。

寄生以爲來了個志同道合的詩友，主動上前招呼，滿懷怨氣的他，也不先打聽老者是何方人士，開口便向他發洩積壓了老半天的牢騷，感嘆與會人士漢文根底淺薄：

「呸，無知無識的肖年人，什麼詩詞歌賦如果不通俗不可供社會使用，你倒看看，報紙上那些白話文，哪篇不是咬文嚼字，摘字尋章，遣詞用字鄙俚不堪，結果詞不達意，通篇不忍卒讀，難怪被說成台灣式的白話文，文法不通，這些人還得到唐山去學學，居然膽敢胡言亂語，批評詩社多如牛毛……」

老者搖著蒲扇，正色糾正寄生：

「不是多如牛毛，而是舊詩社多過鴉片煙窟。」

看他兩隻被鴉片煙薰黃的大板牙，寄生還是一廂情願地與他推心置腹：

「不管他們怎麼說，你我都清楚不過，開擊缽吟、課題擊缽是一種競勝機關，從前除夕賭謎猜枚，讀過書會作詩的誰人不知誰人不會。剛才還有人信口雌黃，什麼日本人來了才有詩社，顚倒事實，太可笑了！乙未之前島內早有詩社，文人結社相互吟唱，以唐景崧的牡丹詩社最爲有名……」

老者頻頻點頭，寄生以爲他同意自己的見解，沒想到老者一開口，就取笑日本人來了，人人都寫詩，個個成爲詩魔。

「每個『詩人』不擇善惡，見題便作詩，新婚賀喜、弔喪死人、新居落成、迎媽祖、賀保正就任，都可入詩，最近聽說連理髮店、打鐵匠都在徵詩紀念……」

老者不屑地撇了撇嘴，又說：

「沉淪於古者，有似蠹魚，開口詩曰、子曰……依我看，這些寫漢詩的都別有居心，你提到的那些詩社，吃酒作詩，登了出來，是爲結識有勢力的人牟求名利，應酬邀寵，最好讓總督賜茶，獲得贈賞，剛才不也有人說了，寫舊詩的詩人受到日本總督的庇護，才這樣抱殘守缺。」

老者舉起蒲扇，幾乎觸到寄生臉上：

「看來你還沒聽說，最近發生了一樁奇事！」

他告訴寄生，懂漢文的上山滿之進總督在《民報》作詩，歡迎兩位老詩人，國分青崖、勝島仙坡來台一遊。

「結果詩魔們也詩興大發，爭先恐後地去和韻，總督作詩，與他們有什麼相干？何必沽譽釣名去巴結，也難怪大家嘖嘖稱奇，在報紙上寫文章批評，卻遭到詩魔們反駁，說是稱讚總督的詩『堂皇典雅』，爲他的詩步韻唱和是爲『賡揚風雅』，有何不可？」

老者向牆角重重吐了一口黃痰，表示對歌頌權貴的舊詩人的不屑。

4.

會議結束後，從公賣局下班的兒子來接他，發現與會的人全走光了，只留下寄生獨自一個人，倚著江山樓門前的柱子若有所思。

一路上，寄生閉口不語。兒子看他臉色不豫，以爲自己來遲了，讓父親久等，令他不悅。他知道父親在老家至今還過著日落月昇、雞鳴星斜，按照自然的節氣時辰計時過日子，對日本人來了以後，靠鐘錶切割細緻的時間沒有概念，無法理解兒子必須按時作息，在公賣局必須坐班等到鈴響，才能趕來接他。

寄生另有所思。他實在想不透爲維繫漢文命脈，詩人擊缽吟唱，本來是一種精神抵抗，爲什麼在這搖蒲扇的老者口中，反而變成爲了出名，讓日本總督賜茶，爲獲得贈禮而作詩。

可以告慰於心的，他施寄生絕非是老者諷刺的那般詩人，搖頭擺尾，與附庸風雅的日本官員酬唱漢詩的那種詩人。

歷屆總督在官邸舉行茶話會，他從來都是缺席的。

第一屆文人總督田健治郎邀請全台漢詩人到官邸，在面向庭園的陽台排列桌椅放置筆墨，令詩人欣賞庭園花草以起詩興，即時吟詩之餘，一邊品嘗外頭吃不到的精緻茶點。應邀的詩人回來形容官邸庭園美不勝收，寄生聽了不爲所動。

兩年前內田嘉吉總督借用江山樓舉行漢詩人聯吟大會，隔天又把與會的詩人請到官邸茶敘賦詩，那時寄生剛好到台北來探看剛出生的孫子，兩次盛會都接到邀請，他拒絕赴會。等到四月二十五日那天，江山樓主辦自己的漢詩人大會，寄生長袍馬褂前去開擊缽吟，有位姓廖的詩人以江山樓爲題，即席吟了一首詩，道盡台灣文人的心聲，令與會者動容：

城郭知非昨　江山剩此樓
紛紛詩酒客　誰識個中愁

日本領台以來，統治者爲了籠絡拉攏詩人儒士耆宿，不時舉辦官紳宴遊吟詩的雅集，變天後第二年，總督府就擬定「台灣紳章規條」，授佩勳章給具有功名德望高的台人佩戴，第一批獲頒的七十二人，寄生名列其間，勳章送到他家時，他閉門不受。

書塾被關閉後，公學校的日本校長延請寄生當漢文教師，聘書也被他原封不動地退回。台灣淪爲異族之地後，不少前清學子不甘寒窗苦讀畢竟成空，喪失追求功名的機會，紛紛渡海參加秋季的鄉試，寄生卻無此志，他絕意仕進，從此杜門不出，取了「寄生」名號，自署遺民，藉詩抒懷其志。史亡而後詩作，所寫的五言七言歌行，無一首不是豪宕悲壯，憤恨塡膺。

割台第二年，詩社在他家雅集，寄生感嘆在座的唯獨少了那位年紀最輕的詩人。台灣在不知不覺之間被大清帝國遺棄，這個出了三個翰林、四十二個進士、文武舉人無數的海島，一夕之間成爲清廷的棄地棄民，日軍進逼彰化城，寄生聯合洛津顯達上書唐景崧，請求派兵駐守，不知其時台灣民主國的國徽黃虎已經捲縮著長尾巴，倒地斃命，唐景崧早已化裝出逃，搭德國人的船回到廈門。

北白川宮親王率領近衛軍團進駐彰化，寄生以一介書生請纓抗日，糾眾帶鐵鍬、竹槍、木棍殺敵，參與八卦山之役，即將臨盆的妻子抱住他的腿，寄生決絕而去。

義勇軍與日軍激戰好幾個日夜，寫下抗日最慘烈的一章。

八卦山之役後，洛津豎白旗，日軍進駐文開書院，地方上三十多名士紳恭迎北白川宮親王，贈送他一座青玉架台作爲蒞臨紀念。寄生和那年輕詩人當然不在其列，他不願呱呱落地的兒子做倭寇的後裔，遲遲不肯爲初生兒報戶口，一拖再拖，實在拖不下去了，最後把兒子生日報爲比日軍入駐台灣早了兩天。

「如果按照戶籍上的生日，」他兒子漢仁偷偷告訴人家：「我是清朝人！」

年輕詩人與寄生聯袂參加八卦山抗日之役，幸得生還。回來後，詩人詩風大變，一掃往日堆香積玉艷麗精工的詞句，轉而以激楚蒼涼的筆調來抒寫悲愴悒鬱的情懷，爲感念八卦山之役陣亡的冤魂申訴無由，寫了字字血淚的詩：

郊原夜夜冤鬼哭　我早淒涼未忍聽
新鬼煩冤舊鬼哭　天濕雨冷聲啾啾

沒想到兩年不到，他便含憤而死，令寄生悲痛不已。然而在座的詩人對這位年輕詩人的早逝似乎完全無動於衷。

寄生冷眼旁觀，乙未割台，這些詩人無不個個滿腹義憤，以詩表達有志不得伸，時不我與的傷慟，寫出不少諷刺批評新政府的詩篇。事過境遷，在座的有幾個已經順應時勢，應變逢迎，參加日本人主導的詠饗，有兩個剛到彰化孔廟出席兒玉源太郎總督仿效清代鄉飲酒禮之制的饗老典。

「民政長官後藤新平是個醫生，也懂漢詩，不僅懂，還能作律詩呢！他在席上當場寫了首詩，也得到附和。」

參加饗老典的詩人吟誦那首讚誦民政長官的詩：

逍遙酒國與詩天　主掌江山花月權

一　自斐亭人去後　官場風雅有誰然

寄生吟味詩句，了然於心，這首唱和的詩，寫的人是在表示自唐景崧去後，民政長官後藤是官紳酬唱文化繼之而起，唯一可跟他媲美的。

詩社之中有幾位被日本當局延攬進入殖民體制，參與地方事務，當起區長、街長、地方委員、協議會會員等徒具頭銜的閒職，這般御用紳商文人紛紛爲自己的行爲辯解，說是表面上不得不與日本當局虛與委蛇，骨子裡卻有堅定的抗日意識，所寫的詩依然不乏對中原祖國的懷抱與渴切期待。

那兩個與日本官紳酬酢唱和的詩人也振振有詞，要寄生相信他們暗中是在宣揚民族意識，傳播傳統文化，並不能單純由酬唱詩的內容來斷定爲其心志的表達，何況私底下他們的詩作還是不忘抒發滄桑之痛。

當中有一個附合當道的詩人對寄生斜眼乜視滿臉不屑，還是不忘記爲自己辯護：

「文章易嫁禍，詠史容易洩露感情，我最近寫了幾首詠物的詩，以物喻志，遣詞用句也不得不隱晦，比興的筆意也自覺委婉曲折了許多……」

其他詩人紛紛頷首附和。

文化協會上的那個搖蒲扇的老者指的就是這般漢詩人吧！他施寄生可從來不肯與他們同流合污。明知文章易嫁禍，以詩文觸犯日人忌諱必受懲罰，他仍然毫無懼色，抨擊當局苛征暴斂，這些詩一經披露，管區的警察以「不忠於日本當局」罪名用紅字登記在他的戶籍簿上。寄生成爲問題人物。

3 她從哪裡來？
——掌珠情事之一

1.

王掌珠說她要用自己的故事，寫一部自傳體的小說，用文言文、日文、白話文等不同的文字，描寫一生當中換穿四種服裝：大裀衫、日本和服、洋裝、旗袍，以及「二二八事變」後再回來穿大裀衫的心路歷程。

第一部「她從哪裡來？」寫的是她的早年出身，本來想取「淚痕」、「吳娘惜」一類的筆名，覺得太過悲情，後來決定用「掌珠」這名字，「掌上明珠」之意，既然無人疼，自己疼惜自己好了。姓王，也是捏造的，百家姓中最神氣的姓氏。她不知道自己姓什麼，決定她的命運的賣身契約文書也沒有提及。

立賣女為養女斷根字：有親生女子一口，因家務窘迫，日食難度，夫妻相議，先問房親伯叔兄弟姪人等，皆無力承受，即願將此女出賣，苟如他日長大，若不合家教，或配、或賣，任從其便，此一賣千休，割藤永斷。

她的生父打了手印，當場典收賣女兒的大清龍銀貳拾陸大圓，高高興興地走了。

王掌珠最早的記憶，就是在土灶前煮豬菜，人太矮，必須站在竹凳上才搆得到鼎邊。實在受不了養母的苦毒，趁黑天逃走，不知生家在哪裡，以爲沿著糖廠五分車的鐵軌直直走下去，走到盡頭就會到達自己的家。一路上肚子餓了，偷採榨糖的白甘蔗吃，走了整整一天，累了臥在鐵軌上睡覺，被警察發現把她交還給養家。

她逃不了。

才八、九歲，扁擔一邊一隻木桶，挑一家人的用水，到古井汲水，朗朗讀書聲從齋堂傳出來，和她年紀相彷彿的童稚的聲音，尾音拖得長長的，很好聽。掌珠倚著挑水的扁擔，聽得入神。

大年除夕，她看到一位穿長衫、鬍鬚飄飄的長者，在齋堂門口貼春聯，跑過去幫忙遞漿糊，老者貼好上聯，晃著頭不無得意地自吟：

堂堂日沒西山陲

詭密地向掌珠睞睞眼。

「看得懂那意思嗎？」

掌珠搖搖頭。老者問她想不想讀書識字？掌珠點點頭。

養父母不敢得罪朱秀才，講好條件每個月收取工資，讓掌珠到齋堂當查某嫺，掌珠閒時跟著學子朗誦《三字經》，千字文。

多年後，掌珠才知道朱秀才的門聯以夕陽西下影射日本殖民者的命運。朱家祖輩有功名，秀才寫得一手好漢詩，日本領台後加入櫟社成爲中堅成員，梁啓超到霧峰萊園作客時，秀才是少數陪客之一。因爲林獻堂的關係，朱秀才的書塾遲至最後才遭取締。他一向被日本警察視爲不穩分子，後來牽涉到西來庵事件，齋堂的門牌被做記號漆成紅色，當作危險分子列管。

2.

朱秀才鍾愛的一個外孫，從小體弱多病，他的母親爲了治療多病的么兒，跟隨秀才父親讀書，勤讀後人集輯的《神農本草經》、明代李時珍的《本草綱目》，到後來自己能開藥單投藥。有年天公生日，她跪在地上向天公許願，么兒若能成長到十六歲，她將殺豬宰羊叩謝。

秀才的外孫如願考上台中一中，這是台灣人自己捐款設立的第一所中學。坊間有一種說法，日本統治者不肯爲台灣人的子弟設中學或大學，自有他的盤算，有錢的本島人只好送兒子到日本去深造，娶日本女人爲妻，日後勢必成爲天皇的忠良臣民。

爲了栽培本地菁英，中部士紳共募創校基金，本來爲本地子弟設立私立中學，沒想到被總督攔腰劫去，變成公立，日本人以爲栽培本島菁英，可使殖民體制深化才應允創校。

外孫離家到台中上學，生活起居需要照應，朱秀才看中掌珠做事穩妥，放心由她隨去侍讀，養家要求工資加倍才答應放人。

穿著新做的大裥衫，掌珠到了台中，住初音町一丁目，朱家親戚家。這一區有十六棟房子，台灣及日本住戶各半，是統治者宣揚「內台融合」的典範，本島住戶都是銀行、金融界要員、市議員，以及和朱家親戚一樣的大地主，日本人則是台中州廳的官員、三井株式會社，以及其他商行的高級職員。

掌珠一到，就看到一個很奇特的街景：台灣人挑著豆腐擔子來社區叫賣，日本老闆撐著陽傘走在後面收錢。她是個天生好奇的女孩，在廚房掃地做家事，一邊向外探頭張望，觀察左鄰右舍的動靜，很想知道把身體摔在榻榻米上，摔得砰砰響，混合柔道吆喝的是來自哪一家？半夜喝醉酒拍手唱日本歌的，又是哪一戶？

住下來沒多久，她聽到對面屋子搬動重物的響聲，憑窗狩候，終於看到對面廚房有人影晃動，一下又不見了，有人在屋子裡進進出出，和自己一樣忙碌。

幾天後終於注意到一個比她大幾歲，身穿紅梅白點日本和服的女孩，掌珠看看自己灰撲撲的大裥衫，不由得自慚形穢。她認定那女孩是鄰居日本人的千金，從來不敢生起與她攀談的非分之想，更何況自己一句日語也不會說。

有天傍晚，掌珠看到穿和服的女孩立在玄關前再三彎腰向一老一少兩個日本女人鞠躬告別。夕陽下，她注意到年輕的那位頭上梳著髮髻，和服的袖子長長垂過手指，反觀她一廂情願以爲是鄰家千金的，留著清湯掛麵的髮型，交叉放在膝前鞠躬送客的兩隻手，露在短衣外。

掌珠有眼無珠，把穿著做活的短衣、和自己一樣的下女悦子，錯認爲日本千金。明白眞相後，掌珠還爭辯第一次見到悅子，她穿紅梅碎白花和服，袖子長長垂過指頭，她記得清清楚楚的。

悅子這才紅著臉承認，那天女主人不在家，偷穿她的衣服，坂本先生帶夫人保子到台北總督府官邸參加始政三十年的紀念會。

熟了以後，趁保子夫人赴台中俱樂部的紙牌會，悅子帶掌珠參觀日本人的廚房，向她展示日本料理所用的漆器食具，取出一個方型的黑色漆盒，裡面分了五、六格：

「坂本先生的便當，每天要準備不同的菜色，爲了顏色搭配好看，菜式常常換，只有一種天天有，坂本先生愛吃芋頭，他說芋頭有出人頭地的意思。」

悅子說著，嘆了一口氣：

「唉，妳不知道，每天變花樣，坂本先生不吃台灣的東西，便當的材料都是東京、北海道運過來的，在台灣要用日本的食材，多麻煩喲！」

一副遠方闊客的口吻。

她告訴掌珠做壽司的米飯要先用醋拌。

「煮好的熱飯，拌了醋，用扇子搧涼，拚命搧，第二天手痠到抬不起來。」

「米飯拌醋，好酸喔，」掌珠憐惜悅子痠痛的手肘：「爲什麼要扇子搧到涼？讓米飯自己冷了，不是一樣？」

掌珠提出她的疑問。

吃天婦羅搓蘿蔔泥也是件費工的苦差事。

臨走前，悅子給掌珠看日本人愛吃的納豆、黑色帶青的淺草海苔。

參觀了日本人的廚房，掌珠自覺高攀，以後體力勞動粗重的活，她都自動替悅子代勞。相識不久，遇到新曆年底，坂本家開始搗米做年糕準備過年，掌珠自告奮勇幫悅子推石臼磨米漿，駕輕就熟地推拉碾米，看著一旁不時把水注入石臼當中圓洞的悅子，想到自己苦不堪言的養女生涯：

十二月寒冬，鋪了草蓆睡在土灶邊，靠灶裡燒柴火的餘燼取暖。才睡下不久，穿木屐的腳死命踢她，還是孩子的她，白天勞動了一天，挑水、劈柴、背弟弟、餵雞鴨、煮豬食……一躺下，呼呼大睡。叫不醒，穿木屐的腳狠狠地往她肚子踢，才痛醒過來。終年穿黑衣、綁黑頭巾的寡婦阿嬸夜半來磨豆腐，她必須起身做幫手……

3.

悅子跟掌珠說：在日本人家住久了，已經差不多不會說台灣話了，腦子裡想事情，也是用日語來想。悅子抬起下顎神氣地宣稱自己是公學校的畢業生，到坂本家應徵時，憑一口流利的國話才得到這分工作。

掌珠對她嘰哩咕嚕、自己一句也聽不懂的日語早已心嚮往之，她把想學日語的願望說了出來。不知道她的抱負後，悅子用手遮住嘴笑出聲，憑掌珠這副長相，粗手粗腳，長滿痘子的米篩面，她不能想像音樂般悅耳的日語從掌珠兩片厚厚烏黑的嘴唇吐出。一開始，悅子很矜持不肯搭理她，除了掌珠替本島人幫傭，比自己低一大級，還嫌她長得太醜，皮膚又黑，嘴裡一口屎篦齒暴牙，要不是自己離鄉背井實在太寂寞，而且坂本先生經常無禮地喝斥她，有幾次幾乎要動手打她，悅子需要找人吐苦水，才不得不和掌珠交上朋友。

這樣的人也想學日語。

拗不過掌珠苦苦哀求，悅子透過主人幫她登記專為與日本人接觸頻繁的車夫、市場商人開辦的普及國語班，從此每天可聽到對面廚房傳來的：

基哭哈那是菊花　早安是喔嗨油　晚安是空嗯邦哇　阿卡哭吱是紅鞋子　卡撒是雨傘　阿里阿多是謝謝　多摩達雞是好朋友　以羅多叩是英俊　基雷歐恩那是美女　秋多馬底是等一下

悅子的主人坂本忠雄先生任職台中州廳教育局，有次上班忘了帶眼鏡匣，悅子替他送去。

「官府的牆是灰白色的磁磚，偷偷摸一下，冷冷涼涼的，大門屋頂很高很高，一進去，吹來一陣冷風，害我發抖……」

悅子向掌珠形容她的經歷。

「坂本先生的三輪車夫阿發跟我說，州廳的屋頂斜斜的，鋪上會發光的金屬片，日頭一照，金光閃閃……」

來自宇治的坂本忠雄出身下級武士家庭，到了他這一代，家道已經沒落，他父親雖是家族中最不爭氣的一員，卻嚴守家風，由長子繼承家名名譽，以及所賸無多的財產，盡力維持家族的一貫性和連續性，強調「人可為家而死，家不能為人而滅」。

身為次子的忠雄，眼看在本國毫無出路，結婚後，打聽到文部省招募到殖民地從事教育的人才，條件是本薪外加上年功加俸，外加旅費、津貼等福利，房租全免，而且地處亞熱帶的台灣天氣炎熱，只需上半天班。

坂本慶幸娶了個活潑、擅長交際的妻子，聽說台灣不像日本階級儼然劃分，踰越不得，而且官員送往迎來應酬頻繁，有這樣的妻子在歡迎歡送會上扮演賢內助，自己在殖民地出人頭地指日可待。

坂本忠雄以發揮自我、完成個性自許，加入文部省，自願被派到殖民地。

「日本人是本島人的模範，要好好引導本島人。」

他經常把這句話掛在嘴邊。

坂本先生很瞧不起任職三井株式會社的那兩家出身小商人的鄰居，在他心目中，町人的身分比農民還低，商人不事生產，只知居間牟利，拜金醜俗，而且崇尚流行，思慮淺短毫無品味，一點都不像他的武士階級，雖然級別低，但從小被培養溫雅而重禮，清貧而向義，潔淨淡泊，他心下暗自希翼當局能夠延續從前武士殺商人無罪的法令。

坂本先生尤其看不慣三井職員的兩個灣妻，謠傳她們是從九州來討生活的煙花女子，遠離家鄉的男人一時寂寞，娶了她們，從台北帶到台中來。

兩個灣妻一等丈夫出門上班，就呼朋引友，聚在一起玩紙牌、看戲，嘲弄粗俗戲劇的蹩腳，亂搞男女關係，說些低級笑話，唱淫猥的歌曲，只有在丈夫面前才比較守規矩。不久前，爲了點小事起爭執，兩個灣妻在大庭廣眾下扭打成一團，據目擊者興致勃勃的形容，穿著浴衣打得下襬捲起，露出小腳，不難想像那分狂野的姿態。

「竹風吟社」出了一本灣妻俳句集，坂本先生以爲是最好的寫照，三首連在一起如下：

成為灣妻　在官舍內

有一長排房屋　灣妻聚集其中

到處都是灣妻的喧嘩聲　傍晚乘涼

早上化妝　傍晚化妝　中午睡個午覺吧

上午十時　灣妻還在蚊帳中

免職之時和灣妻分別

最近坂本先生一個單身下屬要結婚，他暗中請警察去調查部下未來妻子的出身，被告知決定娶贖身女子爲妻的部下，知道婚後會受到蔑視，於是設計先演一齣戲以遮人耳目：先探聽好神戶抵達基隆的船期，請假帶著從良的未婚妻到處寒暄，告訴人家：

「我是搭這班船去迎娶的。」

女方則附和著說：

「我在國內是插花老師。」

紙包不住火，風聲還是會走漏，果然是與灣妻相配的灣夫的閒話不脛而走。

坂本先生苦惱的是灣妻無所不在。台中州廳一位出納由於妻子是煙花窟出身，被局長強迫辭職。這人憤憤不平地說：郵務主任和庶務主任的妻子不也是一樣嗎？

灣妻離開階級劃分嚴明的日本，沒有社會壓力，幾乎個個輕佻放浪，膽敢穿著超乎身分的服裝，不僅身穿華服，也講究美食，她們手持在日本只有大家千金才配用的高級陽傘，人手一把招搖過市，上個月大阪的綢緞莊老闆帶了價值不菲的絹質衣料來台中，沒兩天就賣完。出手最大方的還是灣妻。

坂本先生不想讓自己的夫人保子受她們影響，過分沉溺物質享受，花錢買裝飾品來滿足自己的虛榮心，他要保子體諒做丈夫的他，在競爭激烈的殖民地官場，爲了生計而奮鬥，身心皆像棉花般疲勞，不要她一點也不同情，像那兩個灣妻，只是悠閒地喝著汽水，打扮睡午覺。

當然坂本先生要求夫人裝扮合乎身分，由他帶出去交際應酬，他很在乎自己的升遷，看中局長的職位，希望明年安藤局長退休後，輪到他接掌台中廳的教育局。當上司感慨：

「爲了國家，長年在本島跨越死亡線辛苦的我，將無法忍受即將離開台灣的不捨之情。」

坂本先生聽了，連聲附和，儘管不久前安藤上司還把台灣比喻爲日本人的垃圾場。

「總督府是大型的廢物利用場，收入好。」

安藤上司說。

雖然恨不得他即早退休，坂本先生還是需要局長的美言推薦，這一年多來歲末、年初、中元之時節送去的禮物都格外隆重，保子答應春季大掃除時會到上司家幫助夫人打點。下個月坂本夫婦到台北歡迎文部省高官來台視察，在鐵道飯店的餐廳參加兩百個人的盛大宴會結束後，保子將陪上司的夫人到三越吳服店選購剛從新宿運來的布料。

趁夫人上街購物，坂本先生會到遊廓找他的相好，他聽說不久前一年一度的支廳長會議，有個官員來台北與會，會議結束後找藝妓消遣，剛巧碰到警察上風月場所取締，此人從棉被中遞出名片，一時傳爲笑談。坂本先生特地買了頂帽子遮人眼目。

4.

趁主人不在家，悅子讓掌珠登堂入室，參觀日本人的起居。滿懷期待，掌珠以爲一定是洞天福地，陳設精雅至極。每天早晨坂本先生上班，頭髮抹上髮油，梳得一絲不苟，筆挺的西服，皮鞋光可鑑人影，與手上拎的公事包相輝映。夫人保子出門上街更是講究，一套又一套昂貴的和服，配上不同花色刺繡的手提包，天熱時打著白色的蕾絲陽傘。

怕弄髒坂本家的榻榻米，掌珠特地用肥皀刷洗腳底，出乎意料之外的，日本人的客廳擺設簡單到寒傖的地步，灰色的牆什麼裝飾也沒有，稱之爲「床の間」的角落，鋪上地板，悅子說是用來擺花道的，牆上按不同的季節掛上畫幅，主人不在家，花藝畫作全免。

這個家徒四壁，除了榻榻米一無所有的和式起居室，令掌珠感到屋子裡的人並沒有定居的打算，即使臨時暫住而已，似乎也超出預料的簡樸。彷彿看穿掌珠的心思，悅子替她的日本東家護短：

「台灣治安不好，土匪多，坂本先生說的，何必把錢花在買家具布置，只要一張吃飯的桌子、幾只墊子、一個裝衣服的柳條包就夠了……」

悅子壓低聲音，驚魂未定地拍拍胸脯：

「沒有土匪，日本人也有壞的，坂本先生局裡一個課員，發瘋被解僱了，結果這個瘋子拿鐵棒闖進來，亂砸亂打的，我剛來不久，嚇得我……」

這構成坂本夫婦不好好布置客廳的理由吧！

掌珠指著一排緊閉的紙門：

「門後是睡房吧？」

悅子點點頭。

「保子夫人說，日本人起居都在榻榻米，坐下來、起身，所以日本女子的腳力、腰力都很強健，腰板鍛鍊得很粗，不像本島女人，腰細細的！」

「能做日本人，誰去管腰粗不粗呢？」

悅子表示贊同。動手拉開紙門，抬腳就要進去，突然想到什麼，噗哧一笑，把腳縮回，重又把紙門關上。

「咳，壞習慣，改不掉，看看妳，都是妳害的！」

悅子收斂笑容，一手按住和服短衣的下襬，慢慢地蹲下身，一直到膝蓋碰到榻榻米，上半身匍匐下去，對著紙門行禮，嘴裡喃聲說些什麼，停下來，傾聽裡面的動靜，然後雙手輕輕推開紙門。她的每一個動作都像在進行一種儀式。

「保子夫人規定我這麼做，剛來時，也像妳一樣粗手粗腳，一個動作達不到夫人的要求，還會被打，只有躲在壁櫥裡哭……」

推開一道紙門，向裡面的主人請安需要這麼多的禮數，內室一定大有可觀，而且怕土匪搶劫，坂本夫婦一定把貴重的寶貝藏在隱密的裡間。

模仿悅子的姿勢，掌珠面對她跪下來，小心翼翼地推開紙門。還是大失所望，睡房空無一物，甚至沒有床。掌珠納悶了，悅子指著兩邊的壁櫥：

「寢具白天都放到壁櫥裡，晚上睡覺才拿出來鋪。」

取出柳條包，悅子雙手捧出一件摺疊齊整的紅梅碎花和服，掌珠覺得很眼熟。

「認得嗎？」

悅子偷穿女主人的和服，掌珠第一次看到她，誤以爲是坂本家的小姐。兩人相視而笑。

悅子取出一條美麗的織花腰帶，附在自己的腰間比畫：

「還沒結婚的女孩，腰帶的結要打在背後，保子夫人結婚了，結必須打在腰前，這件事，妳不會懂的！」

視線適應了室內的昏暗，掌珠注意到靠近緣側走廊的角落，閃著暗淡的光暈，那是保子夫人的蒔繪金漆鏡台。

悅子坐在鏡子前，模仿保子夫人化妝的神態，先把一條井字紋圖案的圍巾披在肩上，用一把紅漆的梳子假裝梳頭：

「保子夫人說頭髮是日本女人的生命，每天早上伺候她梳頭，好比一朵花，從頭心的髮根開始梳，像花蕊花瓣一片片展開，保子夫人梳著島田式的髮髻，」悅子嬌羞地低下頭：「沒結婚的，梳的是蝴蝶式的髮髻。」

她打開鏡台的小抽屜，取出一盒水銀白粉，讀著上面的標籤：

「美豔仙女香，保子夫人在東京買的，很貴的喔！她捨不得用，每次挖一小點。」

掌珠屛住氣，以爲她眞的敢偷用女主人的化妝品。悅子畢竟沒有這分膽量，只拿粉撲在自己臉上裝模作樣虛晃幾下，還假裝點胭脂擦口紅，然後把水粉等化妝品放回小抽屜，蓋上鏡子，把鏡台像變魔術一樣摺疊成一個長方形的小箱子，讓掌珠大呼奇妙。

4 遺種

1.

漢仁眼看著父親自參加文化協會的會議後，每天悶悶不樂，也少言語。十天前，他到台北火車站接父親，父親雖然坐了一天縱貫線長途火車，卻看起來精神極好，他身上穿的一襲新做的竹布長衫，兩旁還留有新的褶痕，頭髮比上回漢仁見到時又掉了不少，盤在頭頂上的道士髻也不那麼飽滿，可是神采奕奕，手上拎了一個網袋，告訴兒子他帶來了十本自編自印的《修身教科用書》，準備送給主辦者。

從小漢仁看到的父親，無不是神色鬱悶，閉門不見客，他不肯學日語、不用日本天皇年號，拒絕與日本人統治的外界接觸，深居簡出，每天袖著手窩在家中做他的前朝遺民，寫些「嗟哉武陵客，坱圠失康莊，避秦無源路，仰首望蒼蒼」之類的詩句，以無可問津的武陵人自喻，終日長吁短嘆。

當他以優異的成績從公學校高等科畢業，聽說街上開業的謝醫生的兒子台中一中畢業後，拿到日本老師自設的獎學金到東京留學，漢仁也想申請，父親以自己身患慢性病，不肯讓兒子出門到日本讀書。一心想走出父親牢騷滿腹暗淡的家，漢仁憑著日本老師的推薦信，在台北謀到一份下級職員的工作。

跨出家門那天，他感覺到黑暗沒落的門扉在他身後永遠關上，漢仁但願有生之年不必再回到破敗的家鄉。異鄉的夜晚，他卻又禁不住想念家中院子裡那棵桑樹，小時候登上竹梯摘桑葉養蠶寶寶，桑椹成熟後黑而多汁酸酸甜甜的滋味。

他對東京仍未死心。上班之餘常到城內逛日文書店，在三省堂、芳林堂撫摸精美書盒裡的日文書，不忍釋手。他在《台灣日日新報》看到羅漢腳出身，因緣際會引領日軍進占台北城的同鄉，聲勢如日中天，最近更上一層，預備在東京鬧區設辦事室做股票、砂糖貿易，漢仁明知他父親寄生最不齒此人的附日走狗行徑，卻還是暗中靠鄉親的關係，透過他旗下的一個經理謀求東京辦公室的職位。

羅漢腳到艋舺發跡之前，還曾經是他父親書塾不正式的學生，有幾次寄生注意到一個衫褲不全、身軀異常高大的少年，站在書塾外的月洞門邊，偷聽學生擺頭晃腦朗誦「人之初，性本善」，一場突如其來的西北雨，寄生怕他心愛的長尾三娘翠鳥被淋濕了，趕到初月亭取下鳥籠，瞥見月洞門外的少年浸泡在水中的一雙赤足，起了憐憫之心，招手讓他進屋，給他取了個學名，不收束脩教他認字。

時斷時續沒上過幾堂課，才念完《千字文》就失去蹤影，以後的事蹟台灣島從南到北家喻戶曉。

漢仁聽到家鄉父老傳揚羅漢腳的一些行徑，其中一件是他在路口搶了人家的荷包，被路人群起追打，其他的羅漢腳聞風也趕來分贓，情急之下，他闖入泉州街一家中藥店，打開裝銀錢的桶櫃，屈身躲在裡頭。追打的人群衝進店內要人，被白髮飄飄的老中醫斥退了。他鑽出桶櫃，跪在地上，向老中醫拜了三拜，指天發誓有朝一日他發了跡，一定不忘報恩。

不知當日誓言是否兌現。發跡後，他對他的啓蒙師卻另有所求。

端午節前派了當他日語翻譯的女婿到洛津，送上一分厚禮給寄生，禮品旁邊一個淺褐色長方形的帖紙盒，盒子上繪有優雅的和風水草紋，寄生打開紙捻，展讀盒子裡的信函，措辭極爲謙恭：

「本應親自回鄉登門拜望恩師，奈何公事纏身，懇請見諒。學生多年追溯敝家歷代祖輩事蹟文獻，茲將蒐集所得附上，素仰恩師德高望重，名播四方，懇請代爲撰寫家譜，如獲首肯，不勝惶恐感激……」云云。

信函末尾以當年寄生爲他取的學名具名。

寄生隨手翻閱謄寫在精雅的日本紙上的紀錄，自稱其先祖原是五胡亂華隨晉室南遷入閩的望族，從宋代傳承下來的祖訓詩，考證得知出自宋乾德三年科中進士的先祖尊德公手筆，詩中兩句：「年深外境猶吾境，日久他鄉即故鄉」，先人未卜先知，後代有橫渡海峽，落戶洛津之舉，蒙父祖墳塋庇蔭，始有今日，云云……

寄生撫著開始灰白的長鬚，若有所悟。

洛津父老無人不知，羅漢腳的父親生前在後車路的賭場當「賭蠟燭」，供賭客差遣，同治年間一次漳泉械鬥中，被亂棒打死，泉州同鄉把屍體用破草蓆裹上，丟到崙仔頂亂葬崗草草掩埋，埋屍之處立了三塊磚當墓碑。

羅漢腳搖身一變，成爲日本人跟前的紅人，爲了隱瞞他卑微的出身，讓風水師拿著羅盤勘查他父親埋骨之處，尋遍荒煙蔓草的亂葬崗，最後將深陷的三塊磚出土，風水師繪聲繪影形容那是螃蟹穴女兒峰風水之地，庇蔭三代子孫大富大貴。

有了好風水，接下來重建家譜。

漢仁知道父親不可能應命，也沒去過問，他謀職東京一事也沒成功，後來那鄉親經理推薦漢仁到公賣局當個位卑薪薄的小職員。

前年冬至過後，漢仁為買烏魚子特地回老家一趟。他公賣局的日本上司，剛從大阪調來，自稱是美食家，喜歡品嘗新奇的台灣特產，打聽出洛津的烏魚子風味勝過台南，冬至前十天入港的稱為正頭烏，卵肥味美，取出魚子用鹽醃，洛津人寧願典當釵環買來解饞。為了討好日本上司，漢仁回去物色家鄉名產。

一進家門，看到病懨懨的父親躺在榻上，抱怨周身疼痛，肝脾窒悶，疲倦乏力，胃口全失，排尿困難，形容像滴麻油一樣。

他不敢讓父親知道此行的目的，沒想到寄生隔天託人買來一對每隻足足有半斤重的烏魚子遞給兒子，明知漢仁拿家鄉名產孝敬自己所痛恨的日本統治者，他還是做了。

一串烏魚子拎在手中，漢仁一時愣在那裡。

2.

從江山樓的會議回來，寄生又被打回原形，回復到從前的憂悶不展。

漢仁和妻子為避免刺激寄生的情緒，只有在關起房門時才敢用日語交談，而且把聲音放到最低。平日在家，寄生對兒媳嘰哩咕嚕說日語很有意見，一開始聽到兩人輕聲細語以為是在背後說他，後來才知道是習慣成自然。寄生擺出長輩姿態教訓兩人不可忘本，漢仁摸了摸腦袋，向父親道歉：

「局裡上班規定說日語，上門辦事的也非日語行不通。回到家舌頭一下子轉不過來，就順溜講下去了！」

漢仁說公家機構、公共場合、教室、商業行業用的全是日語，宴會社交說不好日語會給日本人取笑的。最近公賣局的上司要求本島職員的舉止應對，連娛樂休閒時的「趣味氣氛」都應日本化。

寄生大不以為然。

「不學番仔語，照樣可以看新聞，到火車站買票，賣票的會聽不懂我的話嗎？官廳不是設有通譯嗎？不懂番仔語替日本人辦事的大有人在。」

寄生隨口舉出洛津好幾位不懂日語的州、街、庄協議會員。他還講起不久前發生在家鄉公學校的一件事：

一個自恃日語流利的保正在蒞臨指導的日本督察演講之後，上台歌頌帝國德政，「今後願做天皇陛下的小使（小傭人），粉身碎骨在所不惜……」話沒講完，坐在一旁的日本警察起身制止他：

「你區區一個保正，哪來資格當天皇的小使？」當著眾人羞辱他。寄生嘆了一口氣：

「唉，台灣人做小伏低，連個傭人都沒資格當……」

漢仁被堵得啞口無言，不敢作聲。

漢仁與妻子商量，帶父親出去台北近郊散散心，知道他喜歡養鳥，建議帶他到新開的圓山動物園觀賞籠中的珍奇異禽。雖說比不上洛津家中他珍愛的長尾三娘，可是日本人從東洋也引進不少罕見的鳥類，應當值得一觀。

做兒子的遊說寄生，指出三條到圓山的路，徵詢他的意見：走水路，可從大稻埕搭船，上岸便是動物園，也可以搭乘淡水線的鐵道，在圓山站下車，走一小段路。

「看完動物園，再搭淡水線鐵道，到宮之下站下車，」媳婦說：「走過明治橋，可以上到官幣大神社，從山上看下來，風景很優美！」

第三條路是到台北城內搭車，經過兩旁種植相思樹的敕使道，一路可看到圓山山頂的神社，到了動物園站下車。

寄生決定走水路。漂浮基隆河面，望著如漩的迴流，也許可舒散一點鬱結的心情。

船駛過劍潭，寄生爲媳婦說起劍潭名稱的由來，那是他在古書上讀到的：延平郡王鄭成功當年驅逐荷蘭人，經過這彎潭，看見水深澄澈的潭中有巨鱗作怪，於是解下腰間寶劍，擲入潭中鎮邪，劍沒潭底，現出毫光，令人無法逼視，從此巨鱗不再作怪。

「傳說天公降雨時，延平郡王的寶劍便會浮出水面，叱叱作響。」

船駛近劍潭南岸，寄生手指山坡綠樹，感嘆其生也晚，沒能親眼目睹建在湖畔的「太古巢」書齋，那是大龍峒的舉人陳維英，自譬爲白燕投胎，以太古時代的有巢氏後人自喻所建的，在世時經常邀約文人雅士到他書齋臨水吟詠，觀賞日落。

「北岸山頭，本來有一個禪僧蓋了一座寶剎，與太古巢遙遙相對，陳舉人爲它賦了好幾首詩，日本人來以前，寶剎香火鼎盛……」

媳婦仰望山巔，磊磊奇石之上，尋找寄生口中的這座依山傍水的寶剎。

「看不到了，寶剎被日本人移遷到大直，據說是有一個日本官發現很多台灣人到廟裡來燒香，卻不肯主動去膜拜神社，下令遷移寶剎，風水被破壞了，搬到大直就沒人去了……」

出了圓山動物園，寄生遊興未盡，走過橫跨基隆河的明治橋，往官幣大神社踏步而去。兒子以爲他要上山朝拜日本神社，大感詫異，又不敢作聲，默默跟在一旁，踩著鵝卵石鋪成的參拜步道，心中浮現一首詩：

劍潭山上手栽花　仍記春風吹滿車
今日吾來皆有舊　再遊心恰似歸家

後藤新平當了民政長官後，有一次重遊路過劍潭，朝拜新建的神社寫的詩。漢仁不敢把這首詩念給父親聽。

沿著石階拾級而上，雄偉肅穆的神鑾殿氣勢逼人，對著仰望的人威壓下來。這是台灣唯一的官幣大神社，奉祀大國魂命、大己貴命、少彥名命，以及征台喪命的北白川宮能久四位日本神明，漢仁有著踏入神域的感覺，被凝重肅穆的氣氛所懾，他屏住氣，跟在父親身後，躡足而行。

寄生對神鑾殿似乎視而不見，繞道兩排整齊的日本杉步道，來到劍潭的南麓，眼下視野開闊，台北盆地盡收眼底。寄生佇立崖邊，遙想前朝陳維英舉人在他的「太古巢」書齋，與對岸西方寶剎的禪僧賦詩的景象，於今安在？

不只是寶剎的龍首風水被破壞了，寄生放眼望去，整個台灣島的龍脈主腦——大雞籠山也遭到日本人的破壞。

大清王朝認定台灣的地脈遙接萬脈由起的崑崙祖山，與神州直接聯繫福州的鼓山過海結穴於台北府治的大雞籠山，日本人來了以後，割斷了台灣原先與大清帝國的脈絡，拆除了地理風水象徵「四方之極」的台北城牆，利用拆下的城牆石柱當作修建總督官邸的基座，府城內建於光緒十三年大清帝國的權力象徵布政使司衙門，那座中國式官衙建築也被拆下，其中一部分搬到植物園當風景點綴。

日本人來了，把台灣的地貌來了個乾坤大挪移，發明一套連結日本母國的山川路線，說是從日本九州經過琉球群島，而後結集於大屯山，新領地的台北城在日本人的眼裡儼然一如皇居。日本領台初期，遊訪台北的一個日本教育家建議：

「此處堪稱絕境，宛如京都景致再現。台北城儼然爲皇居，基隆河正如賀茂川，劍潭山正如東山，此地應建一神社。」

爲了使京都景致在殖民地重現，日本人在前有基隆河後倚劍潭山的風水勝地建造神社，幾年前還是太子的昭和來台時下榻的行館也在這附近。劍潭山成爲象徵天皇權力的神域，台北市內主要的道路系統都與神社遙遙相望。大清朝留下的府中街、府前街早已屍骨無存，城牆拆除後，日本人開闢一條林蔭三線大道，中央爲車行馬路，兩旁鋪著柏油的人行道，接下來大肆興建州廳、高等法院、郵政局、銀行、火車站，以雄偉的公共建築作為權威象徵，總督府的高塔氣勢凌人，令老百姓望之喪膽，就連南門兒子漢仁任職的專賣局，正中也有六尺高的塔，在出入門口做機關，威嚇進出的台灣小老百姓。

「一邱莽莽悲興廢，雙眼茫茫閱古今，半壁山川留殘局……。」寄生長嘆一口氣。離開台北前，記得到植物園憑弔被日本人遷移到那裡的布政使司衙門，五間開的主廳供奉大清皇帝的萬壽牌一定早被毀了，置身被移植過來的奇花異木之中，對著被當作風景點綴的舊朝官衙，他承受得了那種興廢之感嗎？

寄生吟起新竹詩人劉梅溪詠〈春燕〉這首詩。

> 幾經世態閱炎涼　故壘何曾一日忘
> 穿巷不堪餘夕照　歸巢忍負好風光

3.

這幾年洛津也起了天翻地覆的變化。

一開始日本當局還有些顧忌，都是透過颱風過後，暴風颳倒家屋，或是地震倒塌、疫病流行燒毀疫屋時乘機改造市容。日本人以衛生為理由，拆除五福街從南到北一里多長有頂蓋的不見天，開闢出一條直而長的道路，鋪上柏油，路兩旁種樹，強令店家用磨石子在屋頂塑造一個牌樓似的立面，說是叫巴洛克，看在寄生眼裡只覺得奇形怪狀。

他很懷念從前五福街不見天，走在有頂蓋的街道夏天免受日曬雨淋之苦，冬天也可避免九降風侵襲的日子。

市區改正的政令下，原本結構完整的洛津古城被開膛破肚，令彎拐如袖子一般的巷子柔腸寸斷。為了拓寬道路，連歷史悠久的廟宇也難逃拆遷的命運，地處偏遠的王爺廟也逃不了劫難。

寄生到台北來之前，位於洛津城南一隅的威靈廟，為了遷就馬路暢通，日本人強迫把廟宇的方位來了個大挪移，本來的坐北朝南被命令轉向西方。這簡直是天下奇聞。威靈廟供奉明末抗清的大將劉綎，廟內七爺八爺造型荒冷，懾人心魄，廟埕常見撿骨師在曬屍骨，把一根根枯骨裝進金斗甕中，大白天也顯得鬼影幢幢，每年中元在廟前豎立燈篙招引孤魂野鬼，只有不信神鬼的日本人膽敢有這種荒唐的舉動，難道他們不怕觸犯陰司？

統治者切斷台灣人原有的地理方位，讓他們成為一群沒有過去、沒有歷史的遊魂。

市區改正的政令還在進行著。

結束台北之行，寄生回到洛津，便聽說三山國王廟因位在新一波的計畫道路線上，正在拆除。寄生趕到時，這座始建於乾隆初年已有兩百年歷史，規模僅次於北頭媽祖宮的大廟，山門拜殿已然淪為瓦礫，工人正在拆毀正殿，廢墟似的廟埕殘存幾根歪斜的木柱，寄生從破瓦殘磚裡挖出一個石香爐，上面橫刻「三山國王，嘉慶梅月置」，又發現一塊斷成兩截的匾額，掃去上面的灰塵，匾額上字跡漫漶，勉強辨認，看出「海東霖田」模糊的字跡，右上角是「乾隆二年」立。

雙手大張保護這塊上面印著工人踩踏足跡斑斑的匾額，防止進一步遭到破壞，施寄生一邊大聲疾呼附近圍觀的客家信徒，趕快上前搶救古廟的文物，搜集被拆下來的龍柱石刻、青石板、福杉木柱，希望來日重建時可用上。

當一對石柱被抬出瓦礫堆中，寄生撫著石柱上「道光二十四年修建」的刻字，眼睛濕潤了，不知是欣喜這對具有歷史意義的石柱僥倖無恙，抑或悲痛古廟在異族之手淪爲廢墟。

還在憑弔三山國王廟的劫數，沒想到災厄這麼快就降臨到寄生頭上。他屋後僅可容兩人錯身而過的窄巷，也在這一波拓寬改道的計畫中，他家後院吟詩品茗的初月亭面臨被削去一半的命運。寄生三番兩次到役所以理力爭，均不得要領。拆除那天，番婆村來的工人手持鐵錘、圓鍬浩浩蕩蕩前來，寄生不顧體面，坐在亭閣瓷凳上，他每天品茗靜思的那個位子，決定與初月亭共存亡。

僵持了半天，最後管區的警察抽出腰間長劍，對準寄生喝令他離開。提著搶救下來的鳥籠，寄生進到前屋，從此再也不肯踏足後院一步，也禁止家人前去清理，任憑拆去一半的初月亭荒廢，竄長蔓草莽榛。

奇怪的是一向鳥語啁啾，朱喙羽色青翠的長尾三娘，進屋後從此噤聲，再也不開口鳴唱。這隻生長在諸羅深山中，羽色紅綠相間，尾長一尺有餘的翠鳥，中土難得一見。乾隆年間一位巡台御史寫詩讚嘆：「翠羽光華綬帶長，如雲委地美人妝」，取名長尾三娘。

乙未變天後，寄生閉門不出，在初月亭聽雨、賞花、餵飼心愛的長尾三娘消磨長日。

初月亭被拆後，寄生病了好一陣，躺在床上雙眼緊閉，不願再看一眼這世間。病癒後不得不重又睜開眼，他出去找尋昔日熟悉的洛津城：用空了的紹興酒甕堆砌的甕牆，爲擋住秋冬凜冽的九降風直撲故意設計成彎彎拐拐的九曲巷，深宅大院高牆內露出一角的梳妝樓……

這一天他到美市街買鳥食，與店家多談了兩句，出門時天已黑盡，記憶中的巷道被切割得面目全非，寄生佇立杉行街口，一時之間記不起龍山寺的方向，他迷路了。竟然找不到回家的路。

好不容易到家後，他對屋內的古籍、文玩擺設一一銘記於心，害怕連自己家中的東西都認不得了。

4.

寄生說他要做他自己。用文言文寫漢詩他才能做他自己。他拒絕成爲自己以外的另一個人。

書塾被迫關閉後，寄生南北詩社擊缽遊食，困頓了幾年，回洛津後，妻子又爲他添了一個女兒。孩子落地半年多還沒有去報戶口，禁不起老妻一再嘀咕，寄生拿著戶口名簿到役所爲女兒登記。

役警看他一襲鐵灰色長袍，頭上卻梳了個道士髻，違反當局正在推行的斷髮放足的政策，便把戶口名簿擲回，非得要寄生響應文明維新斷髮易服，否則不給予申辦戶口登記，氣得寄生大罵獰吏，拂袖而去。回家途中，又有無賴對他的道士髻指指點點，在後面向他擲石取笑。

寄生一口氣難平，寫了好多詩諷刺那些逢迎日軍、首先剪髮變服的人。

他不願像那些腳踏兩條船的台灣人，把辮子盤起來戴上帽子，萬一大清帝國捲土重來又光復台灣，可以辮子爲證，對清廷表忠。

身體髮膚受之父母，辮子成爲安身立命的一部分，一根辮髮留存，等於留存一股氣節，認同漢民族。役所回來，寄生晚上睡不安穩，生怕別人趁他熟睡，把辮子割斷。

斷髮易裝，看起來與日本人無異，寄生將認不出自己的面目，這樣一來，他就不能做他自己。日本當局利用一些紳士名流的故事鼓吹剪辮易服的必要：林獻堂留著辮子到日本去，被兒童丟石頭，罵他是清國奴，有感於威儀，立即剪辮易服；李春生在東京街頭被辱罵爲「拖尾奴才」，剪辮後立刻感覺自己「容姿變得氣宇壯大，英俠之氣勃然流露，已非昔時孱弱傴僂可比」；也有到倫敦被過路行人當作野蠻人，取笑身後拖了條豬尾巴的，爲了不讓洋人侮辱，呼籲剪辮易服。

日本東京、倫敦，全都是異國。我可是踏在台灣人堅實的土地，寄生拍拍胸脯。剪去辮子等同做了日本人，他不只一次看過族中年輕的一代斷髮的場面：

長輩跪在祖先神位前痛哭流涕，懺悔子孫不肖，未能盡節，抓起辮子橫著心腸使勁用力一剪，喀嚓一聲，辮子落地，一家人哭得如喪考妣，許願有朝一日趕走日本鬼子，會再留髮以報祖宗之靈。

顯然斷髮的年輕一代是不想做台灣人。

日本統治者利用紀元節、神武天皇祭、始政紀念日舉行集體斷髮大會。寄生想，這群即將被剪去漢民族標誌的，他們出門前，不知道有沒有照最後一次鏡子，在鏡子裡看自己的臉，把自己銘記於心，從長著頭髮的這顆頭往下看，支撐著腦袋的脖子、肩膀，以及軀幹……最後一次好好看自己。他們不知道有沒有察覺，很快即將脫胎換骨，變成另一個人。

辮子一落地，腦袋一輕，整個人連重心也失去了，摸摸突然空盪盪的頭顱，心也空盪盪的，完全失去依憑，需要有什麼做支撐，趕快跑到帽子店買草帽、鴨舌帽、打獵帽、禮帽、氈帽，甚至笠帽，就是沒人戴中國式的瓜皮小帽。戴上帽子，立刻換上一副新的面孔，走到街上，所有的人都是那一個面孔，全是一個樣子，認不出誰是誰，只知道看起來不是正宗的漢人了。

剃光鬍子，脫下長衫，換上西服——裁縫店也生意大好——走起路來，不再像穿長衫時寬袍大袖大開大闔了，他們的行動舉止受到西服的限制，自我收斂產生另一種樣貌，希望變成穿衣服的人，舉手投足、點頭頷首、輕咳眨眼，平凡的動作也變得十分怪異，拋棄自己本來的姿勢，好像聽命於某些看不見的指示，由一套不知從哪裡模仿而來的姿態取而代之，看起來很矯情做作，虛張聲勢，神情有點不確定的疑惑，失去從前的自信。

可是在沒有斷髮的人面前，像寄生，他們卻抬頭挺胸，傲然地從上面往下看他，或是冷淡地對他斜睨。他們連講話也不一樣了，摻雜幾句日語，台灣話也不再流利了。

寄生冷眼旁觀，最後悟了出來，這些人在模仿警察局、郵便局、役所的日本人，他們希望被誤認爲日本人，只差嘴上沒留短髭，因爲不准台灣人留。

渴望成爲日本人終究無法如願。這些被改造的新人類，好像喝下迷魂湯，摧毀本來的意識，切斷記憶，變成沒有過去的遊魂，只知道服從他們聽過，卻沒有去過的國家，把那個國家的一切變成他們的一切。

爲自己頂上幾莖頭髮留遺種，施寄生首次起了走避中原的念頭。

日本領台後，根據《馬關條約》中的規定，給予兩年期限讓台灣人自由選擇國籍，期滿之後，未內渡遷徙者，便被認爲日本的子民。

爲了逃避異族政權的統治和社會混亂，上自達官顯貴、中舉士子，下至沒有科舉功名的地主紳商，紛紛攜帶重金細軟家當蔽海而浮，舉家內渡，一時之間避難者的船隻連帆相望，走不了的爲保護家產免於戰亂，只好把財物埋藏地下。

寄生先祖幾代渡海來台定居，死後埋骨台灣，他對生養的土地產生鄉土感情，爲保衛家鄉才會投入八卦山之役。他不齒有些豪門富商雖然內渡，可是並不放棄在台灣的產業，早在動身之前就做好安排，以願意做日本良民爲交換條件，希望日本當局不會沒收他們的產業，卻又不甘喪失追求功名的機會，活該這種人被日本人恥笑爲「一身兩用」。

役所受辱後不久，寄生收到內渡廈門的劉梅安舉人的來函，告訴寄生他在鼓浪嶼依山傍海修的花園已然完工，園子的格局景致仿照新竹老家梅園，又採取天然地勢，加上湖石補綴山色，達到園中有園、景中有景的妙境，花園把大海一隅蒐藏其中。

劉舉人信上提到春節前杭州舉辦的古今書畫展，他躬逢其盛，蒐藏了幾件青銅器，準備在異鄉另起爐灶，重新蒐集文物。

寄生與出身新竹名望之家的劉梅安交情至深。乙未變天之前，常被邀請到劉家的梅園談文論藝。劉舉人的父祖隨劉銘傳渡海來台，落戶竹塹，在宅第後修了座花園，種植數百株紅、白及綠萼梅樹，梅園之名不脛而走。劉家邀請中土官紳幕客、文人雅士經常在園中聚會雅集。

來客穿過濱水的遊廊，撫著漆紅欄杆，欣賞蝴蝶形、蕉葉形、葫蘆形，各種設計別出心裁的花窗，來到長廊盡頭，水上浮著挹秀亭，來客搭小船游池上岸，在亭中飲酒作詩。

光緒初年，劉梅安科舉中榜，糾集文人儒士，合力在梅園奇石陡立的梅花書屋展開《台灣通志》的纂修。

日軍入城時，劉舉人無意內渡，爲使鄉人免遭傷害，率眾迎接日軍，待市面恢復平靜後，便退隱自家。日本人任命他爲參事，要他繼續扮演地方領袖的角色，被他嚴詞拒絕。日軍進一步將他的一大片宅第占用作爲營舍，久不歸還，倒也罷了，尤有甚之，日本警察任意穿堂入室，驚動劉家私宅內室的婦女家眷。

劉舉人眼見一些協助日本人徵集人才的耆老，雖不捨晝夜奔走辦理，不但毫無俸賞，而且動輒遭受譴責，與清廷官府禮遇地方顯達實有天壤之別，於是起了離台之心，舉家歸避廈門，留在台灣各地的祖業委託姻親代爲管理。

兒玉源太郎總督對內渡的菁英採取籠絡和利用政策，首派民政長官後藤新平渡海造訪劉梅安，以他留在台灣的家產有待掌理爲理由，誘使他返台爲殖民政府效命。梅安不爲所動，吩咐姻親將所收的租扣除費用，若有盈餘，即存入廈門豐南信託公司。

劉家內渡廈門，寄生曾以「何日梅園再吟詩」表達不捨之情，與劉舉人隔岸以詩唱和，傾訴悲愴悒悶的情懷，梅安坦言此生最大憾事是未能完成《台灣通志》的纂修。梅花書屋人去樓空，才起了個頭的工作被棄置一旁。他本想待時局安定後，再私下結集文史之士，避開日人耳目暗中繼續未竟之業，也算是生爲台灣人所盡的一點心意。

沒料殖民者欺凌無度，演變到他不得不出走異鄉。日本當局看他滯留廈門不歸，闖入他竹塹的宅第，先代遺留的骨董書畫、古籍碑帖沒帶走的化爲烏有。梅安臨離開前，加了幾把重鎖的梅花書屋，也劫數難逃，《台灣通志》殘篇斷稿下落不明。劉舉人向寄生發出悲號：

著書枉用一生心　百年文物悲塗地

為了表示堅決不肯附日的決心，他以擁有日本籍為恥，向日本駐廈門領事署申請退籍，恢復中國籍貫後，以「錦繡江山成決裂，何堪回首問蒼穹」的詩句自況。

寄生設帳授徒的書塾被日本當局取締後，他再也不能閉門讀書、臨帖自娛，以丹青消倦、不問世事，過安貧樂道的日子了。為了生計，只得擊缽遊食，到台北、新竹、台南的詩社串連，鼓倡詩社，為延續斯文於不墜而奔走。

劉梅安輾轉得知寄生生計窘困，以日本停止書塾後，不少師儒、掌教士紳均回返中原，一再慫恿他移居廈門。

「以先生的詩文成就，必當被推為祭酒。」

邀請寄生成為他的座上客。

寄生感謝劉舉人的心意，仍無內渡之意。一直到日本當局強行實施剪辮斷髮政策，寄生首次萌生內渡中原的念頭。

5 脫下大裪衫

——掌珠情事之二

「這個人是我嗎？」

「這個人不會是我吧？」

1.

台中侍讀第三年，掌珠接到養家由代書代寫的一封信，要她回秀水家一趟。搭縱貫線火車南下到彰化，得走一段路換糖廠五分車才到得了養父母家。

下了火車，掌珠看到一個日本警察正在訓斥站前擺攤賣番石榴的老婦，言語不通，兩人雞同鴨講，掌珠挺起胸，自告奮勇上前充當翻譯，台灣話、日語來回傳譯，居然令雙方溝通無阻，她的日語能力使圍觀的路人翹起大拇指。

掌珠沾沾自喜地回到秀水，養父母以從來未曾有過的歡喜笑容迎接她，養女到了適婚的年紀，可以賣錢發一筆財，難怪對她和顏悅色。他們把掌珠賣給鄰村一個抽鴉片的老頭做妾，那人聽了媒婆之言，雖然生得黑，可是體壯力大，下田勞動勝任有餘，最重要的，屁股圓鼓鼓的，一看就是生兒子的料。老頭鴉片煙抽多了，身體虛弱，需要一個年輕力壯的來播種。

養母收了聘金，對掌珠有說有笑的：「女的就是走這一條路，嫁了人才有身分，死了少不了被當神明一樣作祭拜拜，神桌上不奉祀老姑婆的，妳又不是不知道！」

還說雖然當小妾，她跟媒婆可是有言在先，養女是乾乾淨淨的閨女，要抬花轎來迎親的。

浮現掌珠眼前的紅花轎，有如一具等著她入殮的棺材。三年來台中侍讀，看了市面，掌珠長了不少見識，碰到這樣的大事，還是沒了主意，想到悅子是唯一可商量對策的人。表面上假裝答應嫁人，只要求回台中一趟，把行李帶回家。

養母不疑有他，眞的放她走。

歲暮離開秀水，搭五分車到彰化轉北上的縱貫線，凋景殘年，火車站前擺攤的老太婆不知去向，那個腰間掛了長刀、頭戴金邊黑帽的日本警察也不見蹤影。掌珠回想半個月前她充當翻譯的那一幕，恍如上輩子的事。她很訝異那天不知從哪裡來的膽子，竟然敢對住大人的眼睛說話，那個平常連聽到腳步聲都會嚇得發抖，母親以「大人來了」喝止孩子哭聲，人人畏懼的日本警察。

大人粗暴地拉扯違規擺攤的老太婆，用腳踢翻竹籃裡的番石榴，路人默默站在一旁，沒有人敢仗義發言，她卻快步上前，雙手擺放膝前，向日本警察恭敬地鞠躬，垂眉低眼，用日語爲自己貿然上前道歉。好一會工夫，她口中的語言掃過日本人的耳邊，熟悉的話語，日本警察轉過身，開始對話。

日語使她和日本警察站在平等的地位，解開了與台灣人的誤會與齟齬，三年苦學終於沒有白費。最初坂本先生介紹她到日本人專爲車夫、市場賣菜的開辦的普及會話班，她把學到的回來說給悅子聽，居然被聽懂了。

掌珠更上一層樓，打聽出有個本來開書塾的漢學仔先，眼見日語流行趨勢不可擋，身先倡率帶著弟子到公學校學日文，結果弟子個個精通日語，躋身日本人的社會，漢學仔先開設「國語傳習所」教日文，立誓爲母國的教育奉獻殘生。

掌珠自認命苦，無法像悅子到公學校讀書，獲得正規的日本教育，她退而求其次，晚上到傳習所學日語，風雨無阻從不缺課。她嫌漢學仔先的日語不夠標準，只跟傳習所的日本老師學，而且事先弄清楚是否教純正的東京腔。掌珠聽悅子抱怨，公學校的老師大都來自九州，坂本先生對她的日語發音老皺眉頭，掌珠以此引以爲戒。

掌珠相信日語說得愈純正不帶腔調，會使她更接近成爲日本人。

這次回秀水養父母家，掌珠覺得自己改變了，和從前大不一樣了。好多事她很看不慣，路上的垃圾，養父隨地吐痰、擤鼻涕，養母不洗澡，身上發著惡臭，用缺口的碗盤吃飯，到處喧鬧吵雜，幾個和她命運相同的養女，知道她回來了，衣衫襤褸地來看她，伸出指甲積滿污垢的黑手掌過來拉她，大聲說話，發現原本和她們一樣粗聲粗氣的掌珠，挺直腰板，從喉嚨底部發出輕微的聲音回答，她們面面相覷，愣在那裡。

她還沒有完全習慣改變後的自己，不時感到有所衝突，不過掌珠知道她已經無法忍受過去的生活方式，有一股新的力量在她的體內躍動，養家的一切令她窒息不快，而他們竟把自己賣給躺在鴉片煙榻上的老煙鬼。

2.

身為殖民地教育局官員的夫人，坂本保子過著遊惰安逸的日子，自稱對唯美主義的文藝很有興趣，從東京訂了《文藝春秋》、《婦女の友》等雜誌，閒來無事，研究東京最近流行的和服腰帶式樣，也訂了一本《料理之友》，興致來時，參照雜誌上的食譜下廚煮食，由悅子充當助手。

保子夫人最近很是苦惱，關東大地震過後，東京的婦女以穿和服牽牽絆絆、礙手礙腳不方便逃生，地震時因之喪生的大有人在為理由，提議改穿俐落的洋裝，居家坐臥也企圖改變傳統的習慣，震災後，把榻榻米扔了，換上便宜的桌椅。比較保守的婦女雜誌有文章批評，日本女人生來彎曲的內八字短腿，換上洋裝，踏著小碎步學跳西洋社交舞，該是何等不堪入目。

持相反論調的文章，則表示婦女學習跳舞，令步伐移動更圓滑柔順，以行止姿態之美來取悅父親、丈夫，理所當然。本來日本女性是無我的，終其一生就是一個從屬侍奉的生涯。

時尚所趨，東京婦女跟著流行走，穿洋裝露小腿的風氣吹到殖民地來似乎指日可待。保子撩起浴衣，自憐地撫摸那一雙生有日本特徵的蘿蔔腿。雜誌專欄批評人心不古，即使京都的寺院、奈良的佛像全毀於震災，日本人也不會難過，可是東京的電車一停駛，就抱怨連連，這類文章則不在保子關心之內，她只在乎自己的缺陷。

除了長有一雙蘿蔔腿，另一件事更令她苦惱。不久前丈夫告訴她，遲了九個月才上任的伊澤總督，是屬於憲政會系統，政黨替換，高級官吏的人事跟著起異動，殖民地的政壇也不可避免，連警官署長這樣級別的小官也會因政黨權力變更而遭免職，坂本先生擔心他局長的夢不能成眞。

新政黨上任，中央政府以經濟不景氣爲名，實施財政節約，伊澤總督也進行領台以來幅度最大的行政整頓，配合財政緊縮政策，島內約有三千名官吏、特約人員、雇員將成爲政權轉移的犧牲者。總督獎勵節儉，對上一任民政長官辭職時，屬下爲他舉辦極盡奢侈的歡送會，頗爲不悅。新上任的民政長官不擺官僚架式，他的夫人更是棉布衣的愛用者，當她穿著棉布做的服裝出席婦女團體正式的聚會，在場的女賓先是困惑，確認是棉布而非昂貴的絲絹，她們個個大爲緊張。

「沒棉布衣怎麼辦？就算要做也來不及喲！」

長官夫人安慰她們：

「盡可能穿著簡單樸素的衣服即可。」

大家才鬆了一口氣。

消息傳到台中俱樂部的婦女茶會上，保子望著身上陪丈夫回東京述職時，到銀座名店訂做的純絹高級服飾，她爲沒有棉布衣而深感苦惱。下星期玩牌聚會，她保證在座的每一個婦女都會穿絞染的棉布衣出席。

悅子就在伊澤總督進行第二次官員解僱時，遭保子辭退的。《台灣日日新報》登載文章，勸導熱中消費的官夫人響應總督節約政策，效法英國婦女的生活經驗，家庭不請女傭，主婦自己上街買菜，節約水電。

「台灣必須不斷引進、吸取其他國家的優點。」

保子從善如流，辭退了悅子。她對有人在報上鼓吹獎勵日本人在自家養雞可不能苟同，民政長官夫人穿著台灣式的大裪衫長裙出席正式場合，保子也不以爲然。悅子被解僱的原因，與總督不浪費政策、民政長官夫人的棉布衣服無關，保子是用它們來當藉口。她發現台灣下女的臉色愈來愈蒼白，看起來像貧血病人，工作到一半就氣喘吁吁，體力減退，做事也不如先前的伶俐，疑心悅子得到慢性病，保子害怕傳染到本島人不文明的疾病。這些愛吃動物內臟的本島人。這才是辭退悅子的眞正原因。

掌珠回台中，正好趕上悅子與她道別，喘著氣抱來掌珠的精神食糧——過期的婦女雜誌、坂本先生從辦公室帶回來的舊報紙——悅子又送掌珠一件保子穿舊給她的浴衣，以及一雙脫漆的日本木屐。她從頭上摘下蝴蝶結給掌珠作爲臨別的禮物，告訴她日本女孩喜歡這種花俏的髮帶，戴上它，等於悅子和她在一起。把自己即將被賣掉嫁人做妾的消息說了，兩人商量不出什麼對策，只有抱頭痛哭，怨恨命苦。

分別前，悅子千叮萬囑，要掌珠寧願失去性命，也要保全處女之身，她說貞烈的日本女子，不肯失身於可惡的男人，用和服的腰帶將下肢緊緊綑裹，然後仰藥自盡，屍體被發現時，雙腿仍然合攏，保持貞潔。

3.

生爲台灣人，死爲日本鬼。

王掌珠套上保子夫人退漆的紅木屐，離地站在凳子上，從屋梁垂下來的繩索在她眼前晃盪。慢慢脫下從小穿到現在鬆垮垮的大裀衫，任它滑落到泥地上，打開悅子送給她，保子夫人那件穿舊的紅條絞染的花布浴衣。那一次偷偷溜進日本人的家，悅子拿出這件浴衣在她胸前比了比，不敢眞的給她穿上，怕沾染到掌珠的體味。現在這件浴衣是她的了。

寬袍大袖，一時找不到可以把手穿進去的袖子，等到穿上了，像掛在兩個肩膀上，裡面空盪盪的，寬大無邊。日本人的和服畢竟不像大裀衫那麼簡單，只是直直垂掛下來，它別有機關，多了一條長長的腰帶。打開它攔腰一束，肚子一縮，人一下找到重心，束了腰，領子卻從肩膀滑下來，拉上去，又滑下來。如果悅子這時看到她，一定會搖搖頭，說她沒穿和服的命，做不了日本鬼。

挺起胸，肩膀高聳，總算撐住了。拉緊腰帶，把穿慣大裀衫的自己驅逐出去摒除在外，吐出一口氣，開放自己，進入日本人的浴衣，讓身體的各個部位去迎合它，交互感應，緊貼黏著在一起，塡滿空隙，感覺到和服好像長在她身上的另一層皮膚，漸漸合而爲一。

睜開眼睛，望著眼前晃盪的繩索，掌珠不想尋死了。

披著浴衣、腳踩紅木屐，支著頭坐在竹凳上，掌珠浮想聯翩，最好能夠一走了之。《台灣日日新報》偶爾登載新聞：日本無知少女聽了人蛇巧言蠱惑，誘拐到台灣來賣春，藏在船艙的底層偷渡，剝掉她們身上的衣服，只賸下一條內圍裙，防止她們逃走。

掌珠是想反其道而行，混入基隆柴魚工廠，等賺足了工錢的日本女工回去時，躲在船艙偷渡到東洋。可惜她沒有門路。憑著才學不久的日語去考遞信局的電話接線生，穿上白色作業衣，天天坐在電扇發出轟隆噪音的工作室上班？甚至申請到醫院當護士？只有離婚的中年婦人和墮落的女子才會去做的被人輕視的工作？

養父找代書代寫催促她回去的信，措辭一封比一封嚴厲，恐嚇她如不從命嫁人，後果自負。小時候養母抓她頭髮去撞土牆，撞到昏死過去的記憶猶新，爲了向鴉片煙鬼索取更多的聘金，養母不會劈頭毒打令她破相。延誤歸期，她將受到什麼樣的懲罰？

掌珠不敢想。

到後來，代書的信把箭頭指向朱秀才，限掌珠七日之內回家，如違背不從，將到官府控告朱秀才及外孫扣押人質，以誘拐罪名問罪，信尾加強語氣，表示言出必行絕不手軟。

到了這田地，掌珠不願連累對她有大恩的朱秀才一家，只得搭縱貫線南下，到彰化站下車，心中存著最後的希望，但願那位和自己對過話、聽懂她日語的警察在車站値勤，看到他，掌珠將上前雙膝落地，跪著哀求大人搭救。報紙上不時登載大人行善助人的行徑：救出受後母虐待躲在壁櫥哭泣的小孩，幫助被妓院剝削的藝妓立下自由廢棄書，上星期還登了一則新聞，一個罪犯在進刑務所坐監前，請管區的警察夫婦代爲照料他的老母親。

如若那位大人不在車站當班，掌珠打算直接到警察局用日語向值班的大人訴說原委，乞求援助。

經過天公壇，從裡面傳出氣足洪亮的聲音，上次經過，就曾聽到一些「講文化的人」在那裡高談闊論，大聲疾呼些什麼，這次駐足細聽居然是女人的聲音，掌珠從來沒聽過女人在公開場合這麼響亮的說話，而且說得理直氣壯。禁不住好奇循聲而去，天公壇門口一塊木牌寫著：

文化協會主辦婦女問題演講

廢除聘金蓄妾貯婢

一個穿大裥衫身型高大的女子，一手扠腰自信十足地站在土台上演講，聲音從她被陽光曬黑的臉發出：

「咱們的祖先本著男不爲奴、女不爲婢的開拓精神，渡過烏水溝來到台灣這塊土地上討生活，結果子孫不爭氣，二十世紀已經過了二十三年了，收養女爲婢的風氣還沒改，查某嫺婢女、養女、媳婦仔的命運無法自主，被主人當作財產貨品隨便轉賣，有的還被賣到娼寮，不得翻身。

「咱們常常聽說：男人典屋、賣斷妻妾女兒，多出於貧窮難度，只有犧牲女的養活家中的男人，先不問是不是真有苦情，還是爲了賺錢，請問諸位：你們聽說過有女人因爲家中赤貧而典當賣斷丈夫的嗎？」

土台上的演講者等議論紛紛的聽眾平息後，接著講下去：

「台灣女人被隨便轉賣，這種不良的風俗完全是在男尊女卑的思想下產生的，在這社會裡，女人被當成物品任男人支配，無法爲自己的命運辯護，養女、媳婦仔、查某嫺、娼妓在表面上好像有所不同，實際上本質是完全一致的，文化協會嚴正要求總督確認男女平等，撤銷差別待遇，援助女性運動，反對人口買賣！」

聽眾中有人大叫：

「雞母在啼了。」

「這個打狗婆，老爸還是保正，小小年紀把裹腳布扔到愛河，一雙大腳好做運動啊！」

「認識她家的人說，她老母綁一雙小腳，照樣四處爬山旅行的！」

「日語頂呱呱，十幾歲就當公學校的老師！」

王掌珠手捏印著「援助女性運動，反對人口買賣」的傳單，擠過攢動的人群朝土台上的演講者走去。

4.

文化協會為了傳播新思潮，在全島各地設立圖書館、讀報社，又舉辦巡迴演講，推行戲劇演出，以此社教活動作為手段，反抗日本統治，道出台灣人被殖民的辛酸。文化劇被視為提升台灣人的品格、培養高尚品味的一種藝術活動，戲劇演出比演講更具感染力，文化劇變成民眾的新寵，一時之間，基隆、台北、新竹、彰化、台南等地，紛紛組織劇團，每年公演招徠無數觀眾，知識分子也成為座上客。

文化劇與殖民初期的「流氓戲」大異其趣，早年日本人來台灣當導演，舞台只用簡單的屏風式布景，以歌舞伎的伴奏樂器配樂，劇本沒有對白，演員都用台北的流氓，因為良家子弟歧視戲子，這種演出被稱為流氓戲。

從北到南的文化劇團與日俱增，引起社會人士重視，日本當局受到威脅，於是百般阻擾牽制演出，暗中叫戲台老闆拒絕出租場地給文化劇團，又規定演員非得領取執照，否則不准演出，劇本必須送當局檢查，通過後才能排演，使得導演叫苦連天，星夜趕寫劇本送審。

審查通過，還可能不准公開演出，劇團無奈只好用懇親會名義，以餘興形式表演。彰化一個劇團排了一齣後母虐待前子的戲，借此影射日本殖民者壓迫台灣人，演了兩場，當局識破心機下令停演。

王掌珠聽說有一個社團把胡適之的《終身大事》搬上舞台，導演在忠實於原著，或者適應台灣民情自由發揮之間舉棋不定。掌珠不知道劇本的內容是什麼，光從字義，當下認定就是她的寫照：一個身不由主、無法主宰自己婚姻大事的可憐人，她一身包了養女、查某嫺，可能為人妾三種身分，只差沒被賣入娼門，再也找不到比她更命苦的了。她的身世就是一齣賺人熱淚的苦情戲，只消她披上那件補丁遍處的大裀衫，往舞台一站，由她現身說法，不需編排情節，也不必為了表演培養情緒，站到燈光下喁喁自語，訴說血淚斑斑的經歷，就是一齣悲情的苦戲。

說到痛處，她想像她會撩起褲腳，解開領口的盤扣，露出被養母用火鉗燙傷、結疤的斑斑傷痕，捲起衣袖，向台下觀眾展示被養父硬生生折斷、關節脫臼畸形的手肘，最後她將戲劇性地把頭往後一仰，舉起雙手，撥開覆蓋額前的頭髮，露出髮角處粉紅色的疤痕，像一條蜈蚣盤伏蜷曲在那裡，那是養母抓住她死命往牆上撞到頭破血流留下的痕跡。

掌珠相信最後這個動作，一定能把台下觀眾懾住，為她掬同情之淚。

她一身就是一齣悲劇，她就是台灣的養女的化身。

遺憾的是掌珠不敢站在戲台上現身說法。

她棄婚潛逃，心裡惶恐不安，感到處處危機四伏，周遭充滿陰謀，無時不刻擔心養家探知她的下落，派人跟蹤她，躲在暗處監視她的一舉一動，狩候機會下手，趁她周圍無人的空檔，從身後掩住她的嘴把她綁回去，嫁給那個抽鴉片的老頭做妾。

兩年多來，掌珠東藏西躲，不敢固定待在一處。文化協會在溪湖、和美、花壇等地借用觀音廟、文祠演講，舉辦活動，距離秀水太近，掌珠裹足不前，不敢前去參與。她讓自己從看不見的敵人突圍出去，幫文化協會婦女領導打雜，受到資助把自己放逐到她認爲養家找她不到的偏遠地帶，跋山涉水遠赴嘉義、宜蘭、高雄、南方澳等地。掌珠慶幸自己一雙大腳，才跑得了遠路。當年總督鼓吹台灣婦女放足，她還自嘆過命苦，天生一雙天足，方便養家奴役勞動，沒綁過腳呢！

5.

不敢拋頭露面，上台搬演自己的故事。掌珠把自己關在屋子裡，對著鏡子自導自演過戲癮，模仿劇團演員的動作演技，比手畫腳，說到傷心處聲淚俱下。

緩緩拭去滿臉的酸淚，鏡子裡呈現出一張苦臉，蕪亂的眉毛擰絞在一起，眼尾下垂，嘴唇往下撇，她是多麼不快樂。她向鏡子裡的自己招招手，張開雙臂，想把自己擁在懷裡，擁抱到的只是空氣。長這麼大，從來沒有被人抱過，每次看到養母的手揚起，近距離地趨近她，就是要打她，她總是來不及逃，「叭」一聲從上而下，養母自己的手也被打痛了，改用竹片、棍子，長長一條伸過來，她更逃不了。

從來沒被抱在母親的懷裡。眼淚又爬滿她肌肉僵硬、從來不笑的臉，舔起來很苦很鹹。她命如苦瓜，沾什麼都鹹。

從有記憶以來，她身上永遠套著那件肩膀下垂、又寬又大沒有形狀的大褂衫。她從沒穿過一件合身的大裀衫，用來蔽體的衣物都是養母穿舊不要丟給她的。個子矮小，套上大人的衣服，身體被隱沒了，只不過是個衣架子，長長的衣襟拖到膝蓋下，走起路來拖泥帶水。為了幹粗活方便勞役，養母把她的袖子摺成好幾摺，露出一雙手好煮食、餵豬、操作家事。

同一件衣服，從小穿到大，隨著年歲增長，逐漸發育的身體慢慢把衣服的空隙塡滿，摺了好幾摺的袖子一路放開。一年到頭，不分寒暑，穿得她膩煩的大裀衫洗了又洗，補了又補，穿到後來看不出色澤，粗布的纖維被洗得條紋歷歷可見。養母穿過的衣服，沾上她的體味，掌珠厭惡那味道，然而任憑她再用力捶打搓洗，也始終無法把那令她作嘔的氣味驅除出去。

一直以來，她被囚禁在大裀衫的牢籠裡，養母的體味一寸一寸地滲入她的皮膚。掌珠多麼想脫下它，從牢籠中掙脫出來，把跟隨她貼身的氣味拋棄。

6.

《台灣新民報》登載一則頭條新聞，標題為：

警察刁難竟使妓女出火坑。

鳳山有家娼館，幾個賣身的妓女結交社會運動人士，加入簡吉領導的農民組合，上街參加「五一」勞動節的遊行，日本警察以吊銷她們的營業執照為手段，施加恫嚇，鴇母為圖利，想把妓女轉賣別家娼館，妓女們堅持從良，不肯跟鴇母回去。配合日本當局廢娼政策，鳳山的妓女們自廢生效，娼館老鴇無技可施，結果在社會人士的支持幫助下眞的擺脫了妓籍，回復自由之身。

鳳山妓女自廢的消息令掌珠大爲振奮。

文化協會有一位專爲弱勢者、被壓迫的女性打抱不平的人權律師告訴她，法律明文規定廢除人身買賣。即使在大清朝，到了中期就已經解放男性奴才，規定婢女二十五歲便可結婚，後來還提前到二十歲。

早在大正六年（西元一九一七年），殖民地的法院就宣布：

「將他人當作查某嫻終生限制自由，即使雙方意見一致，其目的仍違反公共秩序善良風俗，因此協議無效。」

國際間也制定條約，各國開始禁止人身買賣。

人權律師告訴掌珠，最近台中有一個養女，透過律師向地方法院提出脫離養女身分的訴訟，結果勝訴，重獲自由身。

每個人都享有自由的權利，對自己的身體有自主權。律師要掌珠不必認命，做一輩子身不由主的養女。身體是她的，她有自主權。律師說，她可以愛怎麼做就怎麼做。

對著鏡子，掌珠捏了一下自己的肩胛骨，硬硬的，肩膀是她的。撩起衣袖，找到一塊沒被打傷結疤的皮肉，擰了一下，皮肉是屬於她的。隔著衣服，雙手抓了一下兩邊的腰，軟軟的有彈性，腰也是她的。身體是她的，她愛怎麼做就怎麼做，可以不必假借他人之手。生命操在她的手中，她是自己命運的主宰。

人權律師自願爲掌珠仗義，還她自由身，鄭重聲明基於人道，義務幫忙不收分文費用，只要她提供出庭所需的文件資料。

掌珠不要做鏡子裡的人，她要脫下那件千瘡百孔、沾滿養母惡劣氣味的大裪衫，與過去割裂，完全棄絕長時間以來所受的凌辱、羞恥，那些最不堪的記憶。

如何演出她的大裪衫的故事？王掌珠最後想出了一種形式，不必拋頭露面，站在戲台上現身說法，而是把自己隱藏在鉛字裡，用語言文字，紙張變成她的舞台，她要寫部小說，讓她的故事存在於字裡行間裡，書名都想好了：「她從哪裡來？」還爲自己取了個筆名：吳娘惜。

小說不受演出時間限制。一個晚上演完一齣戲，燈光一暗，鞠躬下台，何其短暫，什麼也沒留下。小說卻可以保存下來，讓後世的台灣女子咀嚼她憂悲惱苦的養女生涯，讀到動人心弦處，她幾乎可以從紙上走了出來，讓讀者看到她、聽到她。

語言文字所營造的舞台是永恆的。

6 哪知萍水便逢卿

1.

施寄生寫詩撻伐日本統治者以繁苛的政令榨取百姓，嚴詞批評一家犯法、罪及鄰里的保甲連坐法，心情鬱卒的他形容憔悴，被早就有意整他的警察逮到機會，誣說他得了霍亂，也不經查證，就把他的家列爲疫屋，一家老幼圈禁屋內不讓出門一步，足足被拘禁了七天。

家人經此折騰，哀求寄生不要再與當局作對，他只好將詩文藏諸篋底。

痛陳日本暴政虐民的記述詩找不到知音，滿腹牢騷何處訴？可憐心中隱痛無人會。如何消解胸中塊壘？只怕斗酒也難消百斛愁吧！

他想到詩友孫秀才，乙未變天後，此人將四書五經束諸高閣，自號逍遙散人，不求聞達，靠祖上家業在金盛巷的宅院養了幾房妾侍，也流連後車巷的藝旦間，日日銜杯對美人。

平日寄生對孫秀才徵逐歡場，寄情聲色並不以爲然。

「咳，眾醉安能容我醒，」醉眼惺忪的孫秀才如此自嘲：「我這個不合時宜的秀才，別的不敢奢望，能夠逢上個能文能詩的紅粉知己做解語花，了此殘生，也就無憾了！」

孫秀才隨口漫吟：

醉駐柔鄉倦倚欄　功名當作鏡花看

拉寄生到後車巷的藝旦間尋找慰藉。

寄生對怡春館一個小藝旦特別投緣，聽她輕蹙兩道如畫的秀眉曼聲唱曲，寄生隨口吟出：

娟娟媚態雙彎月　嚦嚦歌聲一串珠

他為小藝旦取名月眉。

怡春館令寄生感覺回到從前。哀怨的南管曲使時光回流，傾訴著前朝興亡變遷，嗚咽遭逢亂世飄零的辛酸往事。斜抱琵琶彈唱的月眉，頭上梳著古風的元寶髻，身穿桃紅色提花緞大襟女襖，袖子短而窄，袖口滾了寬寬的紅緄邊，下身新綠色梅竹花紋綢褲下，絳紅寶相花紋的弓鞋微露，隨著穿衣人的舉手投足，身上的綾羅綢緞散發出一種前朝文化的情調。

寄生特別注意小藝旦領口、袖口、衣襟下襬鑲滾的花邊，那些織著鳳凰仙鶴百鳥、梅蘭竹菊百花、靈芝水仙八寶的圖案花紋，還有釘在領口的圓形嵌花的銅扣，衣襟旁如意雲頭、菊花形的盤扣，這些為了加添風韻的裝飾品，看在這前清秀才的眼裡，每每撩起他對華夏美學的緬懷。

月眉彈唱一曲〈心肝跋碎〉，一句分三句唱，一唱三嘆，欲說還休，絲絲哀愁，把這首南管曲唱得迴腸盪氣，聽得人斷腸。寄生爲她解說這名曲的歷史背景，無非是改朝換代，家人離散的悲劇。

一開始，他望著小藝旦雙眉微蹙唱些幽怨的曲子，以爲少不更事的她作態強說愁，倒也覺得扭揑可愛，直至從旁得知她坎坷飄零的身世，才發現流落風塵的她，年紀雖輕，卻已經遍嘗世間苦楚，哀惋的唱聲確是出自肺腑，有感而發。

月眉自傷淪落，寄生心有戚戚。每當她自嘆身世，他也感懷自己時運不濟。

祇識詩書能誤我　哪知萍水便逢卿

微醺中不覺潸然淚下，月眉抽出塞在衣襟的紅手帕，輕輕爲他拭淚。青衫落拓，紅袖飄零。怡春館會是容納神州舊夢的最後一塊淨土？

自命風雅，還能寫漢詩的兒玉源太郎總督在台北淡水館舉行「揚文會」，邀請前清有功名的士子顯達吟詩作樂，寄生把送上來的請帖擱到一旁。應邀北上的鄉親詩人回來形容與會盛況：宴會結束後，到樓上欣賞日本藝伎的舞踊，隔一天又參觀近代化的設施，介紹日本的新奇玩意。詩人說台北電燈照滿城，令他一時詩興大發，不覺吟出：

今夕是何夕　雙月照城西

被帶到提供電燈能源的電火所那晚，風雨交加，亮燈的花園卻是燈火如晝。太神奇了，詩人讚嘆。

寄生也聽說台南有位蔡姓士紳，參加「揚文會」，看到樣樣先進的日本報導，眼界大開，回去後組織「新學會」，預備從日本招聘教師來台教授後進，也希望四十歲上下的秀才廩生和貢生一起學習。

「世上除了實學之外，再也沒有可說服人心值得學習之物了。」

蔡姓士紳還說：「若讓孔孟聖賢看到今日的況勢，必定要大爲感嘆！」

世風推移，人心思變。

寄生聽了，哂然一笑。他讓月眉把《香草箋》往下讀，他很得意小藝旦能讀詩了，兩年多前他把著手一字一撇教她認字，每日對月眉執卷問字，朝夕課詩，難得她天資穎慧，假以時日說不定還能作詩，即席與文士相互聯吟唱和。

孫秀才帶頭起鬨，提議明年春天，按照舊朝科舉制度，爲後車巷的藝旦舉行花榜評比，要是月眉文才出眾，勢必壓倒群芳，寄生加緊課業，規定月眉每日誦讀《香草箋》，無少休息。

2.

與小藝旦相知相惜，日子還是要過的。寄生到台南詩社擊缽遊食，半年後回到洛津，他一手調理出來的月眉，被那羅漢腳，總督跟前的頭號走狗帶到台北。

月眉似乎走得很匆忙，只帶走從不離身的琵琶，怡春館的廳房臥室都沒來得及收拾，客廳牆上依然懸掛名流文士相贈的書畫對聯，門簾後的臥室，臉盆架旁紅漆梳妝台一套鏤花錫製的粉盒，其中一只開啓著，好像等待臥室的主人隨時進來補妝，那張雕工精美的紅眠床，繡著鳳凰牡丹的帳幔虛掩，床上空空的，只留下一對並排的紅皮黑邊雙人枕頭。

床頭那本《香草箋》，攤開的書頁可看到紅筆註的眉批，寄生南下前指定她的功課。人去詩集猶存。拿起詩集，寄生趺坐八仙桌旁的如意椅，耳邊響起月眉一唱三歎的南管曲：「……從今後，秦樓不用吹玉簫，從今後，琴弦阮不彈出別調……四目相看，那只得我珠淚難收……」

月眉走後，他聽任自己家中的梔子花開了又謝，謝了又開，成天抱著膝頭狂吟不斷，寫就的詩都藏在篋底，也不肯出示於人，自己也懶待整理。

隔年秋天，一位洛津文士到台北蓬萊閣飲宴後，被帶到艋舺的藝旦間「二次會」，清粥消夜，回洛津寫了〈觀台北女優〉一詩，他告訴寄生那晚出場的藝旦中，有一個眉眼酷似月眉的：

「兩道彎彎如初月的眉毛，不就是怡春館的月眉，我知道她人在台北，可就是不敢認，這藝旦喉清嗓嫩，嗓音依舊，卻不是抱琵琶自彈自唱，」洛津文士形容：「她手上捏了一條紅綢巾，旁邊拉胡琴的給她伴奏，唱的調門很高，悽悽切切，一曲又一曲，人家告訴我她唱的是北管的〈十八摸〉。」

詩人先是不敢確定這個顧盼傳情唱北管的藝旦就是月眉。

「幸虧臨散場前，她才抱著琵琶出場，唱了曲〈百鳥歸巢〉，確實是我們怡春館的月眉，在座的老聽客稱讚她南管北管雙管兼通，聽說另取了個藝名，不叫月眉了。」

3.

《台灣日日新報》登載一則廣告：

妓女現有數名，研究漢文，延請教師，
每日下午二時間，每名月贊儀二圓

漢仁說，他父親寄生之所以如此熱中參與《風月報》的發行，是從這本中文消費雜誌爲了刺激銷路，與大稻埕人士社交風月互動，舉辦花選開始的，寄生是想借這活動來圓他未竟之夢。

乙未割台，時不我與的文人名士感嘆：「大局不禁長太息，華夷從此是春秋。」沉醉溫柔鄉，終日以紅袖伴遊的孫秀才，提議爲洛津後車巷的藝旦舉行花榜評比。

「自唐代開科取士後，青樓女子與文人學士便結了深深的緣，古來觀妓、詠妓詩作多不可數。」按照舊朝科舉制度，孫秀才邀請寄生當這花榜的評比，將後車巷風月場中的藝旦的容貌技藝，分別以狀元、榜眼、探花來冊封。日本人領台，功名難遂的孫秀才想出此舉，也算是眷戀前朝典章制度、漢家衣冠的一種姿態吧！寄生心有戚戚。北里校書視作前朝衣冠的代表，按著花卉之名，把青樓妓女比作名花，分成麗、雅、韻、逸、清等十八品。

寄生在怡春館最後一次看到月眉，那天她穿著桃紅綢繡花的大襟衫，窄窄的兩只袖口滾了寬寬的柳綠緄邊，寄生欣賞這柳腰微擺的削肩美女，想到明年春的花榜評比，他想他會把月眉評比爲海棠花，屬雅品，隨口吟出：

天半朱霞　雲中白鶴

比先前以梔子花比擬她更上一層。那一天月眉斜倚花窗前，淡施脂粉，一身豆青色提花綢大襟衫褲的她，清新得像朵剛剛綻放的梔子花，散放出微微香味，寄生不禁吟了句：

明漪絕底　清露未晞

舊朝文人評比，花榜藝榜並重，除了色貌神韻，也要以才藝取勝。月眉歌喉天生，琵琶指法精妙，大曲小調任考不倒，加上寄生把著手教她寫字、學古文，吟豔體詩，明年藝榜評比，狀元奪冠非月眉莫屬。

寄生從台南擊缽遊食回來，怡春館人去樓空，只留下她沒讀完的《香草箋》，月眉被帶去台北，始終沒能成爲一個聲、色、藝三全的大色藝旦，寄生引以爲憾。

洛津的詩友在艋舺藝旦間看到一個捏著紅綢巾唱北管曲的藝旦，眉眼酷似月眉，寄生認定他是看錯了人，自己把著手一字一撇教她認字，朝夕課詩，假以時日要把她調教成爲即席與文士聯吟唱和的月眉，怎會去揑著紅綢巾，眉目傳情地唱低俗的〈十八摸〉？

同鄉私下耳語，原本是洛津的羅漢腳，因帶日本人進台北城有功，搖身一變，變成殖民者跟前的紅人，鄙視他的用一首台灣人想做日本人的「大國民」的歌來謔稱他，爲了巴結喜歡中國古典文學，據說還能寫漢詩的後藤民政長官，大國民特地帶月眉到台北爲他獻唱優雅的南管曲。洛津老一輩的都知道，他的生母曾經是後車巷的歌伎，大國民從小在檀板笙歌中長大，也到過北頭遏雲軒歌管混過，學會拉二弦。

後藤民政長官騎著白馬，捻著八字鬍，在大稻埕招搖過市，來到大國民淡水河畔二層樓的洋房，欣賞爲他舉行的堂會。月眉抱著琵琶被安置於彩繪獅子的日本屛風後，宴會廳的一角，一把比一般要長出許多，刀柄用鯊魚皮綑成的武士刀，威風凜凜地橫跨黑漆木架上，刀柄把手處垂下紅色的絲穗，武士刀兩邊一副對聯，月眉認出寫的是：

橫刀向天笑　揚眉劍出鞘

她撫著依然怦怦跳的心，嬌喘微微，剛才她的小腳走過打蠟滑溜溜的地板，舉步艱難，生怕一不小心滑倒，摔壞了她的琵琶。爲了今晚的盛會，月眉特地穿了一雙新繡的高筒弓靴，剛上腳的三寸金蓮有點緊，一邊怕滑跤，眼睛盯著地板，一小步一小步小心翼翼地慢慢挪移，旁邊站了一排的侍從，竟然沒有一個跑過來攙扶她。

酒席到了一半，月眉輕撥琴弦，感覺到水晶吊燈下的宴會廳很適合南管清唱，她彈著琵琶，雙唇微啓，曼聲吟唱，唱了兩支曲子，宴席上的賓客停止了交談，安靜地聆聽她婉轉動人的南管歌曲，一曲終了，有人帶頭鼓掌，月眉猜想那掌聲一定是來自留著八字鬍的民政長官，他懂得欣賞曼妙古雅的南管音樂，是她的知音。

兒玉源太郎總督又一次在淡水會館舉行「揚文會」，宴請本島有功名的文士詩人，月眉初試啼聲，上場自彈自唱了〈平沙落雁〉、〈梅花操〉娛賓，曲藝受到後藤長官的賞識，才有今晚的堂會。

「……心肝跋碎魂飄渺，贏得阮雙眼淚鮫綃。從今後，分開隔斷値只雲山縹緲；從今後，阻隔水遠山遙……」

朱弁辭別賽花公主，公主設宴於長亭，這首〈心肝跋碎〉月眉一句三嘆，聲聲出自肺腑，一曲終了，屏風前的宴席上靜寂無聲，沉浸在賽花公主別離依依的愁情。隔了半晌，才聽到一個有力的擊掌聲，月眉確定是後藤長官在喝采。

透過翻譯，民政長官與大國民探討中、日戲劇的根本差異，日本人對悲情的戲曲情有獨鍾，喜歡幽玄淒美的能劇，尤其是世阿彌的夢幻能，都以鬼魂爲主角，結局也都以悲劇收場，他不懂支那戲劇到最後爲什麼一定要來個大團圓。

民政長官任期已滿，在他返回內地之前，大國民在淡水河畔的府邸演戲歡送，他不惜工本，在花園搭了個精緻的戲台，付重金請上海極富盛名的京戲班搭船渡海來台北演戲，那晚的戲碼是《烏龍院》，大國民謹記日本人喜歡以鬼魂爲主角，悲劇收場的能劇，希望〈活捉三郎〉這一折會令後藤長官滿意。

演堂會戲，月眉以爲自己會被召去清唱，像上一回坐在屏風後，琵琶橫抱，表演一曲曲如泣如訴的南管曲。然而，上回接她入府的那個侍從始終沒有出現。隔了一長段時間，月眉才被通知爲慶祝天長節，日本天皇生日，全年最重要的節日，總督將在官邸舉行盛大的遊園會，屆時讓月眉表演一曲南管，囑咐她勤加練習，讓曲藝更上一層。

月眉滿心歡喜。然而天長節那天，大國民並沒有派人來接她，月眉打聽後才知道那天傳統曲樂節目南管清唱，被上海來的京班唱《二進宮》取代了。

京班陣容整齊，表演形式豐富，吸引了本島的官商士紳，上層社會的審美趣味漸漸趨向皮簧、北管高亢激昂的唱腔，祝壽、遊宴親朋好友，招待大陸來訪的官員名士，京班取代了南管清唱。時勢所趨，酒樓、藝旦間唱南管的藝旦，也紛紛放下琵琶，改學皮簧、北管。

施寄生無從想像，他的唱南管的小藝旦爲了過日子，不得不放下琵琶，拜艋舺平樂遊酒樓的福州曲師開始改學北管京調，沒學多久，也能上酒樓開天官，用官話唱的歌詞，並不是句句都懂，她漸漸喜歡節奏激昂的曲調，學著唱〈三更天〉、〈嘆煙花〉一類挑逗性的情歌。

他更無從想像，月眉和她的姊妹們受到日本藝妓舒手探足、又唱又跳的啓發，漸漸不滿足酒樓開天官的清唱了，艋舺色藝俱佳豔名大噪的藝旦，開始把清唱加上舞蹈動作，演起藝旦戲。除了酒樓，私人家庭慶祝生日、喜事的堂會也邀請藝旦們演戲助興，廟宇迎神賽會也會演出《二進宮》、《別窯》等戲曲，戲班的班主招攬觀眾，經常不惜巨金，延請藝旦演戲。

月眉也被看到穿了一雙前頭塞滿了棉花的繡花紅鞋，在龍山寺前的廟埕又唱又演藝旦戲。

寄生打聽出從洛津被帶到台北的月眉，被安置在淡水河畔入船町的藝旦間，青山宮旁的巷子，房間很小，用糯米黏著竹片的薄牆隔間，左鄰右舍的麻將聲通宵響之不絕。

他拎著特地從洛津「玉珍齋」買來的鳳眼糕、綠豆糕來找月眉。出門在外，一定想念家鄉的糕點，何況是洛津的名產，月眉最愛吃的。從前到後車巷的怡春館聽她唱曲，哄她張開小嘴，鳳眼糕、綠豆糕一片一片餵給她吃，月眉伸出紅紅的舌頭來接，吮吸著，把豬油、白糖、桂花融入嘴裡，皺起鼻子享受滋味的樣子，每每使寄生恨不得把這小藝旦吞進肚子裡。

月眉也很愛吃紅龜粿，美市街「裕興行」的最有名，蒸好的取出蒸籠，讓外皮稍稍風乾，軟軟的卻帶有咬勁，寄生怎能忘記月眉倚著紅眠床吃紅龜粿，任由他撫愛她軟綿綿的胸乳。可惜這東西要吃新鮮的，變硬了就失去味道，他無法帶到台北來。

寄生沿著種植柳樹的河岸，來到入船町，淡水河邊，日本人開的空氣槍遊藝場，有不少人在玩吹箭，水柱頂端飄一個小球，高度不斷地變化，很難擊中那粒小球，玩的人個個敗興而去。

「市山」水上餐廳閃著霓虹燈，日本老闆以他的名字開的料理店，聽說船上可放六十疊榻榻米，食客爲了盡興，還可以從河畔岸上的「藝者間」叫藝旦上船清唱。「市山」不是寄生消費得起的，他只沿著河岸邊來回漫步，船上飄來鑼鼓伴奏聲，官話唱的北管唱詞被風吹得支離破碎，不知在唱些什麼。

寄生拎著一盒「玉珍齋」的鳳眼糕、一盒綠豆糕，改到大稻埕藝旦被召去獻藝的酒樓，在外邊等待月眉出現，一直拎到那兩盒糕點發出油洩味，始終送不出去，還是捨不得丟掉。

4.

月眉響應日本當局的放足運動，解開裹腳布，她以為這樣會討好大國民。

一次強烈的颱風帶來的豪雨使台北釀成水災，災情慘重的大稻埕、艋舺房屋倒塌了一千多間，被大水淹死或來不及逃出的罹難者，據官方調查，都是綁小腳的婦女。

殖民政府乘機製造輿論，呼籲本島婦女自覺纏足之害，當局邀請了御用的紳士名流組團到日本去，讓他們親眼看到東洋女子個個天足，接受教育參加社交。大國民率先響應總督的放足政策，推薦大龍峒一個姓葉的士紳東渡日本見識到東洋女子的進步，回來鼓吹婦女放足，組織天然足會，在大稻埕普願社舉行大會，指出纏足違反人道，戕害身心，不便作息，纏足使女子身體羸弱，不事生產，仰賴男人供養，成為社會的寄生蟲，不僅有害家庭，更嚴重影響後代子孫之健康云云。

支那之所以積弱，甚至清朝之所以覆亡，皆由於纏足之故。

為了獎勵放足，日本當局實施種種表彰，解纏者，在家門口掛上標幟，給放足者佩授徽章，贈送印有「不敢毀傷孝之始也」的絲巾。

剝掉小襪，撫摸著骨斷筋摧、醜陋變形的小腳，月眉慶幸自己被纏得晚，任憑力氣再大的僕婦也無法把她已長成半大的腳纏成一點點，放足後穿上鞋頭塞棉花的繡花紅鞋，還算能走動。

然而，在總督鼓吹放足運動前，她可是不這麼想的。第一次被大國民握住她一雙小腳，形容像一對白乳鴿，把它們放在指掌間把玩，不無遺憾低喟：

「再小一點就更妙了！」

月眉聽了，恨不得拿刀切斷腳面，削去多出的那一截骨肉來取悅大國民。

事過境遷，這個嫌她腳大的男人，最早響應總督的放足政策，甚至把一首〈勸解纏足歌〉掛在嘴邊哼著：

「上蒼創造人，男女腳相同，算是天生成，好足又好行……」

月眉放足前，大國民向她說起那個天然足會長姓葉的紳士，雖然在外面大聲疾呼，勸人加入天足會，家中六歲以上的女孩嚴格規定不得纏足，會員兒子十歲以下者，今後不得娶纏足女子，會員女兒纏足者，處以罰金五至一百日圓。

「可是，姓葉的家中女眷卻沒有放足，還裹一雙小腳！」

「眞有這種事嗎？喊得最大聲的是他呀！」

月眉放足之後，大國民望了她腳下一眼，把眼睛移開，從此就不到她這兒來了。

孤衾難眠，月眉回想那晚爲後藤長官舉行堂會，她唯一一次留在公館過夜。月眉躺在四周沒有床欄的席夢思床上，好像飄浮在陽台外的淡水河，浮沉水中不知身在何處，故鄉洛津她所熟悉的街道，一條條飄浮了起來……

房門被打開了，走廊的白牆投上一個巨大的黑影，那黑影移動過來整個覆蓋在她身上，月眉往下一沉，感覺到被壓沉水底了，肚兜被扯掉了，手往下伸，輕輕捏住她的小腳，以從來沒有過的柔情絮絮地說：當他看到月眉邁著小碎步，嫋嫋婷婷地走過來，步步動人，可惜纖腰微擺走到獅子屛風後，他恨不得可以一把摟過她，摟到他旁邊依依侍坐。

「可惜日本人不時興這樣……」

大國民遺憾地說。隨口哼起〈私會佳期〉南管曲，陳三五娘私情敗露私奔出走，「捎起繡羅衣，兜緊繡鞋步步移，一路相扶持……」

唱到「繡鞋步步移」時，愛憐地捏了捏她的小腳。

之後有一晚，月眉披衣起身送他，大國民從來不在她這兒過夜，再是夜深，他也要回去。一個不留神，月眉碰到八仙桌的桌腳，哎喲一聲，人站不穩，搖擺著差點倒下去，大國民及時扶她一把，握住她受傷的小腳，一直呵護疼惜，柔聲地問她：

「還疼嗎？」

好溫柔的一刻。他愛的是她的小腳。

中卷

公元一九三五年十月，日本政府為了紀念殖民台灣四十周年，舉辦了始政以來規模最盛大、長達五十天的博覽會。開幕大典假耗費巨資、尚未完全峻工的公會堂舉行，當天駐台各國領事，日本、滿洲、朝鮮各地官員到場觀禮，滿堂顯要貴賓，典禮異常隆重。

博覽會分三個主要的展覽場，以公會堂為主體的第一會場，台北新公園內，雄偉的總督府博物館作為展覽空間的第二會場，本島人聚居的大稻埕南方館則為第三會場。

新公園內圍繞著噴水池搭建的專賣館，圓形的建築，外圍聳立四座高塔，造型獨特，雕飾精美，其中的主塔高聳入雲，是第二會場最壯觀的建築物。

專賣館展出總督府旗下的樟腦、酒、菸草、鹽、鴉片專賣品，近處還各設有一小型模擬場，展現各項專賣製作的過程，供民眾參觀。

熬焚樟腦的腦寮，仿照山上的茅草棚頂，地上堆積著削成細片的樟木，這四種熬腦及提煉芳香油的樟木，是根據總督府的樟腦專賣法規挑選出來的。

台灣雖然是全球樟腦的主要產地，日本人卻認為傳統的焗腦方式太過落伍，技術落後，台灣仗著樟林豐富，不知珍惜，毫無計畫的任意砍伐，只取含腦較多的根部，含腦較少的枝幹則棄之不顧，浪費自然資源。

總督府將樟腦列為專賣後，按照大藏省的議定進行改革，首先是削取樟木片的方法，日本人摒棄本島順著木理將木塊縱斷的削截法，他們認為這種方式無法令腦質充分游離出來。

日本人改用一種斜削法，用手斧依照木理的縱面割劃，有效的使腦分離脫。

日本人使用手斧切割樟腦樹，一片一片削下，看起來有如蠶吃食桑葉，從邊緣逐漸侵蝕到材質全面，最後使整棵樹倒下。

模擬製作的蒸餾熬腦設備，也經過改良，水槽是用日本生產的杉木所製，改進後的日式腦灶，比從前台灣焗腦的腦灶可製作更多的樟腦。至於從前腦丁必須冒著生命的危險，往往在樟樹傾倒時摔死，為貪圖厚利，常在粗製樟腦中摻雜藤膠、洋菜、番薯粉的惡習，在日本人的嚴格管制下，已然成為歷史陳跡。

樟木必須晝夜不停地蒸餾，連續焚熬不得停火，而且火力還得維持一定的平穩程度，火力加減會影響到樟腦的結晶，腦丁一天二十四小時都得不停地照料火候，以防止不良的變性。

粗製樟腦含有不純的雜質，日本為蒸餾昇華純度高的精製樟腦，以及提煉芳香油的技術，中間經過一段漫長的研發過程。明治以前，日本只會焚熬粗糙的粗製樟腦，領台後日本官商看中它有利可圖，開始網羅專家進行系統的改良研究，從發明乾餾法到通風昇華法，將粗製樟腦與再製樟腦混合，融解再蒸餾，將不純的夾雜物分離，一直到殘餘的雜質驅逐殆盡，經過連續昇華的作業程序，便可得出改良乙種樟腦，其濃度高達百分之九九．三以上。

日本研發出來的昇華裝置，設備完善，凌駕歐美之上。

札幌農校出身的高木玉太郎，經過五年的奮鬥，發明一種壓榨機，將粗製樟腦再蒸餾，昇華精製後榨成粉狀，再將粉末狀的樟腦放入模型之中，壓榨成一塊塊的結晶塊，被形容為

「狀似龍腦，色白如雪」。

高木玉太郎因這技術獲得專利。樟腦專賣館的腦寮旁，一座久須乃木祠展示日本精製樟腦技術的驕人成就，祠前的鳥居高達三公尺，與祠座都是用純度最高的樟腦結晶製成，夜裡在燈光照射下晶瑩剔透，美得不盡情理。

比起樟腦展覽館陳列那些狀如龍腦、色白如雪的結晶體，我還是覺得我才是博覽會場萬眾矚目的焦點，說矚目也許不太恰當，因為我是無形無狀，但我在空氣中無所不在，人們只需吸一口氣，就可意識到我的存在。

籌備博覽會的諸君，有意讓我一顯身手，選在始政四十周年，如此重要非凡的日子讓我登場，把從我身上提煉而成的芬芳香料，注入新公園的噴水池，使參觀的民眾老遠就聞到一陣陣由我散發出來的香味，人人一提氣深深把我吸進去，頓時感到神清氣爽，舒暢之至。

在此出盡風頭的時刻，卻不由得我感慨繫之。

說起來，我的命運可夠坎坷了，真的有點不堪回首。我本來被稱為臭樟，台灣樟樹中特有的品種，從外表長相來看，我和比較普遍的本樟、油樟、花樟並沒什麼相異之處，所不同的是，第一我含腦少，遠不及含樟腦率最大的本樟，也不如含油最多的油樟，甚至連做高級家具漂亮的花樟都不及，另一個不同之處是只要用斧頭砍下我身上一小片，湊近鼻子一聞，那股濃烈到香極成臭的味道，立刻令人退避三舍，即使摘下我一片葉子，用手搓揉，也會散發出濃濃令人不舒暢的味道，哪像本樟那麼淡雅清香。

唉，叫我臭樟，不幸名符其實。

人們對我敬而遠之，我只好混在其他受歡迎的樟樹之中，過著自怨自艾的日子。儘管我生來臭，畢竟天生我材必有用，我還是具有樟樹的特質，不容易蛀蝕，即使我枯死倒下後也蟲蟻不侵，因此雖然無幸被用來焗腦熬油，在帆船的時代，我卻是最好的船艦用材，我的前輩在大清雍正年間被砍下當做軍工料館造船的材料，等而下之的，也被用來做水車、牛車輪，家具、佛相雕刻。

做夢也沒想到，日本人來了以後，會令我們鹹魚翻身，改寫了臭樟的命運，從此身價百倍。這還得從我的身世說起：

我出生在台北近郊的文山堡，本來是陳秋菊名下的一棵臭樟，說起此人，可是大名鼎鼎，他曾經是台灣人心目中的英雄，參加台灣民主國的保衛戰敗潰後，糾集四方豪傑跟日本軍作戰。在大大小小戰役中，最為人稱道的是偷襲大稻埕那次，只見陳秋菊英姿颯爽的騎在白馬上指揮。

他後來被日本人招降後，總督頒授紳商，並授予製造樟腦的權利，設立文山堡試製所。樟腦使這個歸順的土匪一躍而成為豪富，沉醉於女人及鴉片煙中度日。可惜好景不長，日本領台後四年，依據總督府制定的法律實施獨占的專賣制度，樟腦名列其中，總督斥資買斷陳秋菊文山堡的五百多個腦灶和製腦工具，由財閥三井等成立台灣樟腦株式會社，是為官方製腦事業的濫觴。

日本人進駐文山堡試製所後，他們觀察到我比本樟、油樟長得快，雖含腦量不是很多，製出的樟腦含砂量卻很少，最重要的，在我身上有了個喜出望外的大發現。

原來在日本領台之前，台灣的腦丁只知用最原始的方式焗腦，根本不知道有的種類的樟木還含有香油腺，可提煉芳香的腦油。

日本專家本著凡事追根究柢的探索精神，經過單用分析法在我身上分離出里那落兒油(Linalool)，這是一種貴重的芳香油，精製後含有橙香、薔薇花香，加上乙酸和一般花精油調和配製，是薰衣草、紫蘿蘭等香氣香料的重要基礎劑，在各種高價香料中，我被當做香料原料受到重視。

我的身價在一夕之間扶搖直上，連名字也從本來的臭樟改成芳樟。日本專家不僅改變了我的命運，恩澤也波及和我一樣含腦不多的花樟，他們在花樟身上採收到富有芳香油的Safrol。

一直以來花樟因木質氣味芬芳，能除蟲害，而且木材花紋美麗，被用來做家具，被發現含有高貴的香料原料後，從此不必被砍來做衣櫃，不見天日了。

1 風起

1.

中川健藏總督無視於島上經濟不景氣所導致的失業浪潮，也不顧台中州剛發生二十世紀傷亡最慘重的強烈大地震，號召全民總動員，大事宣傳紀念始政四十周年的博覽會。早在一個多月前，《台灣日日新報》每天以最醒目的版面，登載蓬萊島上光輝燦爛的博覽會消息，電台新聞時段放送博覽會介紹也未曾稍歇，鐵道部裝置新火車頭，更改時刻，加開班次，載運到台北參觀的人潮。

黃贊雲醫生擠在人潮中，坐上宜蘭開往台北的加班火車前來參觀這個號稱台灣歷史上最壯觀的盛會。

靠助學金從台北醫學校畢業後，黃贊雲回到宜蘭家鄉，用妻子的陪嫁，在街市熱鬧的地段開了診所，成爲受人敬重的醫生。爲了增加威嚴，黃醫生蓄起鬍子，他很欣賞醫學校一位日本教授的仁丹鬍，唇角兩撇鬍子像兩隻倒放的菱角，據說每天必須上蠟造型，才能使兩端驕傲地翹起。宜蘭畢竟是個小地方，他不敢模仿日本教授的仁丹鬍，只在鼻下蓄了一撮鬍子增加威望。

每幾個月，黃贊雲醫生忙中抽空，又是汽車又是火車，沿著依然驚險萬分的公路到台北來。

「雖然宜蘭也住了些日本人，畢竟還是比較閉塞，常常到台北城內看看，增長些見識，才不致和都市脫節呢！」

日本領台，把台北市轉化成一個充斥著霓虹燈商店、咖啡屋、映畫館、遊廓的現代都市。每次從台北回來，他都會向病人說起首善之都的明顯變化和新鮮的見聞：隨著時尚，他觀察到愈來愈多的台北人不是穿和服，就是著西裝，從前他讀醫學校時，大稻埕好幾家賣大裪衫、對襟唐衫的傳統服飾店生意愈來愈差，有的甚至關門大吉。

「台北城內愈來愈像東京的銀座，有霓虹燈、電車巴士、百貨公司有電梯……」

榮町新開一家七層樓高的菊元百貨公司，黃贊雲形容平生第一次坐電梯：

「不用一步步爬樓梯，走進一個長方形銀白色小房間，門慢慢關上，開始有點害怕，憋住氣，不敢呼吸，才一下子，門開了，說是已經到七樓了，不可能吧？跑到窗戶一看，哇，台北城就在腳下！」

醫生向聽傻了眼的患者做結語：

「台北人把這家百貨公司又叫做七重天！」

台北之行，黃贊雲也不忘記文化藝術的欣賞，到大稻埕太平町松竹、月兒莊的喫茶店聽收音機播的尺八、謠曲、短歌等日本音樂。

光顧城內的咖啡廳：

「一邊聽古典音樂，咖啡才能喝出眞正的味道。」

他鄭重其事地說。

城內到新公園的路上，有一家叫雲雀的咖啡廳，他在那裡聽到法國作曲家德布西的《大海》曲盤，親眼看到牆上掛著石川欽一郎的水彩畫。

黃贊雲擺頭回味畫中的風景。

「石川欽一郎大師的眞跡，你聽說過嗎？太了不起了！」

博覽會把台北市裝飾出嘉年華會的氣氛，黃贊雲下了火車，穿過車站前用明亮的紅黃色彩裝飾的垂直線形大歡迎門，市內主要地標、公共建築邊緣掛上紅、藍、綠的霓虹燈，一到晚上大放光明，把城內帶入一個霓光流彩、豪華絢爛的不夜城。

本町、京町沿街插上博覽會的廣告旗，兩旁各大商家、店家的櫥窗設計各出奇招，裝飾得極具創意富藝術性，以期在櫥窗設計比賽中拔得頭籌。乘載美女的花車穿梭街道，爲此次盛會造勢，五家有名的咖啡館選出八十位美人宣傳輕而薄的浴衣，坐在敞篷的汽車上遊行，美女身上的浴衣印有「躍進台灣紀念台博」、「秋天去看台博」等字樣，渲染熱鬧氣氛。

六十萬張宣傳廣告從天空飄下，撿到的民眾可兌換入場券、商品券，免費參觀博覽會、兌換禮品。公共汽車車廂內，張貼和平鴿海報，五色連續的三角旗做文宣，餐廳、旅館、咖啡廳整天放送女歌手赤坂小梅的〈躍進的台灣〉。

參觀了公會堂博覽會的第一會場，頂著十月依然熱辣的陽光，黃贊雲來到新公園總督府博物館，這裡原本是一座官祀的天后宮，興建於劉銘傳時代，供奉台灣唯一的一尊金面媽祖。日本領台後，拆除台北城門，以市區重劃爲理由一併拆除天后宮，卻又在廟宇遺址上建立一座宏偉壯觀的新古典主義式的博物館，紀念第四任兒玉源太郎總督，黃贊雲遠遠地看到公園內胸前掛滿勳章、左手握著書卷的兒玉總督銅像。

博物館是博覽會的第二會場，公園入口處一塊顯眼的招牌，上面寫著：「尋找變裝人」，殖民政府的事務局官員、日本藝妓、餐館女服務生化裝成守衛、紳商、農夫、女學生，混跡展覽會場，供參觀博覽會的觀眾在人群中搜尋，辨認出他們的可領到獎品和五圓獎賞。

黃贊雲望了一眼「尋找變裝人」的招牌，心想他醫學校的同學阮成義，這人最喜歡裝神弄鬼、神出鬼沒的，會不會也來參加這個遊戲？

穿過人氣最旺的「海女館」，觀眾在粗獷的海洋礁岩裝飾的館外大排長龍，等著進去欣賞日本遠道而來的海女，身穿紅色貼身衣，像紅鯉魚在巨型的大水槽內嬉戲採集珍珠。黃贊雲拾級踏上博物館的台階，仰望多立克石柱懸掛結成葉飾狀的太陽旗，走進羅馬式大圓頂下，彩色玻璃瑰麗採光的大廳，博覽會以雄偉的博物館展覽日本治台四十年殖民教化政績，突顯神社信仰爲日本國民精神之本。

黃贊雲隨著參觀的人潮，參觀了日本殖民者將昔日「蠻荒未開，瘴癘之地」的台灣，與日本統治後的台灣做清楚的今昔切割，展現總督府對島內的教育、理蕃、衛生、警務的具體進步成果。對總督把本來無知蒙昧的台灣人引導向文明世界的用心，黃贊雲衷心感激。

一走進台灣電力株式會社所提供的電氣館，入口一尊身高兩公尺多、眼珠子用電燈泡做成的電動雷神，觀眾仰望這踩在雲端龐然巨大的雷神，個個不能自禁地張大嘴巴，在發出驚叫之前，又連忙用手蓋住嘴巴，生怕失禮，只瞪大眼珠，顯出無法相信眼前所見。

要不是黃贊雲一早到公會堂第一展覽館的交通特設館見識到以無線電遙控的機器人「桃太郎」，他也會和這些觀眾同樣震驚吧！

那是一隻奇大無比的金屬桃子，它一接收到電波，就會自動分成兩半，從裡面活跳出一個可愛的桃太郎。早上他還在同一場地看到一隻龐然的大烏龜模型，也是肚子裡裝有音波和光波的反應器，正在慢慢地移動爬行。

「死物也能行。」

觀眾目瞪口呆。

黃贊雲駐足「電氣家庭的一天」的展覽，由六個旋轉模擬眞人的場景，展現未來台灣中流家庭電氣化的現代生活，主婦的一天如下：

清晨六點，用電鍋煮炊；早上八點，主婦手持燙髮器梳妝；早上十點，縫紉機的裁縫時間，旁邊展示電扇、電暖器；下午兩點，接待訪客；四點清掃家屋，一邊聽收音機；晚上七點，在電燈下給孩子溫習功課。

如果妻子也在這裡，黃贊雲想，她該會憧憬電氣化的生活早日實現，嚮往下午兩點鐘招待訪客的場景：

兩個穿和服的女子隔桌跪坐窗前的榻榻米，面前分別擺著西式的茶杯，主婦用電器用品操作完家務，這時才忙裡偷閒，閒情逸致和朋友品茶談心，欣賞懸掛牆上的畫軸。

去年黃醫生把診所擴大翻新，後面蓋了一棟日本式的住家，他很以這棟房子爲傲，稱讚日本人住家講究通風又衛生，住起來很舒服，他在院子裡種了兩排矮矮的日本松，新闢的花圃全是日本種的董花、桔梗、燕子花。

「下一步，」黃醫生告訴自己：「就是改造自己的人格了。」

拘謹有禮而節制，注重義理人情的日本人的性格，是黃醫生心目中完美人格的典範。

傍晚看完最後一位患者，回到日本式的住宅，黃醫生換下西裝，洗了澡穿了一件家居藍條紋的浴衣，在窗明几淨的書房舒服自在地小坐片刻，起居室唱機曲盤的輕音樂飄過走廊傳到他耳裡，下女在全家唯一沒鋪榻榻米的土間廚房準備主人下酒的小菜，等一下與家人共進晚餐時，他喜歡喝兩杯日本清酒。

黃醫生感恩日本統治者對他所做的一切。出身寒微的他，做夢也不敢想像有朝一日會當了醫生。如果沒有日本人的栽培，他的出路是繼承父親的衣缽，挑著擔子沿街替人補鐵鍋。

黃贊雲對自己的身世背景不甚了然。隱約知道先人好像在瑯嶠落戶過，到了祖父一代輾轉來到宜蘭月眉山，有可能是欠債或是犯了罪，做了不名譽的事才會攜家帶眷落荒而逃，躲到泰雅族人聚居的窮鄉。他問過父親，卻是吞吞吐吐語焉不詳。

小時候家窮，無法供他上私塾，「贊雲」這名字卻是私塾的先生給他取的。和大他兩歲的姊姊扛著父親補好的一只鐵鍋，送到先生的家，先生剛過足了鴉片癮，看到男孩盯著供桌上的孔子像，對那支朱筆和那把戒尺也很好奇，於是上前摸摸他的頭，問他叫什麼名字？

先生對他的回答大搖其頭，連稱：不雅、不雅。這時屋外天空一朵白燦燦的雲給了先生靈感，給他改名「贊雲」。

日本人領台後，父親以爲街路住的人多，補鍋的營生可能興旺些，於是搬離了月眉山。黃贊雲上了公學校，發誓一定要把日語學好，好讓那些因爲他家窮而輕視他的同學對他另眼相待。

不只一次，黃贊雲放學回家，碰到挑著擔子沿街叫人拿破鍋來補的父親迎面而來，他都裝作不認識。等父親走遠了，和同學模仿那拖長的叫喚聲取樂。

2.

走累了，黃贊雲醫生到北海道館旁附設的喫茶部休息，日本發展紅茶外銷，牆上張貼「日東紅茶」的廣告，也宣傳台灣綠茶賣到滿洲國，黃醫生瀏覽一幅支那東北舉辦台灣茶展覽的海報，看看參展的茶行中是否有「珍奇香」茶行的名字，這茶行是他總督府醫學校的同學阮成義家裡開的。

黃贊雲把眼光投向外面的人潮，下意識地在人群中搜尋，剛才在入口處看到「尋找變裝人」的招牌，也許專愛裝神弄鬼的阮成義今天也來湊熱鬧，夾在人潮中等著他發現，好久沒見到他了，這個阮阿舍會把自己換裝假扮成什麼模樣？

阮家祖上來自產茶的安溪，劉銘傳時代指定大稻埕的千秋街和建昌街爲外商洋行區，街道兩側西洋式二層連棟洋樓林立，店裡鋪上地板，還有壁爐。阮成義的父親在英國人杜德經營的寶順洋行當夥計，這洋行主要經營台灣烏龍茶，外銷英、美市場。

日本據台後，洋商撤走，這兩條街被統稱爲港町，茶樓與茶行林立，街坊騎樓成了揀茶的生產線，遠遠地就可聞到撲鼻茶香。阮成義的父親湊足了資本，在朝陽街自立門戶，開了「珍奇香」茶行。他父親的興趣只有茶，除了理髮足不出戶，整天關在高燥明爽的茶寮，腦子裡想的是烘焙好的茶青要如何拼配才能製作出穩定的茶葉。他不注重毛茶的外型，只在乎茶的喉韻、調性、香味，以及發酵的程度。

經由精心調配，這位茶癡研發出一種輕微發酵的包種茶，沖泡出來呈淡淡的綠色，味道純而香，還有一種用新鮮的花當薰花原料，調配成功的花茶，外銷到東南亞，廣受華僑的喜愛。

黃醫生曾經去過阮家的茶行，紅磚二層樓房，後面偌大的院子種滿了茉莉、秀英、梔子、樹蘭等花樹，用來當作薰茶葉的原料。阮成義泡了一壺自家生產的烏龍茶待客，倒入白瓷杯的茶色有如琥珀，湊近鼻前，芳香至極。

「英國人把它稱作琥珀烏龍，美國人也愛這種茶，給它一個名字叫『台灣美人』！」

阮成義說，琥珀烏龍在巴黎萬國博覽會出盡風頭，參觀的觀眾到台灣喫茶店喝了它，都讚不絕口。博覽會打響名聲後，用戎克船運載外銷歐洲美國，數量相當可觀。

眞正使阮家致富的是他父親用武夷岩茶焙製的方式，研發出的奇種烏龍，從不同岩間採收葉片比較大而成熟的茶葉，這種茶葉本來需要長時間走水才能發酵充足，他父親反其道而行，用中焙火，讓茶葉稍微輕微發酵，使茶客不致因太生而傷了胃，又令茶湯喝起來味道不會太濃、太重，依然保持清香，聞起來還有一種蜂蜜的香甜。

奇種烏龍使阮家賺得缽滿盤滿。

仗著家裡富裕，阮成義呼朋引友笑鬧玩樂，上街看到日本來的浪人腰間綁著長條毛巾，腳踏高腳木屐，敞衣破帽放浪形骸喝酒滋事，興致來時，阮阿舍也把自己打扮成浪人取樂，頭戴著麥稈草帽，足踏高高的鋸齒木屐，故意衣冠不整做無賴惹事招搖過市。

他喜歡惡作劇。小時候隨家人到東京旅遊，看到日本男人爲了顯示家世尊貴，和服外披的羽織外褂把世襲的家徽印在上頭，有些台灣人也盲然跟風，令他十分瞧不起。明明沒有家徽，卻又愛自抬身價假扮貴族，這般人只好借用武士家的馬印來充數，而且往往連浴衣的帶子都不懂得繫，硬是把它綁成柔道服一樣的十字結。

阮阿舍輕蔑地嘲笑這些人猴子學人樣，故意把家裡茶葉行的商標充當家徽，印在和服的短外褂，搭配褲裙坐在人力車和那群裝模作樣的台灣假貴族別苗頭笑鬧一番。

眼看他醫學校的學長們，畢業後把醫術當作牟利的工具，一如文學家筆下所形容的一個個成爲「醫術的商賈」俗不可耐，阮成義不願意當醫生，他轉入熱帶醫學的研究。日人領台後，飽受島上瘧疾、霍亂、鼠疫肆虐，醫學校的熱帶醫學研究除了教授病理或學說，也很注重標本製作，爲了記錄蚊子的種類和生態，晚上也得摸黑到牛欄去捉蚊子，阮阿舍受不了這種苦，從醫學校休學，每天頭髮也不梳理，拿了根手杖在街上晃蕩。

他對剛引進台灣的寫眞技術極爲著迷，不時到城內日本人開的「遠藤」、「勝山」、「朝日」寫眞館觀摩甫自東京進口最先進的單眼相機，與少數同好名流紳士組織了本島第一個寫眞沙龍，定期在「資生堂」店後聚會，相互交換訊息心得。沙龍經常邀請對這種嶄新的照相技術學有專精的人士來演講，有次請了一個剛從柏林開完傳染病毒會議的日本醫生，他以給學生授課一樣嚴肅的語氣向正襟危坐的本島紳士們講解德國出品的萊卡相機，對該廠牌、技術研究的過程、機器性能特色侃侃而談，最後小心翼翼地捧起桌上那架萊卡，表示擁有此物是此次柏林之行最大的收穫。

留著小鬍子、身穿筆挺黑色條紋西裝的日本醫生形容：

「和上了弦同樣的感到興奮，它成爲我身體的一部分，等於我的眼睛的延伸，走到哪裡，被什麼景象，不管是人物、風景，一觸動……」說著，食指按住快門：「手指就自然而然落在適當的位置，喀嚓一聲！」

聽眾無不爲日本醫生那一聲滿足的嘆息所感動。

「手連心，萊卡和我的內心、整個人相通，成爲一體啊！」

寫眞攝影時，跟某一個自然現象的因緣巧遇，那樣的隨心之作，使日本醫生覺得和俳句創作有異曲同工之妙。

醫生希望在座的聽眾發現眼睛內在視景角力，拍出事物的本質。

「不是那兒存在什麼樣的東西，而是你這個人看見了什麼。」

富有哲學意味的這兩句話，令沙龍會員個個低下頭，陷入深刻的沉思。

阮成義掏出隨身攜帶的寫眞輯帖，望著扉頁的個人獨照，爲自己的一雙大眼睛所感動。它們不就是他的文學家朋友所形容的：詩人清澄的瞳仁閃亮的一雙眼睛。

日本醫生把人類的眼睛和照相機相提並論：

眼球的成像原理好比照相機，能記錄所見的影像；大腦再將影像解讀，影像便有了意義。照相機記錄的影像是平面的，但眼睛所見的影像卻是立體的，可以分辨深度和距離。

人類兩個眼球的重量，合計只有十五公克，占全身體重的六千分之一，器官中微不足道的一小部分，卻關係重大，不能小看這兩扇靈魂之窗。

阮成義決定轉念眼科，這個醫學校最冷門的科系，當他第一次透過精確的儀器把眼球內的眞相一覽無遺時，不由得讚嘆百聞不如一見。

黃贊雲醫生迷上攝影寫眞，也是受阮成義的影響。

來自宜蘭鄉下的他，看到阮成義的人頭像照，一張臉微微向左偏側，好像迎著光，視線投注於遠方不明的對象，他捧著框在影帖縮小很多的人頭，把它來回和前面的眞人比照，對看了半天，嘖嘖稱奇，覺得不可思議。

輯帖翻下去，出現一幀幀不同女人的靜照，個個描著彎彎的柳葉眉，搔首弄姿擺姿態，她們是大稻埕料理亭的侍女、歌藝廳的舞女，黃贊雲愛看又不敢看的神情惹得富家子拍掌大笑。

他把洋人發明攝影寫眞機的過程說給黃贊雲聽：

洋人最早發明達蓋爾銀版攝影術，在研磨得有如鏡子般的銅版上鍍上一層銀，變成銀版，在相機裡曝光後，再用水銀蒸氣使潛像出像，固定影像可得正負片同體的銀版攝影。達蓋爾銀版攝影後來被火棉膠濕版攝影法所取代，它的感光度很強，拍攝風景或建築物可快速得到清晰影像，然而在室外陽光下取景，還是必須搭篷帳，十分不便利。

後來英國醫生兼顯微鏡專家馬杜斯博士，發明用溴化銀乳劑代替濕版的火棉膠，試驗成功，把曝光的時間大爲縮短，同時又可在工廠大量生產這種乾版，攝影家不必像從前一樣，必須製作自己的原版。

乾版玻璃攝影一傳入台灣，阮成義興起時，還隨著寫眞館的師傅躲在暗房割玻璃底片，小心翼翼地把拍團體照的十二吋底片切割成個人獨照的尺寸，一不小心就會劃破，還怕手指摸到玻璃留下難看的手痕。

「沖洗出來有個印跡，多難看！」

一直到現在，黃贊雲還是不懂這個大稻埕的富家子，爲什麼會特別垂顧於自己這個來自閉塞的鄉下、靠助學金求學的貧寒子弟。

他不太願意回想阮成義助他一臂之力的那段往事：醫學校第二年，一個日本同學，姓三井吧，來上課也穿大木屐，喀啦喀啦旁若無人，他專找台灣同學欺負，對瘦小的黃贊雲尤其看不順眼，有一次，把他拉到操場角落，日本人練過柔道，一拳掌摑過來，等著還擊，黃贊雲挨了一記，刷地就倒了，兩眼發黑，鼻血流到嘴邊，勉強搖晃地爬了起來，迎面又挨了一拳，在暈死過去之前，他聽到喝止聲，阮成義路見不平上來營救。

富家子不怕日本人，他說每次和他們吃飯喝酒都是他掏腰包付帳，他就愛看日本人白吃白喝臉上的那種表情：

「雖不服氣，沒有錢，又愛吃，除了接受，也沒什麼辦法！」

阮阿舍模仿日本人的窘相，使挨打的黃贊雲心裡稍稍平衡了些。

台灣茶展覽的海報沒找到「珍奇香」茶行，黃贊雲有點感到失落。畢業後回宜蘭開業，他與阮成義失去聯絡，自己不怕旅途勞動，每隔一段時間又坐汽車又坐火車到台北來，而且每次一定光顧大稻埕的「南光」、「眞開」寫眞館，心裡總是抱著和這個老同學來個不期而遇的企盼吧！

很想念他的特立獨行與眾不同，記得阮成義休學前，兩人同修實驗課，教解剖學的教授不苟言笑，一口咬文嚼字的古雅日文聽得學生如墜雲霧裡，畫青蛙解剖圖，阮阿舍故意畫錯一根血管的位置，說是「為了美觀」，氣得教授把他趕出實驗室。

諸如此類的軼事趣聞數不盡數。

3.

沒能與阮成義重逢，黃醫生在「眞開」寫眞館卻認識了他的同志——蕭居正律師。

那次台北之行，黃贊雲又回到西門町片倉通的神田吃壽司，喝到釀酒會社新出品的「惠美惠」啤酒，發現它配生魚片比起「白鹿牌」的日本清酒又是別有一番風味，於是到菊元百貨公司買了半打啤酒帶回宜蘭。回去之前，他照例到大稻埕幾家寫眞館瀏覽櫥窗看看新出品的照相機。

早兩年他診所的患者還不是很多，黃醫生在這幾家寫眞館外徘徊，鼓不起勇氣推門進店，隔著玻璃，他咬著牙告訴自己，有朝一日——而且這一天不會太久——櫥櫃上那架手動式的單眼寫眞機會是他的。

這個願望在上一次台北之行實現了。

推門進店，老闆起身迎接，夥計殷勤地遞上茶，店裡幾個人傳觀一幀全家福，七嘴八舌地議論：

「技術沒話講，一個人一個樣，神情都很生動，好像聽得到呼吸！」

「壞就壞在布景，」其中一個指著全家福兩旁用來點景的道具圓型小桌，上面擺了花卉盆景。

「這欄杆是用紙板做的，只是『放』在地上，而不是『建』在地上，這些道具布景，太假了，美中不足啊！」

以紙板彩繪的亭台樓閣做背景拍的庭園照，正在宜蘭廣為流行，黃醫生視為理所當然。

「布景拍出來的很平面，一看就知道是假的，來看一張眞的吧！」

一個穿西裝的，在室內還戴了一頂帽子，獻寶似地掏出一幀寫眞。

「實景拍出來的，看看這效果，比較一下吧！」

黃贊雲看到一位穿白色西裝、尖頭白皮鞋的紳士，雙手插在褲袋裡，閒閒地倚在月洞門邊，門後一座八角亭隱約可見。

「實景拍出來的就是不一樣，很有立體感，效果絕對不是道具布景可比擬的！」

眾人心悅誠服。

白西裝紳士是林本源家的少爺，背景就是板橋林家花園。展示寫眞的那個人說上個月他被邀請去遊園時拍的，占地廣大的花園，假山曲水亭台樓閣數之不盡。

「早上進去，出來時太陽已經下山了，花園大到無邊，走到腿痠，還好有船坐，歇歇腳……」

花園還可撐船，黃贊雲不覺張口出聲半信半疑。

「船靠了岸，來到一座兩層樓的樓閣，爬上去，花園太大了，根本看不到盡頭……」

眾人聽得出神。

遊園的還說林家在鼓浪嶼也修了一座花園，沒有板橋的大，卻依傍著海，景色宜人。住在園子裡的林家子弟不說自己是台灣人，大陸人認為台灣人就是日本人，並不很友善。

正說著，一個不耐煩的咕嚕聲從黃贊雲身後揚起，一隻手探過他的肩膀，刷一聲把他手上林家少爺的寫眞奪去。醫生回過頭，與一個皮膚被太陽曬黑、鼻下蓄了撮短髭的人打了個照面。這人就是蕭居正律師，他認識阮成義，聽他提過黃醫生。

「要看實景拍的人像，再眞實不過的，來找我！」

蕭居正律師寫下地址，把那幀寫眞不屑地往桌上一丟，轉身離去。

蕭居正的律師事務所與蔣渭水的大安醫院僅隔一條街，從窗口可看到醫院隔壁批發《台灣民報》。

蓄短髭戴黑框眼鏡的蕭律師，中分的頭髮梳得一絲不亂，髮蠟塗得太多，連額頭都泛著油光，他矜持地緊抿著嘴唇，露出一臉自信。蕭律師來自艋舺車站鐵道南邊一個菜農之家，拿林本源助學金到日本留學，他不顧家庭反對，立志當辯護律師，選讀明治大學法學科。

蕭居正的抱負來自當他發現台灣法院的通譯必須先把日本法官的日語翻成清朝官話，再轉成台灣話。

「庭上爲什麼不直接把日語翻譯成台灣話？」

他覺得詫異不解。得到的答覆是：

「堂堂天朝法官直接與向來受輕視的土話通譯者交頭接耳，有失其威嚴，並不是能使土人信服法庭的做法。」

裁判官認爲直接和台灣話通譯者說話，是一件污穢卑下的事。

蕭居正發誓要當第一個用台灣話上庭辯護的律師，爲民請命第一件事，就是要建議法官廢除笞刑，他鄰居一個雜貨商被笞刑打了十五鞭，賸下半條命。

到了東京後，才知道殖民地的官吏及公務員，不管是朝鮮或台灣，完全爲日本人所獨占，本地人沒有一個被任命爲郡守、市尹、知事。台灣人即使通過高等文官考試，也不會被任用，謀職不易，已經形成高等遊民化的現象。蕭居正聽說有幾個到日本學法律，已經通過司法科考試的，仍然人浮於事，一位畢業於東京帝大政治科的高材生，乾脆到路邊擺攤當算命仙。

正不知何去何從，突如其來的一場病迫使蕭居正休學。病癒後，他勤練空手道，得到初段資格，就在考慮放棄法律改學醫科時，正好碰上一次大戰結束後，美國威爾遜總統倡言民族自決，受到這股民主思想的啓發，台灣留學生紛紛投入反殖民主義、反帝國主義的大行列。林獻堂到東京結合留學生組織「新民會」，向日本議會請願要求廢除對台灣施行的「六三法」，這條第六十三號的法令給予「台灣總督在其管轄區域內得以發布具有法律效力的命令」。

蕭居正正準備投入請願運動，間接獲悉一個也是拿林本源助學金的留學生，因參與活動做反對殖民政府的事，受到警察監視，成爲日本政府黑名單上的人物，他才不敢在請願書上簽下自己的名字。

後來林獻堂投入設置台灣議會請願運動，有位謝姓台灣青年駕飛機在東京上空撒布台灣議會宣傳單，蕭居正決定回到當初的志願，修完法律課程。

參加台灣同鄉會舉辦的除夕晚會，他看中了彈鋼琴的女孩，姓葉，斗六人，東京音樂學院的學生，很有藝術氣質。聽說她的地主父親把嫁妝分成兩分，她的姊姊選擇了糖畲田四百石嫁給一個門當戶對的地主留在台灣，做妹妹的則把嫁妝換成學費，到東京來學鋼琴。

受到她的故事吸引，蕭居正追求她，沒想到彈鋼琴的女孩瞧不起菜農的兒子，使他大受刺激，成天在浪人聚集的高圓寺區晃蕩。他很想效法谷崎潤一郎的小說《鮫人》的主角服部，到淺草後街大雜院租一間小棚似的房子，白天悶在屋裡，晚上流連酒吧，過著自暴自棄失戀頹廢的日子。

有一天，喝到天亮走出酒吧，看到前面一個年輕的日本女子，穿著素紋線條的和服，頭微微低垂，靜靜地走著，蕭居正不由自主地跟著她。那女子走到公共汽車站等車，眼睛看著街景，神態嫻靜。車子來了，他不知不覺地跟著上車，過了幾站，她下車進了街角一家小餐廳買了一碗親子丼，他也默默地跟進去，她離開小餐廳時，他又靜靜地跟在後頭走。

娶個像這樣貞靜的日本女子爲妻，忘記彈鋼琴的女孩吧！

學成後，蕭居正帶著穿素紋線條和服、髮髻梳得一絲不亂的馨子回家，在台北補請婚宴，他特地把彈鋼琴女孩的姊姊從斗六請了來，把日本妻子介紹給她。

才回來不久，蕭居正便感覺到台灣面臨一個山雨欲來的動盪時代。

文化協會舉辦啓發民智的演講，從北到南，所到之處，村民以竹篙炮相迎，請演講者乘轎遊街，宛如媽祖繞境。深感威脅的統治當局派出警察坐鎮演講會上臨場監聽，對反對殖民剝削敏感的內容一再舉牌中止，以違反治安警察法爲理由強迫解散，不惜將演講者逮捕入獄。這些民主鬥士往往在人力車成列、眾多同志送行下光榮入獄，進監牢前的留影寫上「被檢束記念攝影」紀念，刑期滿出獄時更是風光，民眾夾道歡迎，放鞭炮舞獅，場面沸騰壯觀。

蕭居正義無反顧地投入文化協會運動，他的日本妻子馨子每天趴在縫紉機，縫製文化協會的旗幟。

每次有協會的人上門，蕭律師都會把妻子介紹給他們，指著穿條紋短衣的馨子，豎起大拇指：

「雖然是日本人，她卻是我的同志！」

馨子從埋頭踩踏的縫紉機抬起頭，臉頰現出勞動的紅暈，短衣露出一大截胳膊，從前在娘家淘洗醬菜缸，她也是這麼捲起袖子，露出一大截白白的胳膊。

4.

在蕭律師的事務所，黃贊雲看到李應章醫生的獄中留影。

「咦，不是高我兩班的學長嗎？他在醫學校讀書時很活躍，畢業後，日本教授要提拔他當助教，竟然被他拒絕了，寧願回到二林老家開診所，實在不懂得他……」

「對，李醫生回二林開了第一家診所，免費替鄉民看病，他看不下去林本源的糖廠對蔗農的剝削，咳，『第一憨，種甘蔗給會社磅』，黃兄，你聽過三個保正八十斤的笑話嗎？」

在座的邱姓詩人問他。

糖廠會社的磅秤偷斤減兩到離譜，在場監督的三個保正不相信眞有其事，踏上甘蔗車再磅一次，結果只增加了八十斤。

「三個保正八十斤，太開玩笑了，李應章醫生組織了『農民組合』，要求糖廠先講好價錢再割甘蔗，不要再用假磅秤騙人！」

二林蔗農與林本源旗下的糖廠交涉破裂，會社另外僱人到蔗園強行採收，遭到一百多個農民抗爭，派出所出動大批警力搜捕肇事的蔗農。

「一共逮捕九十多人，李醫生也被抓去，出事那天他到沙山庄出診，根本不在現場啊！」

蕭律師爲他打抱不平。

「李學長在坐牢……」

「對，警察以煽動罪拘捕他，判了三年徒刑。」

李應章醫生的獄中留影，一頭濃黑的頭髮，還是留著學生時代中分的髮型，穿著對襟棉衣蹲在牢裡的鐵窗旁。

黃贊雲拿起照片，湊近端詳了一回，李學長在牢獄裡，臉上不僅毫無畏懼之色，而且理直氣壯，還笑得那麼毫無遺憾。黃醫生困惑的放下照片。

李應章醫生診斷台灣患了貧血症，病人聯榻呻吟匯聚成一聲巨響，一旁姓謝的社會運動者說，他就是受那聲巨響的召喚才南下的。

他剛從二林上來，提起一個事件令他氣憤不已。

「林本源貸款給蔗農，以爲就可以爲所欲爲，林家要擴充工廠用地，不管農民的意願，強迫賤價徵購土地，被農民拒絕，結果，林家使出什麼樣的狠招來對付農民？」

他轉向坐在一旁沉思的一個詩人：「你這個文學家，比較懂人性，看你也想像不出來的！」

蕭律師也剛聽到這件事，幫他說了：

「林家有日本警察在背後撐腰，發出傳票，把農民都召在一起，要他們賣土地，農民說他們身上沒有帶圖章印鑑，用這個理由拒絕，沒想到林家現場臨時開舖刻印章，設辦事處辦理登記，使農民找不到藉口，只好被迫把土地賣給林家。」

板橋林家花園的主人，五落紅瓦大厝面向觀音山，民間流傳一句俗話：「厝向觀音山，台灣田園得一半」，原來是用這種手段得到的，難怪那天在「眞開」寫眞館，蕭律師會對林家少爺的寫眞那麼反感，恨不得撕了洩憤。

他取出一大疊照片給在座的客人輪流傳閱。

日本勞動農民黨的布施辰治律師到台灣來爲「二林事件」的蔗農辯護。

「停留不到十天，馬不停蹄，南北二十一個地方舉行三十二場巡迴演說，連睡覺都在火車上度過。」

一幀幀的照片，相機準確地呈現每一個現場正在發生的事件，既生動又精微地說出事情的眞相，攝影者與被壓迫的民眾站在同一陣線上，成爲同志，把一向被漠視的人群帶出黑暗的角落，揭露被蓄意隱藏的實情。布施辰治現身的現場，令觀者有身臨其境的感覺，彷如參與有分，置身人頭洶湧的群眾中，與仰首企盼講台上的人權律師爲他們伸張正義的人們感同身受。

攝影可以如此直接，毫無遮攔地反映在那當下的情境，寫實的程度爲語言文字所無法企及。

「我覺得，你沒有辦法聲稱你眞的看過什麼東西，除非你把它拍攝下來。」

在座的一個攝影愛好者，受到這些照片的震憾，引用法國自然主義理論家左拉的這句話。

詩人拿起豐原農民站在路邊等待布施律師來臨的相片。

男女老幼好幾十人，他們赤著腳列隊站在泥地上，身後的樹枝光禿禿的，料峭春寒，不畏風寒神情肅穆地引領企待，如此精微，臉上動人的表情，使詩人吟哦惠特曼的詩句，來表達他的感受：

「我是人，我受苦，我在這兒。」

「百分之一秒的閃光，反映了台灣社會的悲慘！」

謝姓社會運動者眼睛濕潤了起來。

「這幀寫眞是你的同學阮成義拍的，」蕭律師告訴黃贊雲：

「他當布施律師的隨行，我在豐原認識他的，日本人不准文化協會成員露天公開聚集，派人監視我們的行動，所以每次我們都是一群人說是到戶外乘涼，同志們剛好也出來賞月，認識了阮成義，他提到你們同過學。」

律師跟他說起一個笑話：

布施辰治用日語演講，台下監聽的日本巡官沒發表意見，簡吉現場翻譯成台灣話，臨監的日本人一再舉牌，叫演講停止。

「變成臨監的日本巡官不懂日語，鬧了個大笑話！」

簡吉在鳳山公學校教書，發現學生平時放學後也還要再出田園勞動，農忙時必須幫助家人下田，學生曠課，無課可教，他自覺是個無功受祿的「月俸盜賊」，毅然辭去教職，參加「農民組合」。

黃贊雲端詳簡吉的兩幀寫眞，一幀穿著台南師範讀書時的制服，站在紅磚校舍前拉小提琴，另一幀則是戴著尖頂的斗笠，身穿唐衫，赤腳騎著水牛，一副農家子弟本色，戴圓框眼鏡的臉，卻又顯得書生氣。

師範學校拉小提琴的，和辭去教職下田戴斗笠赤腳騎在水牛上的，哪一個才是眞正的簡吉？同一個人的獨照，場景風格是那麼不搭調。

律師稱讚簡吉是天生的領袖人才，把實踐走在理論之前的行動家，不是烏托邦式空想的社會主義者。

黃贊雲有點後悔今天的造訪。一直以來他有意識地與文化協會的分子保持距離，從不光顧大稻埕的「春風得意樓」，他知道這家兼營甘泉老紅酒的餐廳是蔣渭水開的，也不曾踏足他開的文化書局，儘管黃贊雲對書局印有社會主義、勞農問題，蘇維埃革命等等書名的日文書籍充滿好奇。

他也不是沒有看到家鄉的農民餐餐吃番薯籤和炒鹽白豆，拖著鼻涕的孩子成群赤腳在田野小獸一樣地奔跑，農民繳完稅金，再也沒有能力供孩子上學，一年四季，蔗農像牛馬一樣在田裡工作，日本人拿著鞭子監督。他親眼看到的。

黃醫生不願去想這些悲慘的景象。

台灣農民的悲苦輪不到阮成義來提醒他。這個從來不愁衣食，什麼都有，不知民間疾苦，從小到大沒經歷過任何不幸的阿舍，黃贊雲曾經很嫉妒這個富家子弟，有一次，他感染重感冒，差點轉成肺炎，黃贊雲到醫院探望他，看他躺在床上，忍不住有點幸災樂禍，哈，原來阿舍也會生病，最好多受點苦。

黃贊雲怨怪他是故意尋窮人開心，敢是厭倦了都會虛華的生活，與料理亭的侍女、歌藝廳的舞女嬉遊，照相機對著這些只知搔首弄姿的女子再也拍不出有新意的照片，於是突發奇想，抱著換口味獵奇的心態，到南部他未曾涉足的鄉野，尋覓新的題材，甚至加入民眾社會運動，用他最新出品的萊卡相機，透過鏡頭找尋刺激，毫無保留地映現那一群豐原農民，那一雙雙凍僵了的赤足，踩在龜裂的泥地上，個個臉上不肯妥協的決然，一如他們身後槎枒的枯枝，尖銳地朝向天空，一副不肯屈服的姿態。

黃贊雲在這幀照片看到了他的父親。

當做兒子的他以父親的補鍋營生爲恥，強迫他放下擔子，老父抱住補鍋的傢伙，被逼到牆角，老臉上也是這樣堅忍不肯屈服的表情。黃贊雲最想從記憶中抹滅，卻又始終揮之不去的表情。

5.

黃贊雲又一次回台北參加醫學校的校友會，一如往年，阮成義沒有出席。校友之間耳語，談論阮阿舍經常光顧艋舺後街的遊廓，日本人經營的娼館，不久前還被看到從二、三流的妓院出來。

「他家茶行的生意失敗，玩不起日本女人了，琉球、朝鮮來的，比較便宜！」

「唉，每況愈下呀，這阿舍一定想不到有今天，早些年他去遊廓，只肯光顧一流的『歡歡樓』，三岔路口的『新高樓』，這兩家娼樓的日本女人姿色美麗又溫柔——我也是聽說的……」

校友會結束後，黃贊雲在城內一家叫「北海道雪印」的冰淇淋店碰到一位眼科醫生，那人附在黃贊雲的耳邊，低聲告訴他：

「聽說阮成義到上海當地下共產黨了。」

那是個風起雲湧的年代。

黃贊雲到大稻埕找蕭律師求證。

一見面，律師激動地抓住他，大叫台灣人出頭天的時刻來臨了。他最近一直在思索林獻堂和林本源之間的差異。兩人同樣是地主階級富裕家庭出身的阿舍，同時也是既得利益的主要受益人，扮演日本人和台灣人之間的中介角色。

「有人說他們是一丘之貉，林本源剝削蔗農，那是毫無疑問，最近聽到阿罩霧的林家，對佃戶也很橫逆，一甲地收六十餘石，好歹冬不管，欠一石少一斤都不行……」

蕭律師忿忿地像在演講：

地主階級不支持革命的反日運動，林獻堂的議會主張，從未踰越體制內的合法要求，從開始到現在台灣議會的設置、勞工運動，一直堅持合法路線，只希望在日本帝國內部得到可以接受及享有平等的對待。

蕭律師覺得這種想法與權力支配的殖民者很接近。

「說良心話，我比較能夠認同文化協會最近的方向，以前的領導人都是地主、資本家、醫生、留學內地的知識分子，幾乎都沒有出身勞工階級的。」

這個資產階級溫和漸進的民族運動，最近起了本質上的變化，他認同簡吉領導的無產階級解放運動。

律師一手撫胸口宣稱：

「我是出身菜農貧苦的無產階級！」

剛結束的「農民組合」第二回合全島大會，律師說從全島四面八方一共有二萬四千多人參加，近百個幹部於台中初音町大會師，會場飄揚二十七支赤色旗幟。

黃贊雲接過當天開會的巨幅紀念照，整個人不自覺地站了起來。

上百個台灣人或坐或立或蹲在前排，穿西裝戴眼鏡、開襟唐衫各種年紀的男人，頭綁黑巾的黑衣老祖母們，穿大裿衫的婦人兩旁站著洋裝、戴帽子的時髦年輕女性，被父親抱在懷中的小孩……，每一張靜穆的臉上，充滿了堅毅的意志，以自信的眼光看著鏡頭，望向同一個目標，似乎在邀請照片外的觀眾和他們認同。

好樣的台灣人。

律師抓住黃贊雲的肩膀，慫恿他加入東部的民眾運動。這次大會師，宜蘭是唯一沒有紅旗代表的地區，以黃醫生在地方上的名望，大可使上力。

被律師激動的聲音嚇住，一時不知如何回應，等定神後，黃贊雲以與人有約，婉謝律師邀請他一起吃飯繼續談話，他幾乎是落荒而逃地離開蕭律師事務所。

匆匆趕到城內公會堂赴約，請他吃西餐的是校友會上重逢的一個日本同學，來自鄉下靠助學金讀完醫學校的他，做夢也不敢想像有這麼一天，他會坐在鋪著雪白餐布的公會堂，和體面的內地人平起平坐共聚一室用刀叉吃西餐。他正襟危坐，第一道湯上來，盡量使自己不喝出聲，心中想著，回宜蘭後一定會向求診的患者鉅細靡遺地形容吃西餐的經驗，從桌上的擺設、鮮花，使用刀叉的禮儀，從第一道湯到最後吃冰淇淋，他將娓娓道來。

爲了保有正常的社會生活，黃贊雲醫生覺得必須遷就現實。

上個月他兒子沒留神走進日本人居住的宿舍，幾個在屋外玩耍的日本孩子用彈石弓瞄準他，嚇得兒子大哭，又罰他跪在地上道歉誤闖禁地，好不容易准許兒子離去，又故意放狼狗出來追他。兒子回家後連日發高燒做惡夢，黃贊雲不得不丟下他的醫生專業，聽妻子的意思爲兒子收驚才好了些。

事後黃贊雲沒有以家長身分找惹事的日本孩子理論，兒子被欺負受委屈，生爲台灣人，只有認命，逆來順受。

日本人慶祝男童節那天，他像往年一樣，模仿東洋習俗，一早把布做的鯉魚旗掛了出來，任它在晴空下飄揚。旅居殖民地的日本人思念母國，慶祝節日往往比在內地來得隆重，懸掛鯉魚旗之外，還在家裡陳列頭盔鎧甲和威風凜凜的武士人偶，這種風俗來自江戶時代武士之家希望男丁繼承尚武精神，黃贊雲雖不明就裡卻也依樣畫葫蘆，在家中擺置頭盔鎧甲人偶，準備柏餅和日本式的粽子等應景甜品。

黃贊雲也決定三月三日給女兒過日本女孩的「桃之節句」女兒節。聽說總督官邸買進五彩絢爛的人偶，它原是日本某個名人愛妾的遺物，總督還邀請本島的世家千金到官邸慶祝女兒節，他多麼希望自己的女兒也能獲得這個殊榮。

回宜蘭的火車上，黃醫生重溫公會堂的西餐，雪白的桌上，鼻聞淡淡的玫瑰花香，右手握住雪亮的鍍銀餐刀，左手拿叉，手肘稍稍夾緊，小心切割瓷盤裡的牛肉，切成一小塊，盡量不發出聲音，送入嘴裡細細地咀嚼，品嚐食物的美味，全部呑嚥下去了，才進行社交談話。這是他第一次吃西餐，而且是日本人請客，使他分外留心自己的餐桌禮儀，生怕失態。

其實黃贊雲醫生也不是沒見過世面，他在宜蘭街上也算是有名望的人士，當地的日本人慶祝始政紀念日、天長節或新曆新年，他都在被邀之列。到內地人家裡做客，他很在乎自己的舉止言行合乎身分，完全按照東洋儀式性的禮節社交，向主人鞠躬道別時，兩手按住大腿外側，心念集中，感受到自己溫文有禮，道別顯得很真誠。

他相信台灣人要做好國民，就是從這些小地方開始學習磨練打造出來的。

置身公會堂西餐廳，黃贊雲感受到在座的客人，個個傲慢，高不可攀，包括請他吃飯的日本同學，言行之間處處流露出優越自得之色。

他聽說有一對兄弟從小跟隨父母移居大阪，日本同學欺負弟弟，罵他是支那人清國奴，弟弟讓哥哥替他出氣，日本孩子看到又高又壯的哥哥，硬著頭皮輪流上陣，被打倒後又掙扎地站起來，被打到鼻青臉腫，最後才認輸，向哥哥一鞠躬。

「實在佩服日本孩子的勇氣，打不過，願意認輸，不過，那是在大阪，這種事不可能發生在台灣吧！」

當時黃贊雲這樣想。

2 含笑花
——掌珠情事之二

1.

農民組合內部起了內訌，發生權力鬥爭，激進的成員相信一次合法的鬥爭勝過一百次的演講，王掌珠崇拜跟隨的導師，平時喜歡嬉樂不受控制，被內部判定爲帶有小資產主義傾向，被鬥垮了，把她視爲反動分子，從農民組合裡除名。

掌珠離開權力鬥爭是非之地，穿上導師穿舊送給她的碎花洋裝來到台北，在大稻埕的文化書局謀到一個店員的職位。

文化書局是蔣渭水開的，他曾經發表〈臨床講義〉，把台灣人比喻爲患者，指出台灣的病因是智識的營養不良，要以文化啓蒙運動提供大量知識營養劑。他把書局當做文化協會的外圍，社會運動資訊的交換、運動人士的據點，以介紹新文化的使命自許。

書局兼賣漢文和日文書籍，孫文、胡適、梁漱溟、王陽明等的政治思想著作，與中文新文學名著以及平民教育的書籍並列，日文則以勞動農民問題的相關著作爲主。置身進步書籍環繞的書局，王掌珠自覺很有文化，她抽出書架上一本介紹北海道漁民運動的專書，以自己也曾受過文化協會社會運動的洗禮而自豪。

過去幾年，她趕場式的聆聽各地舉辦的巡迴演講，夾在民眾放鞭炮的歡迎會上，跟在人力車夫後面搖旗吶喊，晚上聚集在廟宇、文祠等公共場所聽台上的演講者批評時政，講到精采處，旁邊的聽眾拍手大叫比她愛看的歌仔戲更要扣人心弦，掌珠很有同感。

臨場監督的日本警官每次搖鈴中止演講，講者執拗不從，最後以違規應受檢束為理由，強制解散，掌珠與被驅逐的民眾高聲激憤的抗議，拒絕離開。

文化協會鼓吹婦女意識的覺醒，更讓掌珠心有戚戚焉。婦女運動者把三從四德的陳腐觀念和腐朽人心的鴉片煙相提並論，提倡婦女戀愛、婚姻自主。

左翼人士卻批評文化協會對婦女問題的主張只有模糊的提綱，令有心獨立的女性無所依憑。他們嘲笑號稱台灣第一個婦女團體的「彰化婦女共勵會」，跳不出小姐式的婦女運動的界線，只淪為中產階級婦女的遊戲。

反之農民組合重視勞動婦女，從第一回全島大會便設有婦女部，他們吸收會員，但並不著重婦女的解放，而是把婦女問題當做整個解放中的一環，認定宰制台灣婦女的並非男人，而是體制問題，男女命運相同，同樣受制於殖民者和資本家，參政權等於零。當無產者打倒了資本主義，奪取了政權，婦女問題自然也會迎刃而解。

對於這樣的觀點，王掌珠存疑，不管怎麼說，她很佩服被《台灣民報》讚譽為台灣女子社會運動的第一人，黃細娥女士，她一天趕好幾場演講，批評台灣社會男女不平等的現象，大聲疾呼提高婦女地位。黃女士觸犯日本當局的法令，手中抱著幼子，腹中懷有胎兒，慨然與丈夫鋃鐺入獄，像個悲壯的女烈士。

掌珠的解放過程也是一波三折，最後終於擺脫了養女身分，抹除不堪的記憶與過去告別。獲得自由身的當天，她剪斷腦後的長髮——從前養母拉扯著它來回撞牆的辮子，掌珠模仿到大陸留學的女學生，剪著齊眉的劉海，「五四」運動遊行走在前頭的北大女學生的髮型。

當她聽了一位日本進步女性的演講，有很長一段時間，特別是她想寫自傳式的小說當女作家的那段日子，掌珠腳上老是穿著青色的襪子，那是活躍日本婦女運動組織「青踏社」的標誌。它原本是倫敦一群富有文藝氣質的女性文學家、女知識分子組成的文化沙龍的代稱，參加的會員每次都穿著青色的襪子出席，所辦的雜誌也以青襪命名。

明治末年，日本婦女運動健將平塚雷鳥鼓吹婦女拋開女四書：《孝經》、《女論語》、《女誡》、《內訓》，也在日本創立了「青踏社」，出版雜誌，刊登女性作家的作品，宣揚打破陳舊的道德觀。掌珠對這社團心嚮往之，穿起青襪表示認同。

她衷心感激蔣渭水醫生，是他的衛生教育使掌珠接受了身爲女人的特徵，不再厭惡自己的身體，感到卑下與不潔了。

蔣渭水以醫學觀點分析女性生殖器的結構、月經、妊娠、育兒等知識，掌珠這才發現她對自己的身體不僅無知，而且認識偏差到極點。蔣醫生打破傳統的觀念，將一向被認爲骯髒不潔、羞恥罪惡、陰暗見不得人的女性問題攤在陽光下來談。

掌珠讀著這本衛生手冊，回想自己在發育過程中是如何地以身爲女人而感到低人一等。當她扁平的胸部開始柔軟地腫脹，乳頭變得堅挺，還微微發癢，養父看她的眼神讓她恨不得拿一把利刀，把兩粒不斷長大的乳房割掉。掌珠以它們爲恥。發育的胸乳給了她負擔，走起路來上下抖動，令她又羞又窘。她不知從哪裡找到一條人家不用的裹腳布，繞著胸一道道緊裹束縛，硬是把突出的乳房裹平才放手。胸口緊束令她喘不過氣來，經常處於半昏厥狀態。

接下來，腋下、陰部開始長出黑色的毛，掌珠更是惶恐不安，養父的眼睛好像穿透衣服，看到了它們。她渾身不自在，感覺養父用他的眼睛脫光了她的衣服，在他面前變成一絲不掛，渾身赤裸。她多麼希望自己能夠隱形，從地上消失。

掌珠爲自己的肉體吸引養父的注意而自責，感到深深的罪惡感。當他口出穢言穢語，用最骯髒夾以猥褻的話罵她，掌珠認爲罪有應得，自己本來就是骯髒的充滿不潔的生物，養母拿溝渠中的雞鴨畜生來比喻她。觀音廟的廟祝跟她說：女人天生有五障，做不了梵天王、帝釋天、魔王、轉輪王，《妙法蓮華經》說女人要先變成男身，才能成佛，廟祝要她認命安分，專心拜佛，下輩或許可以轉世爲男身。

掌珠發育過程中最後一個打擊，最讓她自慚形穢的，是來了月經，污穢暗紅的血從自己下體汩汩流出。她看過隔壁賣杏仁茶的女兒，蹲在水溝前洗月經布，揚起一股沼澤爛泥令人作嘔的臭味，她拜佛祈求避免這該詛咒的月經，結果還是來了。掌珠跑到溪邊隱僻的一角滌洗，血把溪水染紅了，她穿著濕淋淋的內褲回家。

日後她到台中一中侍讀，在日本人家當下女的悅子告訴她，日本家庭對第一次來潮的女兒要煮紅豆飯慶祝，掌珠以爲悅子在說笑。

現在她自覺是個獨立自主的女性，不僅做自己身體的主人，在經濟上也自給自足。掌珠頗以自己在書局當店員自食其力自豪，她最瞧不起有些女人拿肉體交換安逸，不必靠勞力生活。有一陣子她在南部一家木屐店打工，那家店本來出產台灣式的棕櫚帶的高跟木屐，後來漸漸被日本式柴屐取代，掌珠和女工們在一塊不上漆、下有鋸齒的長方形木板，穿了前一兩旁三個洞，用草繩穿串起來，在前面交叉打結，讓穿木屐的夾住拇指與食指間的繩索行走。和她一起工作的有一個嫌做工辛苦，和老闆眉來眼去，沒多久就放棄靠體力賺錢，以肉體交換三餐，掌珠不齒她這種寄生蟲的行徑。

聽說這個女的後來到台北洋貨店當店員，穿著摩登，後面跟了一群黑狗黨青年，出入戲院、跳舞場，靠賣淫賺取外快，換取英國高跟鞋、巴黎香水、美國絲襪、日本浴衣。

2.

文化書局上班沒多久，在京町資生堂當外務員的許水德找她代訂日文的婦女衛生書籍，資生堂研發三十六種美顏化妝品，其中一種美白的產品，將由他肌膚賽雪的日本上司的夫人現身說法，舉辦「美顏講座」，演講需要的參考書，讓文化書局代訂。

兩人認識後，許水德向脂粉不施的掌珠解釋：日本上司夫人推銷的美白化妝品，其實理念上與醫學衛生相結合，這也是資生堂創辦的初衷。

資生堂的店名取自《易經》坤卦「至哉坤元，萬物資生」，創立於明治初期，本來是一批受過醫護訓練的專業人士合夥開的藥店，到了明治三十年才向化妝品界進軍，專門出售高價位的化妝品，即使到現在，資生堂的產品還是與最初的醫療藥品產業有關，美容用品之外，更多的是保養及身體清潔用品。

許水德背書一樣，說了一大堆資生堂的理念，盯著掌珠長滿痘子的米篩面，他想到公司出品的去粉刺美顏水，可以讓這些可厭的粉刺匿跡。雖然沒見幾次面，許水德已經下了追求掌珠的決心，他打算用昂貴的化妝品來打動她，他相信沒有一個女人可以抵抗這種誘惑。不過，直接送她去粉刺的美顏水，怕傷了掌珠的自尊心，下次到書局，許水德遞給她一個精美的紙袋，裡頭除了美顏水，還有一盒福原衛生齒磨石鹼，資生堂自製的牙粉。以後又送給她洗臉的美顏洗粉，先用品質好的香皂洗臉，保持皮膚潔淨，接下來，他將供應她美白產品。

掌珠那張其貌不揚的清水臉才是自己追求她的原因吧！許水德自問。儘管日本上司夫人聲稱女人化妝也是一種社會儀式，女子素顏外出是羞恥之事，化妝是女性進入社會必須遵守的節儀表現，他可是很看不慣街上那些濃妝豔抹、粉面露胸、頭髮燙得又捲又亂的摩登女郎。

許水德注重女人的品德多過於長相，他曾經吃過貪戀美色的虧，現在反其道而行，掌珠曬過南部太多太陽，黝黑晦暗的皮膚，汗疹斑斑的臉，反倒使他看了心中踏實，有安全感。

許水德做夢也不敢想像，《三六九》小報上，無聊文人形容的明眸皓齒、朵渦懾魂、芙蓉臉色、雪玉肌膚的美女，眞的給自己遇見了。

半年前，他租賃的小屋旁搬進新的鄰居，像是一對母女，年輕的皮肉白細，面貌姣好，穿著打扮尤其引人注目。傍晚下班，看她扭動細細的腰肢，風姿綽約地走進他賃居的寒傖窄巷，有如一隻誤闖進來的鳳凰。

憑著許水德職業的訓練，偷偷觀察了幾次後，認出女子臉上化著「粉化妝」來搭配身上剪裁合身、花色別致的洋裝。這身打扮與她窩居簡陋的小屋極不相襯，許水德對她的出身起了好奇之心。

住下不久，與女子共居的老婦主動向許水德打招呼，說她女兒在電信局當接線生。

「每天上班下班，正正當當的職業喔！」

老婦人加重語氣聲明，又向許水德說了句日語：

「交換姬，接線生的日本話。」

聽說他在資生堂當外務員，便託他買石鹼、齒磨粉等一些衛生用品。許水德眼前浮現她女兒妍麗的姿容，猜測化妝下的膚質，選了適合台灣潮濕天氣的護膚品，裝在一個精緻的袋子裡送過去。隔天下班在街上那女子與他擦身而過，對他嫣然一笑，頷首致謝。受到鼓舞，許水德又送了美白的產品。

經過她母親似是有意的撮合，兩人交往了起來。她的日本名叫蘭子。

「從前上班取的，用慣了，也就不改了。」

看她身上那件剪裁貼身、突出纖細腰身的洋裝，許水德想問她以前在哪裡上班？又覺得不夠禮貌，忍住了。

蘭子對他當外務員的公司倒是很感興趣，話題繞著資生堂的產品。

他把日本女子的化妝史說給蘭子聽：

古時候的日本女人把牙齒染黑、剃掉眉毛才覺得美，明治以後停止了這種美的標準。禁止剃眉後，濃眉變成一種時尚，爲了培養兩道眉毛粗黑，日本女人發明好些奇怪的化妝術，比如教婦女在睡覺前用椰子、奶油塗在眉毛兩端，隔天再洗去等等。

蘭子聽了，覺得噁心，皺起那兩道精心描過的柳葉眉。

不好意思太正視蘭子仔細化過妝的粉臉，從飄過來的香味，許水德憑嗅覺辨識出她用的是「美豔仙女香」牌子的水銀白粉，它是東京進口昂貴的化妝品，在電信局當接線生的蘭子怎麼花費得起？

心中狐疑，嘴裡跟蘭子說起爲什麼日本女人喜歡塗上一層厚厚的白粉？他在一本日文書上讀到，是受到大正末年西方人所謂的「黃禍論」的刺激。日本人被這種言論重挫了民族自尊心，黃色肌膚成爲一種無法逃避的印記，女人開始在臉上塗抹厚厚的白粉，把它當做扭轉這一印記的良方。

「是啊！白粉塗得厚厚一層，好像戴了面具，變成另外一個人，讓自己躲在後面。」

蘭子說她完全能夠體會這種感覺。

隨著見面的次數愈來愈頻密，蘭子臉上的化妝愈來愈清淡，也不太穿那些過分華麗的洋裝了。

許水德託一個回東京省親的同事帶回一件精巧的小間物品奩具，送給蘭子擺放她小件的化妝品。看著她捧著禮物愛不釋手的歡喜模樣，許水德吸了一口春天的氣息，壯起膽子問她：

「這麼美好的天氣，想不想結伴到郊外走走，聽同事說草山的櫻花，今年開得特別美！」

撫摸奩具的彩繪蔦蘿花紋，蘭子點頭同意。

「草山下來，也可以順路到北投走走，這地方妳去過嗎？」

「喔，去過，以前上班到北投洗溫泉。」

把奩具的小抽屜拉開又闔上，像個童心未泯的小孩，蘭子在全無防備之下脫口而出：

「以前被客人帶去過。」

蘭子做過咖啡店的女侍應，日語叫做「女給」，陪客人到北投洗溫泉。她的過去在無意間被揭穿了。

舉起拳頭，許水德向蘭子的方向揮過去，打中的卻是自己的心臟，重重好幾拳，捧著心肝，只差哭天搶地。怎麼會這麼倒楣，台北的女人哪個不好認識，偏偏給自己碰上一個「那種女人」。

撫著捶到劇痛的胸口，掉頭便走，一腳高一腳低踩了幾步，身體來了個大迴旋，轉過身，追上蘭子，把她堵在巷子口，厲聲責怪她騙了他。

拉住他的衣袖，蘭子哭哭啼啼的訴說，自己本來是艋舺富有人家的女兒，開銀樓的父親投資日本公司的股票失敗，爲了躲債遠走南洋，身爲長女只有犧牲自己，取了蘭子的藝名，塗上厚厚的白粉，到「裟隴銀座咖啡店」當女給。她把侍應生的工作當做職業，賣笑不賣身，只陪過一個客人到北投洗溫泉，僅此而已，並不陪宿。

「本來父母要栽陪我讀高女，」蘭子哭著說：「我們家的銀樓倒閉，是被日本人害的！」

憤憤奪回蘭子死命抓住他的衣袖，許水德完全不相信她的說詞，咬定她是自甘墮落，這女的小報雜誌小說看多了，編造出來哄自己的。

他經常瀏覽《風月報》的流行小說連載，太多諸如此類的情節：父親是個無可救藥的賭徒，女兒明珠不得不墮落風塵，染上梅毒，欲死不能。多次被轉賣不斷改花名的阿秀，故意把花柳病傳染給保正，達到復仇之快。玉枝到喫茶店賺錢，匯給東京的愛人念書，愛人另結新歡，被拋棄的玉枝索性下海做舞女。南部的村姑爲孝順父母，被賣到城裡操皮肉生涯，弟弟也被迫做小偷……

最近這期的一篇小說和許水德的職業有關，特別引起他的注意：大稻埕旅舍女服務生，個個歷盡滄桑，對生活疲倦，肌膚粗糙。

許水德讀了，當時還有興致調侃：

「皮膚粗糙，請用資生堂的護膚乳液！」

這下眞的給自己碰上「那種女人」了，他鄙夷地抽了幾下鼻翼，擺擺手：

「蘭子小姐，算了吧！別寫小說了，沒有人會相信妳的！」

一向細聲細氣的蘭子，對他悻悻走開的背影高聲嚷叫：

「陪客人喝咖啡當做職業，有罪嗎？還有更可憐的女人，不做藝旦了，轉到咖啡店當女給，被當做從良，脫離風塵了，你知不知道……」

日本人害她父親銀樓破產倒閉，的確眞有其事，只是許水德這小小的外務員無從知道而已。

日本沒有參與第一次世界大戰，大正後國勢強盛，殖民地的台灣也深受其惠，大稻埕景氣冠於全台，引起日本財閥詐騙台灣人錢財的歹念。他們網羅日本銀行、會社的株券（股票），不管經營成績好壞，一律提高身價賣給台灣人。

一開始，日本人以犧牲虧損的手段低價賣出，隨後以逐漸高價收買為餌，買入賣出，股民轉手之間即可獲利數倍，一時之間，利多的消息傳遍整個島上，不管城市或鄉村，個個爭先恐後，拿出積蓄投資股票，全盛時期，光是大稻埕就開了四十多家股票交易行。

日本財閥錢財一到手，隨即以迅雷不及掩耳的手段拋售，股票的價值一落千丈。蘭子父親開的銀樓一夜之間一敗塗地，爲償還債務，變賣田地資產，連家具什物也變賣一空，她父親遠走新加坡避債，一去杳無消息。

3.

被「那種女人」騙了感情，他的初戀，許水德捶胸頓足，好不甘心，吃了啞巴虧，又不能找人吐訴，他對自己生悶氣，整天氣鼓鼓的。

一邊生氣，一邊對蘭子從前上班的「那種地方」又忍不住好奇。

平常他熟悉的大稻埕那幾條街，到了晚上換上一種與白天全然不同的情調，舞廳、咖啡店、茶座、餐廳，紅紅藍藍的霓虹燈把街道染上色情的氣氛，許水德從太平街的「維特」、「孔雀」、「大屯」、「第一」、「沙龍奧稽」一路走來，每家店內開得很響的曲盤流行歌曲流溢到街上，夾雜嬌聲燕語，不難想像裡面觥籌交錯、杯盤狼藉的風光。

許水德嘆息，果眞台北出娼妓，而大稻埕更是娼妓集中的大本營。老一輩的說過，所謂「未看見藝旦，免講大稻埕」，早幾年以「江山樓」爲中心的藝旦間，掛牌執業的藝旦彈唱接客，附近一帶聚居教曲藝的樂師，年老色衰的藝旦當起老鴇，收養藝旦囝仔，大稻埕首屈一指的酒樓旗亭，像「春風得意樓」、「蓬萊閣」等，夜裡豪客宴請，風聞新近出了才貌出眾的藝旦，立即飛票馳召，把當紅的藝旦請到酒樓清唱侍應陪酒。

最近幾年，原來做傳統妝扮、巧彈玉指、清啓歌喉的藝旦，逐漸跟上時尚，把頭髮剪短了，有的還燙了頭髮，穿上新式開衩旗袍，更時髦的，則換上洋裝，穿短裙，把頭髮燙成小捲，也有的戴上帽子，儼然一副西方仕女的裝扮。新式的藝旦放棄了南北管樂曲，營業的地盤也從藝旦間、酒樓、旗亭擴充到跳舞場、咖啡店、茶座，在這些帶有濃厚日本色彩的風月場所，她們成爲侍客陪酒飲食的女給、伴舞的舞女。

看到「裟隴銀座咖啡店」的霓虹燈招牌，蘭子曾經在裡面當女給，讓客人毛手毛腳，許水德記得在《風月報》上看到這家咖啡店的廣告：「四十多位內地女、本島女、朝鮮女一爐共治爲號召，三角賽媚術，內台人多樂就之。」

世風日下，到咖啡店當女給還被認爲是一件風光的事。《風月報》把原來刊登藝旦玉照的版面，換成打扮摩登的女給，雜誌的編輯還特別註明，女給照片翩然上報，爲刊物增色不少。

女侍應是一種職業，不一定是賣笑婦，當蘭子的過去被揭穿後，她垂淚爲自己辯護。許水德厲聲逼問她陪哪一個客人去北投洗溫泉？

一個志氣消沉失去生趣的文人。好像成天沒事做，到咖啡店來一消磨就是大半天，很沉默，點一杯不加糖的苦咖啡，靠牆歪坐一旁，悶悶地抽菸，一根接一根。聽說蘭子公學校畢業，還差點進高女，以後每次找她作陪。

北投溫泉旅館，他整天關在房間裡，悶聲不響。晚上坐在小桌前，要不就在六疊榻榻米房間繞圈疾走。

「好像關在籠子裡的一頭貓！」

蘭子指天發誓，從頭到尾他沒碰過她。她說她是清白的。

這一期的《風月報》刊登一首七言絕句漢詩，贈給百合咖啡店的女給阿霞，作者自稱參與過文化協會的社會運動，日本當局強行鎮壓後，感懷鬥爭時代已然成爲過去，不得不屈服於殖民者，只有藉咖啡店的氣氛來麻醉靈魂，忘情於美貌的女給。

人生去住如萍梗　鴻爪空留處處痕
一自東墩離別後　西風冷落舊琴樽

許水德體會不出這首七言絕句的情意，只是想蘭子陪去北投洗溫泉的文人會是這個人的同路人吧！兩人關在旅館幾天，蘭子口口聲聲說她是清白的，打死他，他也不信。

4.

許水德向掌珠求婚的那天，他手撫著餐廳漿燙過的白色桌布，喁喁地說起他的身世：

出生在屈尺山裡，從小孤苦，才兩歲大做山的父親過勞而死，多虧母親把自己當男人用，靠上山種橘子養活他，後來得到一個遠親接濟，到台北來讀公學校，畢業後考入資生堂當工友，從掃地、倒煙灰缸、燒茶水做起，熬了好多年才升上來當外務員。屈尺山上的老母親眼睛半瞎，託鄰居照顧，整天嚷著抱孫子。

說到這裡，有點難爲情的嘿嘿笑了兩聲。

許水德自稱是個守禮法的人，本來婚姻大事得憑父母之命，媒妁之言，經過交換八字、送定、對看、完聘等一套繁複的禮數，不該像他們這樣私訂終身。他說他都打聽過了，掌珠無親無故，一個人在台北書局上班，他並不嫌棄她的出身，兩情相悅，自己送做堆好了。

咧咧烏紫的嘴唇，許水德短促地笑了一下。

自己認識的，不必委託媒人，省下一筆媒婆禮金，他說：

「也不怕對看時，由妳比較漂亮的妹妹代替出場，娶過來才發現……」

連相親後選定，戴金戒指爲的是看女方的手有沒有斷掌剋夫，這道禮數也省了。

「妳的手我看過，只是還沒摸過！」

又咧嘴笑了一下。

幸虧兩人生活在文明開化的時代，社交公開，大可不必理會從前那些古老的禮制，台灣人固有的一些陋規惡習應該被淘汰。許水德批評至今猶存的聘金制度等於在開時代的倒車，女方以女兒學歷的高低來定聘金的多寡，給女兒受良好的教育，爲的是換取大量的聘金，第三高女、靜修女學校、職業女校、公學校各有行情，簡直把女兒當做商品在做買賣。

所幸最近報上登了一則鼓舞人心的消息，一位當判任官的日本留學生娶高女畢業的女子爲妻，舉行新式婚禮，聘金、妝奩全都廢除，許水德很高興陋習被打破了。男不可無女、女不可無男，他說他和掌珠符合現代化的婚姻自主，水到渠成。

男女關係不在任性地尋求歡愛，而是完成個人社會功能。許水德說著，移開他面前的咖啡杯，從褲袋掏出一個本子，愼重其事地放在桌上。

「我的銀行存摺，我盤算過了，我的薪水加上妳每個月的工資，湊起來剛好是整數。」

掌珠問他怎麼知道她的工資？許水德笑而不答。

結了婚住在一起，不過多了雙筷子，可省去兩人分開住的開銷，他崇尙日本人節儉樸素的美德，也很少喝酒。

「偶爾喝一杯，是人喝酒，超過三杯，就是酒喝人，醉醺醺的，不成體統。」

掌珠和他結婚，屈尺山上半瞎的老母，還是託人照顧，她不必害怕受到婆婆折磨。作爲人子，他理當事親至孝，不過，他強調自己受的是日本教育，不會像中國傳統二十四孝故事裡那些愚蠢的孝子，什麼冬夜躺在結冰的湖面藉體溫將冰融化捕魚孝親，或是夏夜招引蚊子叮咬自己，讓父母免受蚊蟲叮咬之苦。

「這些愚孝的故事，違反時代人情。」

顯然他是有備而來。也不問對方的反應，大談做妻子的分擔家庭責任理所當然，職業婦女不像坐在家裡的主婦只會當米蟲，可是如果愛慕虛榮，拿薪水買衣服、化妝品，入不敷出，那也是要不得的。結婚的女人必須守婦道，不可做不正派的女人。

「日本婦人，丈夫沒有回家，自己是不會先睡覺的，基督教有一句格言：人之頭爲基督，女之頭爲丈夫。」

許水德張合兩片因性壓抑過度而黑紫的嘴唇，宣稱自己守身如玉，絕對不是好色的男子，不像他的日本男同事，一看到女人就聯想到性慾，也不管年紀大小、心裡想的只有情慾。性是墮落的開端，他說他結婚絕對不是爲了肉慾的滿足，他不會把妻子當做性慾的對象。

望著隔桌而坐的掌珠，他求婚的對象，許水德有著不可明說的憂慮。存天理滅人欲，他強將性慾壓抑下去，卻又忍不住對著日本同事送他的美女情色雜誌自淫。中醫說：一滴精，一滴血，百病皆生於腎，最近他老是失眠心跳，多夢夢遺滑精，他害怕自己腎虧，患了陽萎的毛病。

有經驗的風月老手告訴他，女人嘴的大小和下面的洞口相等，望著求婚的對象兩片厚厚的闊嘴，想像她下面祕密陰暗的洞口一定大得像個陷阱，令他會有著面對墳墓口似的恐懼吧！他擔心自己長度不夠，害怕一交接就早洩。掌珠精壯的眼神讓他氣怯，如何在床上駕御她？許水德懷疑自己。

其實他心目中理想的女性，是輕聲細語日本化的女人，而不是大聲說話、走起路來趾氣高揚的王掌珠，雖然來了台北，穿上洋裝，她還是不脫鄉氣，粗俗得很。許水德的心不聽使喚的想到另一個人，溫情脈脈，凡事順著自己的蘭子，要不是不幸發現她是「那種女人」，溫柔體貼，把男人侍候得服服貼貼只是職業所需，全都是虛情假意，他今天也不會坐在這裡吧！

瞟了掌珠一眼，許水德聲明他不注重外表長相，只在乎家庭美滿，他也不會把妻子當做傳宗接代生殖的奴隸。嘴裡這麼說，眼前浮起第一次到文化書局買書，掌珠背對著他，彎下身找他要的書，兩個滾圓的屁股瓣，秀水鄉下的媒婆口中善於生養的標誌，許水德想到屆尺山上嚷著抱孫子的老母親。

掌珠知道他嫌她醜，爲此恨死他。

有一次她穿了一件黃褐色的洋裝，米白的翻領使許水德產生聯想，把掌珠譬喻爲含笑花，長在山坡地雜樹叢中那種不爲人注意的花樹，花藏在褐色的花苞裡，含苞待放，被陽光一曬，會飄出一縷芳香，如果摘下一朵放在手中捂著，溫暖的體溫會使花更香。一旦外層褐色的花苞脫落，裡面的花瓣便會盛開。

許水德說她像一朵含笑花，屬於內在美的女性。這樣的比喻使掌珠覺得他是在嫌她長得醜，雖然他口口聲聲說世界上沒有醜女，只有懶惰的女人。

一白遮九醜，掌珠心中恨他，私下卻認眞地用起許水德送的美白化妝品。他嫌她醜，他自己呢？

隔著餐桌，許水德頂住桌沿的胸部，因吸氣而鼓起，鼻腔發出嘶嘶的聲音，他四肢短小，皮膚粗糙，臉上長滿疙瘩疣腫，掌珠私下給他取了個「蛤蟆」的綽號。因爲坐得近，她發現他的眼睛周圍有黑色的背稜，只要他再深呼吸把整個身體脹成圓圓的，他簡直就像一隻蛤蟆。

5.

王掌珠十分訝異自己，居然會耐著性子坐在這裡聽這隻蛤蟆自說自話。他要借她的子宮替許家傳宗接代，他可是看錯了人。要是在從前，她早已起身，悻悻離去。

最近掌珠情緒落入低潮，她最崇拜的和歌女詩人藤田芳子的丈夫另結新歡，女詩人悲傷欲絕，竟然投水自盡，留下遺書，感嘆作為一個思想獨立的女子，則與家庭幸福無緣。這樣的自白令掌珠逐漸體會到一個女人要眞正的獨立其實不是一件容易的事。

她開始懂得早些年的台灣婦女運動，鼓吹婦女覺醒，少數的女性受到鼓勵，眞的擺脫親情的壓力，走出家庭的束縛，爭取戀愛婚姻自由。人是走出來了，卻又受到社會上守舊派人士的惡意攻訐，新派人士對婦女解放的過度要求，發現前面的路走不下去，又不肯走回頭路，最後只有尋求自盡，釀成悲劇。

到頭來，自己會不會也只是個「假新人」，只不過是塞滿棉花、充實起來做人的人偶？

掌珠對自己起了懷疑。她很認同婦女運動中流傳的一個譬喻：印度有一則神話，十隻猴子當中有九隻沒有鼻子，五官俱全的這隻被其他猴子嘲笑侮辱為畸形，婦運者比喻台灣毫無決斷力的女同胞好比那隻五官俱全的猴，不敢起來反抗那些印度無鼻猴似的衛道男人。

掌珠以那隻五官俱全，一點也不畸型的猴子自況，自覺是個情感、經濟獨立的新女性。

她是嗎？

被長得像隻蛤蟆、偷偷查她每月工資的男人求婚，王掌珠的心裡還是起了盪漾。居然有人要她，想跟她廝守一輩子。

回到家，忍不住顧影自憐，鏡子裡的她，嘴角往上牽，打從心底得意地微笑。捧著鏡子，掌珠突然有一個大發現，她發現這張臉與早上梳頭時有著明顯的不同，好像變了個樣，哪裡不同？啊，嘴角往上牽的微笑改變了臉的線條，肌肉不再僵硬，啞口木面了。

一直以來，她的眼睛總是低垂，視線往下看，養女養成的習慣，反正得不到關愛溫暖的注視，使她冷漠麻木而無所期待。她知道自己長得醜，老是垂著頭，把臉埋在手中，絕棄自我。

現在掌珠注意到鏡子裡自己的眼睛，不再像先前一樣，黯然無光了，而是開始閃爍著某種光彩。她與自己的感官取得了聯繫，伸手碰觸臉頰、撫摸隆起的胸乳，都使她起了顫慄的騷動。她是個女人，外表體態都是女人，她的肢體吸引了一個異性，許水德看她的眼光令她渾身不自在，卻又不是不喜歡。

王掌珠從自己的肉體吸嗅到了危險。她一直那麼信誓旦旦的要做自己身體的主人，她眞的做得到嗎？

她不願想像自己被許水德擁在懷裡，讓他擁抱。不是他，掌珠幻想的他，是個高大健壯的男人，長著黑色細毛性感的手，一把摟過她，把她緊緊抱住，呵，那令她顫慄氣絕的擁抱。王掌珠曾經暗戀過文化協會的一個進步人士，他給她看俄羅斯革命的小冊子，令她眼界大開，後來知道那人是有婦之夫，掌珠以自己的見識視野超越那人之上來自我安慰，決定那人不値得愛。

她想像許水德的手碰觸她的肌膚，令她起了一陣雞皮疙瘩，那不是歡快的微顫，然而也並非全然的嫌惡，而是一種混合欲望與厭惡的感覺吧？

到目前爲止，他是唯一向她求婚的人，好歹也是個男人，他要爲她戴上私訂終身的訂婚戒指，他說他沒摸過她的手——掌珠驀然羞紅了臉，鏡子裡呈現一個她不曾認識的人，不再完全與先前的自己符合。

掌珠覺得存在於自我之外。

她會屈服於慾望之下，不願再過無趣的獨身生活嗎？這個月的月經剛乾淨，掌珠感受到兩胯之間熱燙，體溫上升，脈搏與呼吸加速，肉體在向她熾熱的召喚，神祕密藏膠黏而潮濕的器官等著被刺穿，穿洞一樣的被戳破，她想像自己享受那種被撕裂的痛苦的快感。

這種快感與她平時兩腿摩擦剛洗過漿得硬挺的內褲，或跨騎椅子，睡前撫摸自己的快感，應該有很大的不同吧？生爲女人，命中注定要被男人占有，掌珠聽說新嫁娘衣服的最底層要穿一條白內裙，用來測定初夜是否爲處女。她能夠接受壓在她上面的是許水德嗎？

3 漂鳥（一）

漂鳥是留鳥中的一種，為尋覓食餌，做短距離的漂泊，夏居山林，冬遷平野。

1.

最近阮成義的眼睛很容易疲勞，對強光特別敏感，老感到頭痛眩暈，夜視不良。有一晚，他用世界語和莫斯科的筆友寫信，波蘭眼科醫生Zamenhof爲了避免強國統治形成單一霸權，發明世界語，在各國平等狀態下使用共通語言來表達想法。日本當局認爲台灣人使用象徵人類和平的世界語，等於故意排斥日本語文，與排斥日本畫上等號，文化協會所組織的世界語學會，是殖民當局所無法默許的。

阮成義對日本人的禁忌視若無睹，他用這種國際語結交的筆友遍及東歐各國。這一晚他向莫斯科筆友報告台灣進步人士爲「俄羅斯飢餓救援會」募款事宜。信寫好後，也不理會日本當局嚴格規定昭和的年號，而使用世界通用的紀元，寫下「一九二九」年後，突然眼前一黑，失明了。

憑著過去在台北醫學校眼科學了兩年的知識，阮成義判斷自己得了夜盲症。隔天他的視線依然模糊，焦點不能集中，而且窄如管窺，只看到物體外圍的光圈，他知道自己不該看的東西看太多了，離開台北，避免家族親戚之間不堪忍受的吵鬧，到南部換新鮮的空氣，暫時的眼盲異狀應該會消失吧！

父親去世後，阮氏家族的茶行營業，經過伯叔之間明爭暗鬥，最後掌握權落在最有心機的小叔手上，他肆意哄抬茶價，剝削採茶、做茶的員工，阮成義不恥小叔只顧牟取暴利，不顧道德的資本主義行徑，他尤其不恥小叔與日本人勾結，扮演經濟利益的同盟。

幾年的一手壟斷，貪得無饜的小叔被發現帳目不清，本來爲爭奪茶行的掌控權，手足之間早已失和，恩斷義絕，爲了分家各立門戶，又起了爭端，終日爭吵不休，只差沒鬧到法庭。

阮成義至此才體會無政府主義者爲什麼認爲私有財產是人類社會的一大弊害，爲什麼克魯泡特金的經濟理想，會是廢止私人財產，而主張以一個由人們自願組織、無階層分別的網絡來協調經濟運作，房屋、田地和工廠不再是私人財產，而是歸屬於公社，貨幣、工資和貿易也都被廢止。

阮家沒等到各房自立門戶，茶行受到經濟大蕭條不景氣的打擊，資金周轉不靈，積欠巨債，在台灣茶葉界風光一時的「珍奇香」茶行，最後不得不宣布倒閉，全盛時期阮家預備在基隆河畔築建華麗的別墅，大宴紳商貴客的計畫終成泡影。

阮成義來到通宵海邊散步，踩在沙灘上的赤腳四周有東西爬行，睜大逐漸恢復視力的眼睛，他看到一大群螃蟹，靠近腳旁的那隻，不知怎的跌了個仰面朝天，看牠笨拙地晃動鍋子似的外殼，竭力想翻轉身好和同伴游回海中，徒勞地試了無數次，阮成義拾了一根海草，正要幫助那可憐的螃蟹，兩隻不知如何獲悉同伴受困的螃蟹這時爬了過來，牠們合力從下面推牠們的伙伴，費了九牛二虎之力，好不容易讓牠偏向一邊，眼看就要翻過身的刹那，不知怎地那隻螃蟹又重重仰跌下去。兩隻援助者匆匆爬回海中，阮成義心想牠們放棄了同伴，回大海產卵去了，便又拾起海草，想助受困的螃蟹一臂之力。沒料海灘上多了許多移動的黑點，兩隻螃蟹帶回來生力軍，結合力量一起推動，終於把牠扶正，一起游回大海。

凝目望向遠處海連天天連海的地平線，已然恢復視力的阮成義平生首次看到了生命的座標，螃蟹們互助營救的過程，使一向標榜特立獨行，以高等遊民自居的阮成義陷入思索。

幾天後，他立在小丘上仰望無雲的晴空，一隻老鷹靜靜地盤旋繞圈子，當牠低飛掠過丘陵一邊時，突然發出刺耳的叫聲，牠想傳達的訊息，被另一隻低飛的老鷹接收了，也以同樣的叫聲回答，接著第三隻、第四隻……，一群老鷹飛翔晴空，阮成義正在讚嘆何等壯觀的場面，才一瞬間，這群鷹朝同一方向飛去。

那天下午，阮成義走到老鷹飛去的方向，藉著一個高坡的掩蔽，他看到那十幾隻老鷹，圍著一隻死獸的屍體正在飽餐。

阮成義讀過克魯泡特金的《互助論》，書中也有類似的描述：十幾隻的白尾鷹圍著一匹馬的屍體，身爲動物學家的克魯泡特金辨識出牠們先讓兩隻年老的鷹吃完了，由牠們站在附近的草堆擔任放哨，讓較小的鷹依次飽食盛餐，「牠們遵守長幼輩分的禮節。」克氏寫道。

出身於俄國貴族家庭的克魯泡特金，青少年時代接受宮廷教育，藉任職西伯利亞總督府之便，多次遊歷西伯利亞東部，還到過中國東北黑龍江、烏蘇里江無人居住的廣大地區研究動物界生態，這些田野調查對他日後著作《互助論》大有啓發。

這位有相當聲望的動物、地理學家，在瑞士旅行，受到西歐革命運動和俄國流亡者的影響，開始與巴枯寧的信仰者接觸，很快服膺無政府主義思想，而成爲巴枯寧的信徒，回俄國後投入運動，遭沙皇政府逮捕，後越獄逃亡國外，在法國因組織個人恐怖活動，被監禁五年，獲釋後移居倫敦著書宣揚無政府主義，完成《互助論》及其他重要著作。

憑著對動物界的實際觀察，克氏整理出一個理論：在生物界的進化中，個體之間的互助遠比互爭所引起的作用要大得多，很多動物常是聯合起來，以適應不利的氣候環境，以及對各種敵人進行鬥爭，阮成義在台灣的海灘與天空印證了克氏的理論。

其實這種動物界受惠於互助勝過互相競爭的說法，在台灣並不陌生。蔣渭水早在《台灣民報》就大聲疾呼一個口號：

同胞須團結，團結眞有力！

他指出團結乃是生物界共通的本能。台灣人唯一的利器，求幸福脫苦的門徑就是團結，蔣渭水舉出動物互助的諸多例子：

西比利亞的鹿，要渡河避寒的時候，必等著多數的同群齊到，然後團結一起一齊渡河，以保其安全。

有水族中之虎之稱的南洋鱷魚，幾十隻小猴子可致牠於死地。猴子臂挽臂用足纏足，變成極長的猴繩，從樹上倒吊下來，吸引要吃牠們的鱷魚上樹，然後用一根堅韌的青藤，把鱷魚的尾縛在樹上，倒吊兩天，鱷魚就不打自死了。

鮭魚秋天到北海道的河川產卵，長到一、二吋大，離開河川海口，有大魚開口要吞牠們，這些鮭子集群團結做一塊極大的團塊，大魚見那樣大的東西吃了一驚，一溜煙走了。

亞非利加（非洲）的馬都群居，一見獅子來攻，牠們將頭集向中央，臀部做後方結成圓陣用後腳蹴沙，使沙飛騰滿空，獅子看了就驚跑了。

從鄉下回台北以後，阮成義頭髮往後梳，穿上圓領，左邊一排扣子的黑色上衣，自稱是反對一切權威，無政府主義的信仰者。

「自私的人就像一棵孤零不結果實的樹。」

他引用屠格涅夫小說《羅亭》的話，不再以單飛的漂鳥，找不到生活位置的孤獨者自喻，也不再像從前一樣流連於「維特」酒家、「波麗路」咖啡廳消磨時光，或是到太平町的「山水亭」與文藝家們廝混，享受台灣文藝復興的氣流。

農民組合的幹部爲了使無政府主義的信仰者轉向共產主義所舉辦的一場辯論會上，阮成義力辯所謂「無政府主義」並不是一般人所誤解的，代表混亂、虛無，或道德淪喪的狀態，而是一種自由的個體們自願結合，互助、自治、反獨裁主義的和諧社會。

台灣人依靠互助的本能，就能建立和諧的社會生活，他以互助論來責難階級鬥爭，批評馬克斯主義主張無產階級專政是錯誤的，農民組合的共產黨雖然反對日本帝國主義，卻想在驅逐日本勢力之後，成爲一個變相的中央集權專制獨裁社會，無政府主義者誓言打破一切權力，推翻一切不自然的制度，呼籲台灣民眾靠自主力量毀滅一切在朝的野心家，促成無強權、無剝削的眞正共產自由社會，也就是無政府共產主義社會。

共產主義者則駁斥無政府主義是一個空有理想、不切實際的烏托邦，主張階級鬥爭，辯論在激憤和怒吼中度過。爲了排斥無政府主義的成員，文化協會召集會議的通知，故意延遲日期，沒能到場的無政府主義者在選舉中全部落選。

阮成義糾合三十多個以自由聯合主義爲原則的同志，組織台灣勞動互助社，主張建立無政府的社會，取消私有財產，實行共產共有。

2.

霧社事件後，日本當局以檢肅共產黨爲藉口，對台灣左翼的民主進步人士進行大清洗的整肅，民眾黨被迫解散，蔡培火、林獻堂等保守人士另外組織的「台灣自治聯盟」，被蔣渭水形容爲「政府所容許的，已被抽筋骨僅賸空皮的黨」，他誓言將繼續完成以工農階級爲中心的民族運動。可惜蔣渭水壯志未酬，傷寒奪去了他的生命。

阮成義袖子纏著黑布，到大稻埕永樂座祭弔，走在千人參加的大眾葬的行列，一直送到大直山上。

蔣渭水逝世後三個月，文化協會左傾的成員紛紛遭到逮捕。統治者的鎭壓，已經控制了整個台灣，群眾的力量變得微不足道了。

一切變化得太快，幾個月前，無政府主義才發出「六一七台灣島恥紀念宣言」，痛批美麗的台灣被一批穿木屐、著裙子的凶惡貪官與嗜食味噌湯、黃蘿蔔的奸官污吏所強占。六月十七日這一天是被日本人強權壓迫、台灣人流淚的日子，宣言中呼籲熱血的學生、有志氣的青年、勇敢的工農階級即時覺醒團結，以民眾的暴力毀滅統治階級，以直接行動來沒收資產階級的財產。

「民眾們，起來，只有革命直接行動，才能使瀕臨死亡的台灣復甦……」

而今這樣的口號，聽起來等於最大的嘲諷。

阮成義和他的同志們不得不承認，徒具熱情，一群理想主義者自信有煽動的演說才能，指導工人農人鬥爭，反抗壓迫，轟轟烈烈的搞革命，其實犯了盲動躁進的「小兒病」。

一個從台北流亡到日本的無政府主義者，在東京高圓寺區參加了一個聚會，他向與會的朝鮮、日本、中國的無政府主義者回顧台灣先後組織的幾個團體：

「每次發表一些烏托邦式的宣言，散發宣傳小冊子，舉辦幾場演講，便遭到日本當局檢舉……」

住過台灣的日本人，曾經加入小澤一組織的「台灣黑色青年聯盟」，談起當年在台北大正公園成立的經過。

這個台灣第一個無政府主義團體，一開始就受到警察密切監視，還沒開始活動，四十幾個成員立刻以違反治安維持法被逮捕，「台灣黑色青年聯盟」成立後即胎死腹中。

「小澤一和四個同志被判徒刑，坐完牢，他搭船回出生的千葉島，途中離奇的死了，」日本人憤憤地說：「到現在還弄不出死亡的原因，有一說小澤一上吊自殺，哼，我才不信！」

最近剛在前衛劇運的大本營築地小劇場演出的朝鮮導演，說起他與張維賢的過從，兩人曾討論史坦尼史拉夫斯基的戲劇理論。

張維賢是台灣另一個無政府組織「孤魂聯盟」的成員，這個組織在大稻埕民眾講座舉辦第一次演講時，提出宣言：

「孤魂即爲生前孤獨，死後仍無倚靠的可憐靈魂之謂。其悲哀恰如吾人無產階級農民現在的生活，吾人於茲組織孤魂聯盟，將爲我等的光明參加無產階級解放運動。」

「孤魂聯盟」推動無產階級的解放運動，以演戲做宣傳運動，雖然缺乏資金，還是組織了「民烽劇團」，標榜以戲劇改良不良風俗，教化社會爲目標。熱中劇運的張維賢還遠赴東京築地去取經。

台灣來的無政府主義者不覺唱出「孤魂聯盟」的宣言歌：

民眾的旗幟——黑旗，
包裹著戰士的屍體；
死屍逐漸冷卻，
血泊染滿黑旗。
高舉黑旗，
讓我們在旗下戰死！
懦怯者大可離去，
我們堅決擁護黑旗！

以戲劇作爲主要的戰場，對象是城市的知識青年，台灣農民對被殖民奴役的處境，早就有切身深刻的體會，「民烽劇團」無疾而終。

阮成義組織「台灣勞動互助社」避免明確的團結行動，它又屬於是半合法的社團，所推行的活動不出於宣傳教育的範圍，警察找不出證據來檢舉，令其自生自滅，勞動互助社在沒有表面組織的狀態下，步履艱難緩慢的運作，在警察監視下，又受到共產主義運動的發展所擠壓而萎縮。

該社利用無政府主義《明日》雜誌的宣傳，出版到第四期，便因出版費拮据終歸停刊，開設在建成町販賣與製造鈣滋養乳的店，本來是爲互助社爭取資金兼收容社會中失業的人員，結果因經營者相處不睦，店員罷工，開不到一年便關門大吉。

無政府主義運動愈來愈陷於衰微的狀態。

日本當局大肆整肅民族進步人士，島上彌漫著肅殺恐怖的緊張氣氛，沒被逮捕的，轉向的轉向，不願轉向的，鷹揚之後鎩羽墜落，覺得一切都沒指望了，陷入一種深沉的絕望。他們意識到虎狼當道，殖民者的蠻橫雖惹不起，卻躲得起，變得冷漠萎靡。這群失敗了的反對者，激情過後回到資產階級的生活方式，也不顧資本主義的危機產生經濟大蕭條，即時行樂，每天無所事事，只會懶散的攤在椅子上，抽菸喝酒哀聲嘆氣。對生活的厭倦，他們憎惡自己，不少人捧著郁達夫的小說《沉淪》，無聊到模仿穿小說中主人公愛穿的香港布洋服。

阮成義瞧不起這群人把空談當做事業，在談話中消磨時光，張口日本先進、現代化，閉口台灣落後，他不屑與這些懶惰聰明的廢物打交道。日本人把他趕到中心之外，不讓他插足任何事，阮成義在自己的家鄉反而成爲身外客，他一向以捉弄人家、玩世不恭來發洩殖民統治下的苦悶，卻不因此獲得一絲快樂，也許在這風雨如晦的時刻，自己反而可以留下一點什麼痕跡，他追求刺激，具備充沛爆炸性的精力，相信自己有行動的勇氣。

阮成義要做件大事，不願像那群空談的廢物，在行動上只是可憐的儒夫。他很早就對林獻堂走議會路線、溫和的改革主義的慢調子不抱任何幻想，十幾年來林氏向日本帝國議會提出十六次請願，毫無結果，阮成義堅信台灣的自由解放絕不能依靠議會運動與帝國主義的慈善來達成。

蔣渭水認爲思想和精神問題不能用醫藥解決，文化協會走向街頭，爭取政治社會的改革，在阮成義看來，實效也是微乎其微。他要用激烈的方式來喚醒沉睡的民眾，做個眞正的行動者，呼應巴枯寧的主張，他讀過俄國大革命時無政府主義作家路卜洵的名著《灰色馬》，書中佛尼埃說：

「我知道世界不能用刀槍來救，但需用愛……」

但在這世界上愛已漸漸被鏟除了，人造的制度使少數人壓制多數人，使得多數人民生於憂患，死於痛苦。

爲了使憎恨早點消失，愛早日降臨，阮成義決心以恐怖手段進行有計畫的破壞行動，透過暗殺和暴動破壞，令日本帝國主義膽寒。

反抗武力的唯一利器便是武力。

歐美工業發達國家，罷工是對抗壓迫者的有效戰略之一，然而，台灣農民占絕大多數，難以動員勞動階級總罷工。

一個炸彈勝過十萬冊書本的傳播。

阮成義計畫在日本統治者的經濟機構中響起炸彈的聲音，攻擊破壞台灣銀行、水利局、縱貫線鐵路，造成經濟損失，社會動盪，無奈日本人對這些地方防衛森嚴，無從下手。

退而求其次，阮成義呼籲爲數不多的同志到校園策動學生滋事。規模最大的一次發生在台中一中，有一個住校生離開宿舍，行蹤不明，日本校長發出無限期停課通知，引來學生不滿抗議，阮成義策動學生向教師丟爆竹及石頭，打破教室窗戶，桌椅塗滿泥巴，把校園內的盆栽砸個粉碎。

風聲所及，淡水中學、台南長老教會中學聲援，聯合罷課。

破壞行動走出校園，對日本警察採取反抗態度，在台北三線道上騎自轉車，故意衝撞日本行人，統治者大肆慶祝始政紀念日，六月十七日前一天晚上，阮成義和同志拎著漿糊，把詛咒殖民者的標語張貼在電線桿、公共建築的外牆，以這些舉動製造社會不安，挑起年輕人的反日情緒。

艋舺、大稻埕的流氓、無賴也混水摸魚，趁機響應滋事，他們戴斗笠，腰間懷著一尺多長的台灣刀，在街上游蕩尋隙，基隆的大哥們策動碼頭的台灣苦力和日本工人衝突。

阮成義眼看這些大哥們橫行街道，很當一回事的惹是生非，不由得心生羨慕。打鬥滋事是他們的職業，不像他自己只是客串，爲了苦悶無聊，徒然發牢騷罷了。他聽說蔣渭水先後幾次坐日本人的監獄，與牢中的鱸鰻結爲朋友，打算出獄後編一本《鱸鰻語典》，他也同情那些被囚禁的妙齡妓女。

蔣渭水出身宜蘭，是個草根型的人物，父祖以卜卦算命爲生，他進台北醫學校之前還當過乩童，很容易與鱸鰻、妓女認同，他結交各路英雄，創辦的大安醫院也是文化協會同志們的旅館和大眾食堂。

阮成義決心與他所屬的資產階級決裂，親自以手槍利刃來鏟除欺國負民之輩，暗殺堂堂以日本帝國之臣民自豪的「大國民」，此人既是日本人御用的頭號走狗，又是資本家及特權階級，無政府主義者暗殺的對象。

大國民的諢稱來自一首〈大國民之歌〉，歌詞是想做日本人的台灣人。每次有日本皇室貴族來台巡視，尾隨在後的一輛人力車，車輪特別大，上面坐了個穿西裝、胸前佩帶一大堆勳章、身材魁梧的台灣人，當人力車經過時，夾道的路人小聲叫道：

「大國民來了！」

有的甚至低聲唱起〈大國民之歌〉，膽子大一點的更以「走狗」、「御用走狗」、「漢奸」來罵他。

阮成義在榮町一家日本人開的理髮屋剪頭髮，受到東京來的師傅對他不甚親切的對待，滿心不悅的回到家裡，翻開《台灣日日新報》，頭版頭條新聞：大國民捐獻土地三十甲，作爲台中州產業道路，獲頒總督府獎狀。恨恨的放下報紙，他早聽說這幾筆土地與公地界線不明，大國民漏繳稅金，乾脆以捐獻名義捐地，它們本來是總督沒收所謂「無斷開拓地」，作爲酬庸讓渡給他的。洛津父老爭相傳誦，大國民帶日本人進城有功，讓他騎著馬跑，所到之處的土地全歸他所有。

利用權勢占奪土地，此爲罪狀之一，更可恨的是日本人領台之初，台灣抗日義勇事件層出不窮，大國民輔佐日軍獻計獻策，南征北剿，殘害出賣抗日義勇同胞，其後又打壓台灣民主人士，創立公益會，糾合大小台奸幫日帝箝制林獻堂、蔣渭水等，使台灣人永遠淪爲日本帝國的奴民。

近幾年大國民三番兩次遠赴大陸，遊說軍頭反抗中央，欲使中國四分五裂，最後淪為日本殖民地。

日本當局以大國民為治台功臣，封官賜爵，又給予食鹽、樟腦、砂糖、鴉片種種專利特權，使他日進斗金，把財富建在台灣人的屍骨上。

4 月落

1.

黃贊雲約了蕭居正律師一起去參觀博覽會的第三個會場——大稻埕的「南方館」。

本來總督府只計畫把博覽會安排在城內，後來因大稻埕的名人紳商聯名要求，表示願意負擔部分經費也參與活動，總督順從民意，趁此推行日本政府的南進政策，將「南方館」設在大稻埕，凸顯台灣及福建、南洋特色。

從街道整潔的城內一路走來，雖然是晴天，黃贊雲卻看到台灣人聚居的大稻埕，沒種路樹的街道塵土飛揚，空氣裡飄浮一股濃濃的煤菸味。然而，總督府的文宣從來不忘記宣揚整頓大稻埕、艋舺的政績，指出當初日本領台後，衛生隊到這兩個地方的紀錄：

「……房屋四周或院子流出不清潔的污水，或各處積水成池沼，居民和豬狗雜居，或雖往往有公廁設備而到處排泄糞便……，好像他們的頭腦和眼裡對不潔毫無認識。娼妓四處出沒，感染惡性梅毒已達第三期，侵及骨髓者市內甚多……」

鼠疫蔓延，日本人燒毀了疫屋，又趁一次颱風帶來的水災，清除倒塌的土角厝，進行市區改建，拓寬狹隘、陰暗的小巷，把媽祖廟遷移到太平町，又拆去安溪茶商供奉的法主公廟的後半，使交通順暢。

日本人改造大稻埕主要街道的傳統樣貌，兩旁街屋的磚瓦規格，以日本式爲標準，用混凝土建造一樓半高度的大正型式，房簷前多設扶壁裝飾鋪號牌匾，規定屋子的台基比道路高出尺餘，亭仔腳的設計使路人雨天過街不致淋濕。

殖民者眼中污水滿溢、居民與豬狗雜居的台灣人的老城，在畫家的眼睛裡，卻別有一番風情，水彩畫家石川欽一郎對大稻埕的印象是：

北門走進來，小火車站前有個水塘，對面有幾間紅瓦屋頂的房子，天氣晴朗時，澄澈的青空下，約略可看到遠處大屯山的姿影，永樂町後街的小水溝，用石頭搭成的拱橋，長滿青苔蘚……

石川欽一郎在石拱橋畔寫生，路過的行人看畫家把綠竹掩映的紅瓦舊屋移到紙上，禁不住嘖嘖稱奇。

一陣輕風拂過，孩子們剝下的花生薄膜，隨著風吹，飄落到水彩畫上，黏住了，圍觀的人屏住氣不敢作聲，但見畫家若無其事地勻出手，剝去黏在畫紙上的薄膜，眾人才舒了口大氣。

「還好是水彩，如果是油畫，你們就麻煩了！」

畫家向吃花生的孩子扮了個鬼臉。

大稻埕綠竹掩映的紅瓦舊屋，只存在於畫家筆下。

醫學校畢業前一年，黃贊雲又去找過阮成義。第一次去的淡水河畔那棟紅磚樓房，已經變成大正型的巨宅，原先的紅磚牆換上灰白色馬賽克的瓷磚。

「這種建材最近在大稻埕很流行，都是進口的。」阮成義撫摸滑不溜手的瓷磚：「剛才你看到陳天來的大房子，鋪的也是這種瓷磚。黃兄，考你一個問題，魯班尺和日本尺的長度有什麼差別？」

看到黃贊雲被問住了的神情，阮成義皺著鼻子笑了。

「這次來，大稻埕比從前整潔，街道也光亮不少，這些瓷磚的關係吧！」

阮成義點頭同意。

蓋房子前，他父親請土水師特地跑到日本人居住的城內觀摩，向日本設計師偷師。阮成義要黃贊雲仰頭看天花板，木條錯錯落落拼湊成幾何形的線條，好像一幅圖案畫。

「喏，典型大正式的設計，土水師偷師的作品。」

仰望天花板錯落有致的木條，黃贊雲心中想著第一次到阮家，後院種滿用來薰茶葉的花草，有茉莉、樹蘭、秀英、槴子等香花。

沿著永樂町一路走來，多時不見，大稻埕又變了個樣，先前大正型的商店，立面露在外面的柱壁、磚石，全被水泥塗抹得很平滑，利用耐震耐火的材料把市街家屋改造成昭和式。

淡水河畔阮家那棟大正型的巨宅，不知是否也變了樣？

多久沒來了？有四年了吧！蕭律師參加蔣渭水的千人葬禮，寫了封信給黃贊雲，述說心中的哀慟，抱著慰問的心情，黃贊雲回到律師的事務所。一上樓，房門虛掩，律師背對著他翻箱倒櫃，撕毀抽出來的檔案圖片，聞聲轉過身，門框裡的黃贊雲看到他的模樣，不覺倒退了兩步。律師與先前參與文化協會時完全判若兩人，一頭亂髮，滿腮蔓長的鬍鬚，露出布滿紅絲炭火似燃燒的眼睛。

「喔，是你，還以為四腳仔的來抓人了哩！」

蕭律師把門開著，每天坐在事務所等著被逮捕。

「簡吉的赤色救援會被日本人檢舉，好多農組的幹部入獄，最近抓到文化協會的會員了……」

黃贊雲站在門框裡，進也不是，退也不是，他後悔在這敏感的時機出現。律師似乎看穿他的心意，伸手一拂：

「你膽子小，怕惹事，快走吧！」

站在「南方館」賣票處等候蕭律師，黃贊雲打量大稻埕展覽館的設計，看得出日本當局利用高翹的飛簷、馬背、花窗等傳統建築特色來凸顯台灣的意象，旁邊新建的演藝館，也是用雙囍、翔龍這些民俗符號來渲染博覽會喜慶氣氛。黃贊雲早上參觀了城內公會堂、新公園第一、二展覽館，全是用最新奇摩登流線型的現代建築來宣揚日本帝國的進步，大稻埕的南方館，讓他感到時光倒流。

難道台灣人注定要在紅瓦飛簷古厝裡打轉？

黃贊雲納悶著。肩膀被人拍了一下，轉過頭，一時不敢認這個戴墨鏡、一副黑狗兄打扮的蕭居正。才下午兩點鐘，他滿口酒臭，有點醺醺然，幾年不見，也不先問候，劈頭就批評殖民政府把台灣人居住的大稻埕當作博覽會的一部分，讓日本及外地來的觀光客獵奇。

「弄這些椰子樹、甘蔗叢、土地公廟點綴裝飾，把住在這裡的人當作動物園的猴子，」拉拉吊帶下的條紋褲子，蕭居正扮了個鬼臉：「我用這身小丑打扮來共襄盛舉，當作供人參觀的一景吧！」

蕭居正對妝扮遊街似乎很著迷。當年文化活動大張旗幟，他也和一群同志身穿長袍馬褂，只差頭戴瓜皮帽，舉著中國五色旗，在大稻埕昂首闊步，向日本人示威。只是眼前這種遊閒人黑狗兄的扮相，看在黃贊雲眼裡，似乎過火了些。進南方館時，他不自覺地後退一步，不願與蕭居正並肩同行。

館內四處張貼標語，宣揚日本的南進政策，日本每年增加百萬人口，本國天然資源已開發殆盡，歐美世界拒絕日本移民，生產的商品也受到排擠，爲了生存，只有打破這情勢，以台灣爲基地，向南方開拓產業及經濟的生活線。

穿行佛國暹邏館，展出紫檀、鐵刀木等珍貴木材，菲律賓館可看到菸草、馬尼拉麻、椰子油，也介紹日本僑民在印尼南洋等地開墾的狀況，澳門、越南、新加坡、馬來西亞出產咖啡、茶、甘蔗、棉花等農產品，台灣出產香蕉、烏龍茶、鳳梨纖維布、苧麻、藺草、龍眼乾……等產品。

日本人早已在用幻燈機、傳眞機了，他們與西方先進國家競爭，正在研發電視機，博覽會第一、二會場的興業館國防館展覽製造飛機、鋼鐵、工業機械的技術，船舶館陳列航行世界一周的輪船巨大舵輪造型。

代表台灣的還停留在鳳梨纖維布、烏龍茶？

置身鋪天蓋地的農產品，黃贊雲突然感到那些先進的科技工業，對台灣人而言是那麼遠不可企及，幾乎是一個虛擬不眞實的世界，不要說電視機、飛機，就是台灣中流家庭指日可待的電氣化的現代化生活，似乎也虛幻遙遠不可及，他的妻子做家事有電器品代勞，下午兩點鐘閒情逸致地接待訪客、品茶談心的日子，也不可能很快地實現吧！

2.

入夜後，黃贊雲和蕭律師坐在淡水河邊等著看煙火，這也是博覽會的活動之一，市民成群結伴聚在河岸邊看熱鬧。乞丐彈的三弦聲從不遠處斷斷續續地傳過來，蕭律師吐出一口菸，悠悠地說：

「台灣是個寶島，樹綠水藍，這麼美，我卻感到悲悽，開心不起來。黃兄，下午你批評日本人都製造飛機上青天了，大稻埕的藝旦還在組織樂團唱南管、北管，從上海請什麼三廊子劇團來唱戲，台灣人只知道在這些落伍的娛樂裡打轉，當時我沒接腔……」

蕭居正對著河上的漁火，喁喁地接下說：

「這四、五年來我的日子是怎麼過的？說出來你也許不會相信，黃君，我迷上跳社交舞，幾乎每個晚上到舞廳抱著舞女的腰大跳華爾滋、探戈，跳到打烊，接下來轉到太平街的酒吧喝酒。我還替藝旦灌曲盤，南管、北管、流行歌都有，江山樓一帶的藝旦間幾乎家家都去過，只差到九間仔街宿娼。」

蕭律師把牖下的時間用在美食上，光顧太平町有酒女陪酒的「蓬萊閣」、「小春園」幾家酒家，嘗遍廣東、川揚各種菜式。他說他最愛吃費時又費工的福州菜，是「水蛙園」福州餐廳的常客，具有特色的菜餚一口氣念下來：

「糖醋紅糟、紅燜水蛙、荔枝肉、腰子炒油條……，還有一家叫『芳明館』，也賣福州菜，後面有一條小運河，與淡水河相通，我常常坐在二樓，看著河發呆，消磨時光。」

律師記得剛從日本念完書回來，正好趕上大正末期的好景氣，大稻埕有「小上海」之稱，餐廳酒樓多達兩百多家，「同聲」、「第一」兩家舞廳的舞女就各有三、四十個，音樂響到半夜。

「那時我一頭栽進文化協會的活動，對那些夜夜笙歌的商賈很反感，最瞧不起穿和服的台灣人，罵他們沒有骨頭……」

蕭居正承認他這兩年也穿起和服了。日本妻子的朋友結婚，他穿上寬大的條紋褲，搭配暗色短外褂參加婚禮。

「我和日本妻子走在一起，人家說我們是一對日本夫婦，有意思吧！投入文化協會的民眾運動那幾年，外出時我不准馨子穿和服，一定要她換上洋裝。在日本，夫妻出門，如果妻子穿和服，必須跟在丈夫身後，如果穿洋裝，可以和丈夫平行，那時候，我寧可讓馨子和我平行。最近一年多來我們已經不再一起出門了……」

律師和他日本妻子的關係每況愈下。

「上次你到我事務所，我不是把門打開，等警察來抓我嗎？一起搞民主運動的同志、激進的左傾分子都坐牢了。」

簡吉、謝雪紅等四十多位共產黨員，在台北監獄監禁了三年多，沒有判刑，到了去年才第一次公審，日本的左翼律師古屋貞雄受委託出庭辯護。謝雪紅一走進法庭，把頭戴的斗笠脫掉，扔到一旁，庭上判定她精神錯亂，延後審問。

謝雪紅指出在獄中遭受到種種酷刑：

冷水澆灌、針刺指甲、全身衣服剝光，被用香菸炙燒乳頭……

「律師根據日本人的紀錄，證實有二十多名左傾共產黨員死於獄中，我一直逍遙法外。為什麼？不必問你也清楚。」蕭居正自問自答：「對，就因為我娶了日本老婆。照說是因為她，我才沒被抓去坐牢，還可以在外頭花天酒地，應該感謝她嘍？」

黃贊雲不由自主地點點頭。

「其實不然。我反而怨恨她、嫌惡她，她讓我知道自己是台灣人。靠一個女人來解救，哼，我氣她代表的一切，把她當出氣筒，蹧蹋她，發洩心中的火，可是，不管怎麼罵她，馨子的聲音和眼色絲毫不亂！」

因為這樣，他更恨她。

黃贊雲眼前浮起聲音和眼色絲毫不亂的馨子的影子。

第一次拜訪律師，他們的家已經裝了自來水，水龍頭一扭開，水嘩嘩地流了出來。馨子告訴客人，不必像從前一樣，必須僱人用水桶去接公共的自來水，挑回來倒入水缸了。

馨子如釋重負的神情使黃贊雲印象深刻。

「她有潔癖，怕生鐵水管生鏽，也嫌人家接水的木桶沒先洗乾淨。」

做丈夫的代她解釋。

家中裝了自來水，廁所也換上瓷白蹲式便池，他們坐在客廳聊天時，正巧工人來挑糞，飄來一陣陣臭氣，馨子尷尬地起身，站在通往廁所的甬道口，好像要用身體屏擋襲來的一陣陣臭味，一邊難為情地喃喃道歉，眼睛下垂不敢看客人。

意識到妻子的尷尬，律師帶客人參觀他的書房，指著牆上掛的浮世繪版畫，他留學日本時，在東京神田舊書店買到的。

「當然是複製品，算是記念做學生的那段日子吧！」

喜多川歌麿的美人浮世繪，律師說明是取材自江戶時期水茶屋的賣茶女。

「捧茶的這幅淺草『難波屋』的茶女阿北足，你看她多嬌美可愛，客人賞她的小費比別人的高六倍，另外這幅菊米阿繁，愛撒嬌的樣子很有歌舞伎的風情啊！」

黃贊雲讚嘆的是殷勤待客的馨子夫人。她輕聲細語，對他用敬語，母音明亮優美，子音咬字清晰，說了一段客氣的迎賓詞，停下來，短暫的間歇，令人想入非非。

黃贊雲做學生時，最崇拜他的日語老師松本先生，他鼓勵學生一定要把日文、日語學好。

「日語是一種特惠語言，懂得日語便掌握了打開世界文明之鑰。」

松本先生強調：

「在台灣施行國語教育是日本兩千五百年來的壯舉，幕府時期同化了北海道的蝦夷，禁止他們使用高貴的和語，對琉球的平民也禁止使用日本的假名文字，用了，就要受處罰。」

黃贊雲感激日本人特別垂顧台灣殖民地的子民，准許他學習這種特惠的和語，使他得以欣賞馨子夫人如音樂般的悅耳妙語。他偷偷打量這位嫻靜貞淑的日本夫人，覺得不僅是說話，連舉手投足一舉一動也合乎音樂的節奏。奉茶過後，閒閒側坐一旁，神情從容淡定，潔白細緻的雙手，指尖相對，卻不碰觸，安放在膝上，低眉垂眼，嘴角漾著淺淺的微笑，那容姿使黃贊雲想起紫式部的小說《源氏物語》描寫的女性。

他喜歡日本古典文學，差點想走上當作家的路，進了醫學校才改變初衷，把行醫當作正途，文學當作嗜好。不過，他還是忍不住每晚在宿舍熄燈後，偷偷躲在被窩裡點香，就著微光，逐字把《源氏物語》看完。

少不更事的黃贊雲，讀到作者細膩的描繪書中戀愛的男女種種心緒反應，也不免怦然心動。他羨慕源氏周旋在眾多的女性情愛之中，既有愛妻紫姬，又鍾情於空蟬、朧月，不過，從小接受的倫理教育，黃贊雲對源氏與繼母藤壺皇后私通的不倫事件不敢苟同，也無從意會好色的源氏在複雜的感情糾葛中，享受情愛的豔美，男女戀情的同時卻又使他內心哀悲，那一種揮之不去的哀感，當然也體會不到作者紫式部精心刻劃的藤原時代由盛極而衰的那一段歷史。

小說中的人物，不管男女，對四季自然變化，所產生的對生命的無常之感，也不在他的理解之內。

馨子側坐的姿容，使黃贊雲不禁拿小說中的女子來做比較。也只有來自宜蘭鄉下的台灣人——儘管他讀懂紫式部的小說——才膽敢把藤原貴族社會的宮廷女性和出身町人家庭、父親是個經營醬菜生意的馨子擺在一起評比。

馨子夫人以及她的家散發出的日本風情，令黃贊雲難以忘懷。他恨不得拿照相機把屋子的擺設拍下，帶回去複製仿造。他在宜蘭診所後的日本房子早就完工了，也住了一些時候，到律師家做客幾次，令他意識到自己蓋的日本房子徒具外表形式，卻缺乏人文內容，他必須師法馨子夫人的心思，注入許多細節。

黃贊雲原本以爲在外間座敷客廳紙門與起居室相隔的角落，擺上繪有八隻白鶴的紙屏風，女兒節的人偶旁邊的五彩萬里燒瓷瓶插上時令鮮花，玄關吊上一盞歧阜的燈籠，這樣就可以營造出東洋風的氛圍。

蕭居正告訴他，事實上，日本人對住家有極細微的講究，他們用紙窗擋住戶外的光線，造成室內空間陰暗，使屋子裡的人舒適自在，這種陰暗之美的哲學也用到屏風上所貼的金箔，讓它閃耀著黯淡的輝煌，顯露點滴光彩。

這種審美觀念對黃贊雲而言，極其陌生。台灣什麼都是在光天化日之下，凡事太過直接，缺乏情調，室內布置擺設也比較單調，注重對稱，不像日本家屋是樑柱的組合，他們喜歡不規律，講求投影產生的美感，達到餘情效果，表現出不外露的含蓄之美，像日本和服，把最美麗的圖案隱藏在衣服下襬不輕易被發現之處，稱它爲隱藏的美感。

有次午後造訪律師家，突然窗戶好像有什麼東西碰了一下，水從上面灑下來，簌簌地往下落，下起雨來了。馨子夫人把客人讓到緣側，蹲下身款款拉開紙門，自己側坐一旁，加入丈夫和客人，靜靜地聆聽院子裡的雨聲，欣賞雨景。

黃昏雨停了，馨子夫人捧上漆盒的萩餅殷勤待客，黃贊雲度過一個最美好的午後。告辭時，律師說下次請客人吃他夫人拿手的松鮓壽司，它是江戶以後才有的食品。

3.

淡水河岸的煙火放完了，天空又回到一片墨黑。蕭居正提議到圓環宵夜，和黃贊雲兩人隨著人潮來到燈火通明的圓環，夜市人聲沸騰，大鼎肉羹、蚵仔煎、豆簽、蚵仔麵線、肉捲、扁食、割包的攤販招徠食客，吆喝聲連連。

兩人坐下來吃肉粽，老闆娘一邊剝粽葉，一邊抱怨：

「你們看人頭搶搶滾，一定生意好做，到台北來看博覽會，順便來圓環宵夜，沒錯，客人是多了，東西也跟著大漲了，一斤豬肉貴了八成，蔥頭、蒜頭也漲價，成本提高，一粒粽子還是賣一樣價，這種生意怎麼做啊？」

「一下子這麼多人湧到台北，要吃要喝，物價一定上漲囉，不要說豬肉、蔥頭，今年連紅檜、扁柏、杉仔這些建材也比去年漲了三成！」

「博覽會場的建材需求量太大了，肥了建築工人，那些石版工、電工、油漆工個個賺得飽飽的……」

食客們邊吃邊閒聊。

天色愈晚，夜市的生意愈火紅，望著隨地吐痰、骨頭往地上吐了一地的食客們，蕭居正想到四年前蔣渭水先生的大眾葬，他們當中一定有不少參加過他的葬禮，撫棺失聲痛哭，看這些人這副德性，葬禮過後，似乎又被打回原形了，或者他們從來沒改變過。

屍骨未寒的蔣渭水先生，生前立志要從台灣人精神上的病醫起，十年文化協會的運動，究竟改變了台灣人什麼？達到他所期盼的台灣人精神的復興嗎？

文化協會活動，蕭居正回想起來，似乎和迎媽祖沒有兩樣，轟轟烈烈熱鬧過後，什麼也沒留下。

「當年我從日本回來時，行李偷藏了一本《台灣青年》，創刊宣言是……」蕭居正揚起聲音念口號似地背誦，語氣充滿自我嘲諷：「……台灣要與世界同步，必須依照現代化的判斷，用世界的眼光來看一切……」

文化協會反對迷信，禁止普渡，指出迎神賽會只能換取殖民統治下暫時的痲醉，蕭居正在《民報》上發表文章，挖苦那些建醮的主祭者所穿的馬蹄袖清朝官服，沐猴衣冠像戲班的小丑。

「歌仔戲是淫戲，也要禁，台灣人風俗習慣種種缺點都必須去除。」

蕭居正苦澀的回想：

「我們其實做了日本人的幫凶。文化協會等於幫日本人鏟除台灣人自我認同的意識，正中殖民者的下懷，可以說是同化政策的共犯，把台灣人的鄉土觀念切斷了。」

律師說他心情鬱悶時，會回到艋舺鐵道邊的老家散散心，菜園早就沒有了，幾棟瓦屋半倒，古井也枯乾了，在荒廢的絲瓜棚下，想起小時候坐在竹凳上聽祖母講「蛇郎君」、「虎姑婆」的故事。

「小時候的記憶全回來了。祖母說話，都是用四句聯，好像吟詩一樣，字尾還押韻，這個目不識丁的老阿婆，比起讀日本書的還有教養文化。」

台灣人口耳相傳的民間故事有押韻的四句聯、傳統的戲曲話本、採茶褒歌，這些代代相傳的庶民文化，被一心想提昇文化素質的進步人士視爲落後封建。

「結果，台灣的孩子不知道『虎姑婆』、『蛇郎君』，卻很熟悉日本的狐狸精，又下雨又出太陽，天空出現彩虹，會看到狐狸結婚什麼的！」

日本當局推行日語教育政策，消滅漢文，目的是使台灣人喪失民族意識，刪除對鄉土的記憶和歷史，變成沒有過去，同化台灣，納入日本大歷史的脈絡，一切只有對日本認同。

「台灣人對中國五千年歷史一無所知，卻記住日本二千六百年的皇國歷史。」

蕭律師認爲台灣可接受世界性文明，像電燈、汽車、西洋科學。

「可是不必要穿和服、睡榻榻米吧！」

望著一桌的狼藉杯盤，黃贊雲醫生思索：

「不要日本化，台灣人光靠民俗儀式、歌仔戲、傳說，這些庶民文化的遺傳，就能發展出改變命運所需要的自覺意識嗎？」

彷彿猜中他心中的疑問，蕭律師沉痛地回答：

「悲哀的是除了這些，台灣人還有什麼？我們口口聲聲要現代化，卻又找不到自己文化的主體，沒有著力點。」

台灣人眞正被日本同化了嗎？

醫生懷疑。撇開小市民不談，他這一代的知識分子，從小讀日本書長大，與漢文化早已脫節。照說受日本教育，言行應該日本化，學到日本人的種種優點，其實不然，醫生覺得台灣知識分子的心靈反應依然還是很傳統，行爲作派延續父親、祖父上幾代，根深柢固舊有的連續，距離日本化、現代化何其遙遠。

日本人說：國民性的改造就是國民類型的打造。

黃贊雲醫生意識到這點，他希望改造自己先天性的社會人格，但願有朝一日能夠符合日本人替他設定好的類型。

吃完宵夜，蕭居正走在一地的垃圾中，想起從前在日本留學，一年到頭大大小小的神社舉行不完的慶典，街上擠滿了祭祀、看熱鬧的人，不分男女，一聽到鼓聲，個個手舞足蹈，抬神轎的青年更狂熱忘形，不顧一切地奔跑衝刺。慶典一結束，一個時辰不到，像變魔術一樣，街道又回復原狀，垃圾掃除得乾乾淨淨，見不到一片紙屑，讓人懷疑不久前舉行過這麼熱鬧的祭典。

「馨子不喜歡圓環，嫌小吃攤的東西不衛生，也受不了這髒亂，她整天關在家裡，足不出戶，除了到城內拜訪她的日本朋友。馨子說，大稻埕每天被煤煙包圍。」

蕭居正喁喁地自語。

眼前閃過馨子在家中臨窗而坐的身影，她總是腰板挺直正襟跪坐，面對窗外的臉若有所思。蕭居正覺察到妻子臉上的美豔仙女香的白粉似乎愈用愈多，塗上厚厚一層，把臉藏在白粉後，好使做丈夫的看不透她。最近她臉上那種若有所思的神情也不見蹤影了。

妻子不帶任何表情的一張臉，使蕭居正想到日本能劇的演員，用一張面具蒙住臉，遮蓋劇中人隨著劇情轉折表現悲歡憂苦的情緒。他讀過一篇文章，能劇是一種象徵的劇場，在劇中人種種不同的眾多表情中整理出一種所謂的「中間表情」，戴假面是爲了遮斷觀眾的視覺感應，演員以肢體動作來呈現劇情，舉手投足表現內心的波濤情感，透過身體的動靜來反應內心，使象徵的內涵更加豐富。

蕭居正在博物館看過一個鎌倉時期的能劇面具，是個女性角色，因年代久遠，油彩黯淡蒼黑，它嘴微微張開，露出一口黑色的牙齒，右邊眼瞼下一小塊剝落，看起來像一滴眼淚，永遠停留在那裡。

馨子會不會躲在厚厚的像面具一樣的白臉後哭泣？

住這麼久了，馨子還是不習慣台灣，天氣炎熱，本島人太吵鬧，說話大聲又不懂衛生，使她難以忍受。剛嫁到台灣，丈夫帶著她到艋舺龍山寺玩，她還有興致觀察持香拜拜的婦女插在頭髮上的金玉銀髮簪，她們穿著鮮豔的紗綢長服，身上戴的飾物，使馨子覺得那些色彩和廟宇的裝飾雕刻很搭配。

看到七、八個人站在路旁水果攤合買一個柚子，再去一瓣一瓣的分，香菸也不是整包買，而是分幾根，她覺得好玩。等到這些新鮮的感覺消失後，周遭刺耳吵雜的喧鬧令她不耐，路人的大聲談笑，聽起來像聒譟的烏鴉，他們那種旁若無人毫不客氣的態度，很使馨子反感。

廟埕賣野藥的發狂地敲打著銅鑼吸引人潮，酒館傳出唱北管、打麻將的喧嘩聲，夾雜著東西煮沸的聲音，馨子尋著一股噁心的氣味看去，小吃攤一只大鐵鍋裡頭黑黝黝的油翻滾著腸子和動物的其他內臟，吱吱作響。

馨子拉著新婚的丈夫快步離開，走出巷子，茶室播放日語唱的爵士樂曲盤。

「放上內地的曲盤，不知有什麼意思，他們也聽不懂吧！」

馨子嘟囔。

「裝門面呀！」丈夫調侃：「好比喜歡好萊塢電影的日本人，放俄羅斯的曲盤當伴奏一樣吧！」

皇民化運動一開始，多時足不出門的馨子走進大稻埕的社會加入愛國婦人會，成爲本島婦女美姿儀態講習班的首席教師。她的學生很羨慕她一身白皙的皮膚，馨子憐惜地摸了一下自己的臉，嘆了一口氣，幽幽地抱怨，在台灣住久了，皮膚已經比從前在日本黑了許多，也粗糙了。

櫻花從日本移植過來，花色也是年年變深，花型漸漸變小，沒先前美麗了。

「我也是一樣吧！」

她穿著比年紀年輕了好幾歲的錦紗和服，訓練本島婦女在榻榻米上學跪坐，學習作客之道。馨子根據她小時候讀過的女子教養書，教她們言談舉止。

本島女性缺乏優雅的儀態，馨子覺得與台灣四季缺乏變化有關，一成不變的氣候，可以影響的事物不多，使得本島女性不夠含蓄，情緒表現太過單純直接，不懂輕聲細語，對丈夫不夠溫柔，不會侍候。

「台灣男人不關心女性教養、禮儀的程度，令人吃驚！」

除了儀態美姿，講述侍候丈夫之道，馨子也示範日本婦女梳島田髻、化妝打扮的訣竅。她強調口紅、胭紅、蔻丹都要淡雅隱約，最好若有似無，這樣才合乎良家婦女的身分，只有不正派的女子，像那些出生在台灣的灣妻才把嘴唇塗得腥紅。本島有身分的婦女也切忌穿絲綢光滑，花俏刺眼的和服，那種打扮會比日本低下的貴族的下女還不如。

她一發現她的學生穿和服，頸部塗上白粉，立即要她擦拭，責罵她只有藝妓才會這麼做。

馨子講究細節，連如何避免突出後頭的髮髻會弄髒和服的領子都不放過。

5 孤女的願望

——掌珠情事之四

1.

王掌珠爲了取筆名，費盡心思。她要用日文寫一部自己成爲日本人的小說，就叫「孤女的願望」，書名決定了，筆名卻還沒想好。

一本以年輕少女爲對象的文藝雜誌《銀之絃》，發表散文、短歌的作者的名字都很有詩意：瀧澤千繪、水町若葉、植村蘭花，不過，掌珠和一位筆名爲鼴鼠女人的作者惺惺相惜。她很崇拜這位女作家的文學造詣，但吸引掌珠最大的理由，是這位女作家自道因長得醜，才以無法面向太陽的鼴鼠爲筆名，掌珠也很爲自己的容貌而感到自卑，她羨慕這位女作家一筆在手，可抒發己見。

鼴鼠女人後來改了筆名，以葫蘆自稱，形容自己就像垂吊的葫蘆般，是個沒用的女性。對這點掌珠則不能苟同。她最後決定以「白鳥麗子」爲筆名。

期待已久的大作家菊池寛的小說《生活之虹》，終於開始在《台灣日日新報》連載，作家還特別聲明：

「第一次在地方報紙寫小說，絕不偷工減料。」

掌珠希望她用日語寫的自傳體小說《孤女的願望》完成後，首選是在《文藝春秋》雜誌連載，要不退而求其次，日本的《婦女の友》徵選小說，如果將來她的小說能發表在這雜誌也算差強人意，雖然文藝氣息不及《文藝春秋》。

她還是《婦女の友》的忠實讀者，每一期印刷精美，還經常加贈附冊，厚厚一本雜誌捧在手中，很有分量。對掌珠來說，雜誌內容所報導的一切，內地生息環境，無論是氣候、風土民情、生活衛生習慣、家屋的構造、料理……，對她的帝都想像都是不可或缺的精神食糧，儘管這些知識訊息對住在台灣島上的她完全派不上用場。

王掌珠抱著借來的最新一期的《婦女の友》，坐在台中公園的水池畔，想像她的朝聖之旅：岸邊的垂柳使她浮想連翩，東京昭和天皇皇居的外苑，伏見城樓和二重橋在水中的倒影，與岸邊垂柳相映，照片上看來堪稱是皇居最美的風景。

伸手捕捉翻飛的柳絮，掌珠聯想到她讀過的一篇報導，每年六月東照宮盛開的菖蒲達到六十多種，祭祀德川家康的宮殿前的參道口，懸掛一盞其大無比的燈籠，由諸侯貴族所獻贈，稱之爲鬼燈籠，宮殿後的牡丹花園馳名日本。

掌珠想像自己朝拜明治神宮，站在日本第一大的鳥居下，該是何等渺小，遙望天皇專用的新宿御苑，想像春天櫻花盛開的景致……

去過日本的人回來向她說起目睹日本社會的眞相種種，善意的警告掌珠，報紙媒體的報導是有選擇性的，弔詭的是台灣報紙對宗主國報導愈多，對眞實的遮蔽也愈多，掌珠拒絕改變她對帝都的想像。

皇民化運動期間，掌珠喝稀飯吃早餐，一邊打開《台灣日日新報》，多年的習慣使她先翻到報紙的婦女版，希望今天的提問會有點新意。

一星期兩次，婦女版的諮詢欄回答讀者的來信，匿名請教的問題圍繞女性議題，千奇百怪往往令掌珠噴飯，幽默的回答都是在皇民化運動之前才讀得到。最近半年，讀者的問題不外乎如何體會大和民族的心，做個賢妻良母，教育子女成爲天皇的赤子，盡臣民之責等等。

今天一個讀者的問題是：看到學生排隊到神社參拜，一路唱著歌，她聽了極爲感動，請問唱的什麼歌？

〈九段之母〉，歌詞敘述一個兒子在支那戰爭陣亡的年邁母親，拄著拐杖，拿著戰死的兒子的金鵄勛章，從東京上野站至九段，最後抵達靖國神社參拜兒子的神主牌位，歌詞如下：

從上野車站來到九段坡，我心情急切，有路難辨；
我手扶拐杖，走了一整天，來到九段坡，我看望你，我的兒。
高聳入雲的鳥居，引向金碧輝煌的神社，
兒啊，而今你升天為神，你不中用的老母，為你高興，淚流滿面！
……
黑母雞孵出了老鷹，你媽媽哪裡敢當？

答覆強調：哭泣的母親並非因爲悲傷，而是對兒子受祭爲神出於喜悅、感激的眼淚。

另一個問題來自一位母親：兒子在家中不肯說台灣話，也禁止她講。

「不服者滾到支那去。」

竟然對母親說出這種話。兒子做了一個牌子，母親犯規講台灣話，必須戴上，讓她知道慚愧。

這個母親性急地請教如何使她的日語快速進步，好與兒子溝通？

日本語是日本人精神的血液，台灣人不是生爲日本人，體內流的也不是大和民族的血液。答覆者對這位母親表示同情，但是請她不必覺得遺憾，日語是日本人精神的母體，台灣人雖非生爲日本人，但可把大和民族和血緣關係的定義從先天轉爲後天，以血換血，台灣人的身體混入日本人的精神血液。

這是一個輸血的過程，輸入日本人血肉的國語，涵蘊大和心，台灣人可以變成日本人。皇民化運動不放棄任何一個人，日本人對台灣人一視同仁。總督宣揚「日台一家」的理念，用日語這種精神血液來輸入這位母親這樣的新附子民。

底下列出促進日語進步的種種方法，祝福提問者早日與受日本教育的兒子溝通流暢。

闔上報紙，掌珠想起多年前她在彰化，教她日文書寫的一位老師，戴眼鏡、外表斯文的他，從日本留學回來，是文化協會的活躍分子，他講了殖民初期民政長官後藤新平的一個比喻：

「台灣人和日本人的差異，如同比目魚的眼睛與鯛魚的眼睛。」

比目魚要變成鯛魚，台灣人要晉升到日本人的境界，需要一個很漫長的文化同化過程。後藤新平認爲台灣成爲日本殖民地之前，當了三百多年的中國人，他主張以生物學的統治方式來對待台灣人舊有的風俗和習慣，別有用心地提出鴉片漸禁論。

比目魚變成鯛魚的時間因日本對華戰爭而縮短了。日本人何嘗不知道，被殖民的台灣人，在宗教、祭祀、風俗習慣上與他們依然存在著縮不短的距離，然而，爲了戰爭需要，日本透過皇民化運動的強制教育，訓練被殖民者恪遵國體、尊崇天皇，注重人倫、培養日本精神的德智，企圖將台灣文化提升至日本的水準。

掌珠很想知道那位老師對時下如火如荼的皇民化運動的看法。當年文化協會舉辦語言講習會，教日語、漢文、羅馬字，掌珠跟這位老師學習殖民者的語言，他強調正確的態度是把日文當作一種工具。台灣人說的台灣話，雖然是一種古老的語言，可惜文字書寫缺乏一套完整的體系，漢文作爲文明開化的語言，又遠遠比不上日文，有識之士都有這種共識。

氣質斯文的教師給掌珠說了一個故事：

梁啓超應林獻堂的邀請，到阿罩霧做客，送了一套日文寫的與近代文明相關的書籍目錄給林獻堂當禮物，梁氏自稱「把日文當做工具上的友性語言」，自己發明了日文拾讀法，翻譯近代化的西洋書，從書中吸取現代知識。

「明治維新短短幾十年，日本移植了西歐花了六百多年才發展的文明，所謂通過死亡跳躍而重生。」

教師語重心長地說。

終生不學日語也不穿和服的林獻堂，卻認爲日文是「政治上的敵性語言」，日文威脅台灣文化，他讀嚴復用文言文翻譯赫胥黎的《天演論》，感到一種民族的驕傲。

「可是，林先生還是把兒子送到日本留學。」

這位教師認爲日文是文明開化國家的語言，台灣如果要從封建社會蛻變爲現代社會，就非學習日文不可。

2.

掌珠放下《台灣日日新報》，出門到巷口的雜貨店買東西，她看到理髮店門口，幾個拎菜籃的主婦圍著一個青年，個個仰著頭，傾聽他用日語在讀一篇文章。掌珠見過那個念日語的青年，幾年前理髮店不識字的老闆，爲了招攬客人上門，訂了一份《台灣民報》，這份代表台灣人立場的報紙，很受警察注意，一般民眾不大敢到報攤買。

理髮店老闆讓青年把《台灣民報》的新聞念出來給客人聽，剃頭還可以聽聞時事，接觸外界的訊息，批評日本當局不當的殖民政策，實在大快人心，理髮店總是坐無虛席，生意好得很。

有次掌珠趁理髮店老闆外出，私下問青年讀報可拿到多少報酬？

「剃頭免費。」

青年沾沾自喜，掌珠覺得他很小家子氣。

日本當局厲行皇民化運動後，青年手上的《台灣民報》換成《台灣日日新報》，他晚上也不再拉著胡琴散步了。現在家庭主婦上菜市場之前，都會先到理髮店聽新聞，今天早上青年已讀完報紙，一個主婦遞給他就讀公學校兒子的課本，要他讀小學校長加藤元右衛門早年到台灣教日語的故事：

加藤校長爲了將日文教給殖民地未開化的子民，毅然辭別六十歲的父親、八十高齡的老祖母、三歲的長男、懷孕的妻子，單獨一個人從日本到台灣來。當時的殖民地是土匪搶劫、疾病流行的死亡之地，本地的教師必須換班當衛兵來保護他，睡覺前給他短槍當枕頭……

青年的日語發音帶著濃厚的台灣腔，掌珠很想上前糾正他，還是忍住了。青年聽起來很刺耳、不純正的日語，使掌珠想起自己從前在台中學日語的往事。

悅子憑著公學校畢業生的學歷，加上在日本人家當下女的優越感，總是譏笑她的日語發音。

「怪腔怪調，說話像九州種田的農婦。」

掌珠忍辱負重，一個音一個音不厭其煩地重複練習，一定要練到悅子點頭爲止。

終於練到有一天，翻開悅子送她過期的《婦女の友》雜誌，辨識出跳入眼簾的平假名，好像手中拿的鑰匙對準了匙孔，打開一扇門，刹時間掌珠感覺到眼前的視野寬闊了許多，她興奮地就著白紙黑字逐字逐句念給悅子聽。聽的人先是大感詫異，以不可置信的眼神看著她，聽了半晌，不情不願地點點頭。

「嗯，總算念對了，腔調也還不太難聽。」

悅子指著她念過的一段文字：

「妳說說，什麼意思？講些什麼？」

以爲像活在黑暗中的瞎子，豁然睜開了眼睛，正爲眼明而雀躍的掌珠一下子氣餒了。她是隻學舌的鸚鵡，平假名、片假名照念如儀，對內容卻一知半解。

日語要學到能讀能寫，最理想是到排字版店裡找個工作做下版，將初號或一學號、六字的活版鉛字捏在手指間，牢牢印入腦海，分配活字的過程中，對她的日文認識一定大有助益。可惜掌珠找不到這種工作的機緣。

日後她跟那位留學日本的老師認眞苦讀，印刷在書本雜誌一行行的文字在紙頁上閃耀著，向她親切的招手，似乎要開口跟她說話，邀請她進入字裡行間，深入每一個字的心臟，裡面藏著祕密的知識訊息等待掌珠去認知發現。

掌珠發誓要把日語學到對方——當然是日本人——閉上眼睛聽她說話，認定她與有教養的日本女子無異，然後告訴她：

「其實妳是日本人。」

日語好，在日本人眼中就不屬於低賤的本島人。

3.

隨著皇民化運動的深化，以皇道精神抵抗美英帝國主義的呼聲高唱入雲，市面所有洋貨——即使連洋曆印刷的小冊子、日記都成爲日本反國際聯盟攻擊的對象。台北警察局規定大稻埕一帶的商店櫥窗，凡是西洋人長相的模特兒，都下令禁止展示。爲了配合對華戰爭的節約政策，日本當局不許店家花錢購買新的東洋模特兒來取代，於是想出一個折衷的策略：特地從東京模特兒製造商請來技術人員爲金髮藍眼的模特兒改換面目。

在日本技術人員到台灣爲模特兒改裝之前，警察局下令商家用深色的布將模特兒的頭臉包裹起來，不准它們以金髮藍眼昭示街上的行人。

掌珠晚上路過永樂町，店家櫥窗裡蒙頭的模特兒，在爲了節約將電燈轉爲昏暗的光線下，看起來陰森可怖。

改裝的技術人員來了，用黑色的顏料將模特兒的金頭髮、藍眼珠一律染成黑色，使它們變成東洋女子的面貌，流風所及，城內菊元百貨公司也仿效改裝。

變裝後的模特兒，站在櫥窗裡的姿態也大不相同，不再像從前個個把頭偏向一邊，又長又捲的睫毛向行路的路人拋媚眼，一副煙視媚行的樣子。換上和服的模特兒，雙手交疊放在腹前，身體向前傾，梳著島田髻的頭微微向前俯，顯出日本女子恭謹溫馴的姿態。只是模特兒的體型本來是按照西洋女性的比例，高眺細瘦的身材，上半身很短，下面一雙修長的長腿。

日本女人身材矮小，上半身比較長，和服腰帶的設計就是爲了彌補東洋女子天生體型上腿短的缺點。女人穿上和服，美麗的腰帶成爲視線的焦點，除了裝飾之外，兼有美化人體的作用，使女人看上去顯得腿部增長。

掌珠從壁櫥拖出一只柳藤箱，她的日本化比總督推行皇民化運動早了許多年。柳藤箱裡面塞滿了手提包、包袱巾，不同形狀裝飾的蝴蝶結、耳環、手絹、木屐等，她曾經與一個日本女子比鄰而居，頗有姿色又喜歡打扮的京子，那口漂亮正宗的東京腔日語，令掌珠豔羨不已，加上待人溫柔和氣，在掌珠心目中，京子代表日本女性完美的典型，不禁把她當做模仿的對象，偷偷學她的穿著打扮、舉止作態，穿木屐雙腿微微向內彎，內八字走路的姿態，甚至裝出京子抽香菸的樣子。

剛開始，京子對她很友善，掌珠告訴她帝都朝聖的想望。

「喔，我這一生最大的願望，」徐徐吐出一口菸，京子說：「是回東京，加入寶塚歌劇團跳舞！」

說著，拿手掀開浴衣的下襬，露出白白的腿，使勁往上踢。

有次京子正要出門，被掌珠截住，讚賞她手上挽的手提包漂亮極了，她已經注意它好久，自己也想擁有一個。

「哪裡買的？菊元百貨公司吧！很貴喔，我買不起，眞可惜！」

搓著雙手，掌珠羞澀地小聲懇求京子，明天如果她不用這手提包，可不可借給她一下？掌珠說她從太平町的布店買到花色接近的布料，想依照這樣子仿造一個。從未碰到類似的場面，京子也不好意思回絕，眞的把手提包借給掌珠。幾天後，看她拎著仿作的手提包進進出出，心中有點不是滋味。

掌珠亦步亦驅，手上拎的、身上穿的、頭上戴的，儘量與京子的酷似，最好一模一樣，她暗示京子，請她到家作客，參觀日本人家居擺設，如果可教她和菜的烹調，那就太美妙了！

京子不堪其擾，尤其是看到掌珠身上穿的浴衣，花色布料幾乎和自己的沒兩樣，帶子打結也學她在肚腹下紮得鬆鬆的，她再也受不了這本島女人對她的模仿，感覺到自己被利用了。

於是京子毛遂自薦，自願充當掌珠的顧問，帶她到城內的商店、百貨公司幫她選購適合她自己品味的洋傘、草帽、蝴蝶結、浴衣、包袱巾……，這樣做等於委婉地讓掌珠別再一味的模仿她了。

掌珠把塞在最底部的那件和服翻出來，京子告訴她，和服上的紫藤花可以把她暗淡的膚色襯得明亮可人。

幾年前第一次穿上爲她而做的和服，掌珠把肩膀當做衣架，披上去，兩隻手在大袖子裡摸索祕密的空隙，好讓她穿進去，有所支撐。掌珠的身體在寬袍大袖裡徘徊，找尋可以依附的所在，她開放自己，讓肌膚碰觸到和服，感官起了一陣酥麻的顫慄，產生交互感應。

和服是有靈魂的，對她耳語，令掌珠聽了心醉神迷，她將自己融入衣服之內，讓它深入血肉，融爲一體。腰帶紮在從前養母毒打留下的疤痕上，把累累的傷痕覆蓋上去，讓它們隱藏消失，多時以來徘徊不定的靈魂找到了歸宿。

穿上和服，掌珠與過去割裂，她變成另外一個人，另一個與先前完全不同、由和服所創造出來的新人，透過身穿的和服，掌珠覺得幸福，從碎裂中感到完整。

她的內在，她的語言與思考方式和日本人一模一樣，她是「她們」，她與日本女人外表的差異可由和服來彌補，和服可改變這事實，她把套在寬大袖子裡的兩隻手輕輕交叉按住肚腹，頭微微偏低，露出微笑，她相信衣服的魔法，一旦穿上它，她就是那個穿衣服的人。一個人等同於他的穿著，以外貌打扮爲準，所謂「先敬羅衣後敬人」。

掌珠很慶幸自己生對了時候，碰上對時陣的雨，如果日本人沒有來，她的一生將永無出頭之日。

她穿的是一個夢。當她聽說東京清和女塾長山東泰歡迎台灣女學生渡海到日本深造，掌珠很受鼓舞，穿上和服，體內流著日本人的血液的日語，成爲日本人，到帝都朝聖，是她這孤女一生的願望。

當年王掌珠曾因自己腿短而自卑，後來才體會到和服腰帶的妙用，覺得自己與日本女子的體型並無多大差別，她這下放下心來。

她讀過一篇談論和服美學的文章：穿上去令人感覺舒坦的和服是必須用「心」來穿的，作者表示穿的人的心情會展現在和服上，沒有繫好腰帶會被認為失魂落魄，日本人按照穿衣服的方式來滿足對生命的追求。

文章有句話令掌珠讀了驚心：

和服裡面有靈魂棲息，日本人相信即使肉體腐爛，只要有和服在，靈魂也還會繼續生存。

帝都朝聖的想望沒能達成。退而求其次，也許穿和服到滿洲國去。

愈來愈多的台灣人到支那東北教日語、當醫師，甚至當官從政，像有一個叫謝介石的，帶了從良的藝旦去當外交大使。

從滿洲國回來的人大談日本人在新京大興土木，短短時間內完成了八個大建築，最壯觀的國務院，仿造日本國會大樓的外形設計建成：

「日本國徽菊花有五個花瓣，滿洲國國務院的少了一瓣，溥儀在大樓旁種了一株松樹，才幾尺高！」

國會大樓的陽台有閱兵台，又寬又大，聽說大樓有中國第一部電梯，是用純銅做的。滿洲國國都新京地下整個被掏空。

「可以在地下開汽車，通到火車站，神不知鬼不覺地搭上火車，不必暴露身分！」

掌珠也聽一些滿洲國人民的民生百態：

東北人不吃米飯，用玉米粉做餃子皮，比白麵還好吃，長白山的野生木耳可以生吃，清肺，菌子蘑菇遍山都是，人參也隨手可挖到。

住民必須持有居民證，夜裡不准點燈，三個人不能在一起講話，行動受到監視，糧食只一頓一頓的供應，怕給多了，拿去給反日的義勇軍吃。她還聽說滿洲國總理大臣對日本有求必應，要什麼，二話不說，全給。

下卷

1 漂鳥（二）

1.

阮成義很受古田大次郎的《獄中記》一書所感動，他因實行恐怖主義在斷頭台上殉了道。古田大次郎看不慣日本的社會現狀，不能再忍受下去，所以不得不走上恐怖主義的道路，殺了維持制度統治的首腦。

「我爲什麼要殺人?」古田大次郎在書中自問自答：「爲了愛。」

他是爲愛而殺人，而自己也犧牲生命。他以自己的痛苦來報償被殺者的痛苦，像《灰色馬》中佛尼埃在死囚牢裡所寫的：「我的血使我痛苦。」古田大次郎的《獄中記》也是一部血和淚的結晶。

臨刑前的日記，他寫道：「父親的信來了……文中有『父和同胞會永遠把你抱在胸中的……』我讀的時候，不覺落淚了。」

阮成義讀著，眼眶也潮濕了。

這位無政府主義者上絞首台受刑時，帶著一隻心愛的狗、一張紀念克魯泡特金取名爲克魯的貓的照片，以及他最愛的妹妹寄到獄中的一片枯葉。這位爲愛而死的烈士的手槍、炸彈，阮成義認爲不是鋼鐵和炸藥，而是自己的血和淚，以及無數民眾的血和淚造成的。他所擲的炸彈不是裝滿了炸藥，而是載滿著大眾的眼淚和痛苦的炸彈向剝削他們的惡人丟擲出去。古田大次郎但願以他的行動驅逐人們心中害怕的惡魔。

決定暗殺大國民，阮成義慶幸自己生而逢時，有這個機會爲民除害。爲了避免同志間走漏風聲，他預備一個人單槍匹馬直接行動，希望一舉成功。

可能自知樹敵太多，怕遭人暗算，大國民狡兔三窟，每晚輪流住在三個不同妻妾的公館：淡水河邊的公館、永樂町府邸，以及日本妻子的住處，白天出門，兩旁有保鏢保護無從下手。阮成義想到能夠穿牆走壁、有義賊之稱的廖添丁也許可助他一臂之力，奈何這劫富濟貧的義賊早已被日本人捕殺。

阮成義曾經與大國民遠距離的打過一次照面，那是幾年前在板橋的一個大花園，他從照相機的鏡頭凝視他。當年他阮家經營的「珍奇香」茶行，生意做得風生水起，他父親研發的特種烏龍茶暢銷南洋，在巴黎、大阪、京都的博覽會更是大出風頭，歐美訂單應接不暇，阮家從過年邀請日本官員、地方仕紳喝春酒，酒席一直擺到端午不斷。

他的伯叔嫌大稻埕的大正型的巨宅不夠氣派，有意在台北近郊風景優美之處蓋一棟別墅作爲社交場所，來接待政經商界的賓客。阮家看中面對基隆河的圓山一隅，至於建築什麼風格的別墅，伯叔之間意見各異。他的小叔心儀英國都鐸式的風格，牆外有樹枝狀優美的壁面，彩繪玻璃有綠、黃、紅三個顏色，室內有造型優美的壁爐，新藝術風格凸花、瓷磚和吊燈，沿河二樓建露台，可一邊喝下午茶，一邊欣賞基隆河泛舟的景致。

阮成義的父親和他大伯則傾向中國傳統庭園，以爲亭榭流水更能吸引來訪愈來愈頻繁的西洋客人，閒時可在花園舉行南管演唱，邀請詩人吟詩雅集。

阮成義與板橋花園的少爺有私交，父伯派他進園子取景，作爲將來庭園設計的參考。拎著最新出品的萊卡相機，阮成義從百花廳後的遊廊入園，轉彎到汲古書屋，那是藏書之所，他在占地廣大的園子盤旋了大半天，望之不盡的假山曲水、亭台樓閣，坐船來到用樟木建造簷牙高啄的樓閣，花園風景最佳之處，上了二樓，憑欄眺望，花園東邊一角的美景盡現眼前。

傍晚坐船划過半月橋，來到蓮花池，池中浮出一個戲台，題有「開軒一笑」扁額，少爺告訴他當天晚上演正音，邀請了許多高官巨賈仕紳，愛看戲的大國民也將出席。貴賓先在主廳舉行大宴會，然後到這裡來看戲。

那晚大國民一直到戲開演前才現身。

有關他發跡的過程，有不同的版本，阮成義相信其中最貼近事實，卻又荒謬無比的一則傳說：羅漢腳的大國民，生活無著起了厭世之心，醉酒躺在澳底海邊，打算給海浪捲噬，一隻上岸的大海龜三番兩次撩撥他的腳丫，大國民只好爬起身，舉手遮住毒辣的陽光眺望海面，正巧接收台灣的日本軍艦，看到海邊有人向日軍敬禮，喜之不禁，從此榮華富貴！

「遇水則發。」

乙未年前洛津通靈的青瞑朱用他的心眼預測到，不久之後，整個海島將起天翻地覆的大變數。大國民八字命盤有武魁，太平盛世毫無所爲，但依他的運勢定會遇上改朝換代，跟著新朝可封侯晉爵，福祿無盡。

青暝朱預言他遇水則發。

謹記術士這句箴言，大國民北上艋舺，沒趕上清末頂郊下郊漳泉械鬥，睡豬砧混跡，白天當苦力轎夫等待翻身機會。

青暝朱果眞料事如神。

阮成義相機鏡頭遠遠對準他，正襟危坐的大國民，像一座山，比兩旁的日本貴賓整整高出大半個頭，天生魁梧的身軀把特別矮小的日本人襯托得更不堪。日本人對巨偉壯軀有一種複雜的心態，青暝朱看出他南人北相，魁偉的身軀有助他在官場扶搖直上。

果眞他占了高頭大馬的便宜。日俄戰爭日本人打敗了俄國，大國民作爲台灣人代表，在東京火車站迎接凱旋歸來的日軍，曾任台灣第四任總督的兒玉源太郎中將是此次戰役的參謀長，在歡迎的大官顯要隊伍裡，注意到站在最後面、高出人一個頭的大國民，主動上前與他握手，吩咐副官邀請他參加當天的晚宴。獲得如此青睞，對大國民的身價增加難以估計。

人高氣也粗，據說有個來台上任的日本低級軍官，仗著殖民者的氣燄，不把他這總督跟前的紅人看在眼裡，大國民指著胸前的勳章，運用丹田之氣大喝一聲，嚇得那個日本人從椅子跌到地上來。另一個也是憑著優越感，拿日本刀威脅他，大國民也是大喝一聲，竟然把那日本人嚇昏過去。

然而，在日本高官面前，大國民卑躬屈膝，縮骨術運用到爐火純青，他巴結逢迎的工夫深入骨髓，每次坐車經過日本神社，或是東京的皇居前，也不管身體有多疲憊，立刻像彈簧一樣坐直身，脫下帽子，恭恭敬敬地致意敬禮，做一個敬神尊上的皇國臣民。

在高級料理店進餐，有人提及對他提拔有恩的後藤新平生前的事蹟，大國民立即兩眼淚水直流。明石總督在台灣任內發病，大國民接到傳聞，立即趕到總督府設在東京的出張所，只見他形色慌張，把應有的禮節都擺在一邊，明眼人一眼看出，他是在演戲。

2.

大熱天看戲，只見大國民全身穿戴深色的西裝禮服、雪白的襯衫，領結嚴嚴地圍著脖子，手上戴著白手套。出身寒微的他崇奉衣裳哲學，娶了日本夫人教他穿衣，出席重要典禮所穿的和服禮服，都是東京名店量身訂做的。

大國民自信好漢不怕出身低，每每以豐臣秀吉的事蹟來自我安慰，豐臣秀吉從一個替藩主提草履的最低賤的武士起家，到後來令天下諸侯都懾服於他的天威之下，連讓誰當天皇都得由他說了算。

不過，與日本人社交，大國民粗野無文的習性，舉止應對有失分寸，引人側目。剛出道不久，有一次到公館拜見一位日本長官，在客廳大剌剌地坐在貴賓的位置，公館僕人立即糾正他，示意他應該到下座等候被傳，令他尷尬不已。大國民曾經接待一位到台灣訪問的日本貴族，臨離開前的宴會上，這位貴族稱讚殖民地的庶民好客熱情，只可惜台灣社會缺乏主導禮教的仕紳階級，沒有形成自己的精緻文化。

爲了令自己脫胎換骨，得以與日本人周旋自如，大國民從東京重金禮聘日本最負盛名的禮節流派小笠原流的掌門人小笠原清務，由他教大國民社交上的進退禮儀。

所有的禮節都在鍛鍊性靈。茶道、花道是貴族的藝術，喝茶的儀式必須符合規矩，關節姿勢律動都是修養靈魂的一連串程序。

接受小笠原先生的建議，大國民在東京新宿御苑邊的自家花園，春天舉辦賞櫻會，秋季則是觀菊會，一年一度的河川祭典，他模仿東京貴族豪門的習慣，在河岸旁的高級餐廳招待親友欣賞煙火，包下豪華料亭招待，受邀的無不讚嘆台灣人有如此闊綽的，大概只有他一人。

小笠原先生告訴他：臉上流露情緒是懦弱、沒有男子氣慨的表現，訓練他不要將自身的哀傷或痛苦表現於外。如果喜怒形之於色，在日本長官面前會損害他們的愉悅和寧靜。大國民對這一點牢記於心，從不逾越。

親密感在日本是孟浪無禮。小笠原流掌門人爲他舉出兩個自我克制的實例：父親擔心生病的兒子，卻只站在門外聽兒子呼吸，害怕自己軟弱的行爲被發現。日清戰爭，日本連隊從駐地出發，火車站送別的親朋友人同僚好幾百人，只是靜靜地脫下帽子彎腰道別，全場安靜得沒有因離別不忍而發出一點悲聲。

其實大國民覺得日本武士道精神和羅漢腳的行事作爲頗有相通之處。從有記憶起，他不曾流過一滴眼淚，在洛津龍山寺廟埕與野狗群爭著搶香客布施的食物，一隻特別凶狠的野狗因搶輸了，狠狠地咬掉大國民小腿上的一塊肉作爲補償，血滴了下來，他面不改色地望著惡狗把那塊肉吞下去。他很早就視死如歸，飢餓難忍，到郊外新溝橋下偷南瓜，手臂被水蛇咬了，蛇毒攻心，很快就會一命嗚呼，大國民還是砸破南瓜，挖出瓜囊充飢，然後，坐下來等著死神降臨。

小笠原先生告訴他，爲了訓練膽識，日本人把少年帶到刑場去觀看死刑犯行刑的整個過程，少年還得摸黑到行刑的地方，把犯人的首級留下記號。

同治年間戴潮春叛亂清廷，洛津抓了一夥肇事者，把他們手銬腳鐐綁在柱子上受凌遲之刑，大國民小小年紀也夥同羅漢腳同黨，拿刀割受刑人的皮肉取樂。

日本人爲了試探他的膽子，請他吃生魚片，從水中取出還在游泳的魚，當著他面前片出一片片的魚片，覆上冰屑，頭朝他的魚還活著，嘴一開一闔，魚尾也會動，龍蝦也一樣，端上桌時，鬚腳還在動，一桌子的人眼睜睜地看著大國民，他想到洛津受凌遲的犯人，毫不猶豫夾起生魚片送到口中。

大國民的膽大在巴結他的人當中經常被傳誦，他單槍匹馬到澳底迎接日軍，由於言語不通，日軍懷疑他是唐景崧民主國派來刺探軍情的間諜，嚇唬他把軍刀架在他脖子上，他依然面不改色。和他吵架的日本軍官向他身上噴汽油，表示只要一點火，就會被焚燒而死，沒料大國民泰然自若抱手站在那裡，日本軍官反而被鎮住了。

羅漢腳反正爛命一條。他一無所懼。

最被巴結他的人稱頌不已的是，大國民能夠把到手的經濟利益，像到口的肥肉，毫不猶豫的全盤吐出。他立意執台灣糖業界牛耳的企圖，與強勢的日本企業在台灣建立糖業帝國的決心、利益起了衝突，他二話不說將斗六、嘉義、台中、溪湖無數家糖廠出讓給東洋、明治製糖。

不只一次碰到經濟大變動，財務面臨周轉不靈，大國民總是毅然切斷禍根，他這種不拖泥帶水的決心，連浪人出身的他的日本策士都稱讚他爲「不世出之非凡人物」。

其實這無非是羅漢腳的本色，反正本來一無所有，失去了，一點也不足惜。

阮成義從相機的鏡頭看到大國民腰背挺直，上身微向前傾，透過身後的翻譯，與身旁的日本人寒暄。坊間嘲笑他不會說日語，在日本長官面前，凡事只會一句「尤羅須」（遵命）害死台灣人，認識他的說是他母親給他出的主意，知道兒子個性莽撞，勸他在官場上不要與日本人直接交談，中間有個翻譯，有緩衝餘地。

母親之見似乎是穿鑿附會，大國民有自知之明，曉得一張開嘴巴，肚子裡的東西一覽無遺，不直接對答顯得莫測高深，他的日本策士所謂的「隱藏思想的藝術」。他謹記日本策士的金玉良言：「服侍兩主子，不需吹捧其中一個，或詆毀另外一個。」

大國民侍奉不同政治派系的總督和行政長官、軍事貴族一視同仁，不因政黨色彩而有偏差，遠離民政黨內閣、貴族院政爭，從兒玉源太郎到上山滿之進，對歷任總督總是抱持忠勤逢迎，所謂「無向陽背陰的分別」，凡事尤羅須，以絕對的順從來贏得主子的信賴。

相機鏡頭裡的大國民，木口木面喜怒不形於色，看在阮成義的眼中，他只是個從裡到外由日本人組裝操縱的傀儡，沒有靈魂生命，只化妝演戲，一如台上的演員，穿上殖民者爲他選定的戲服，賜給他貴族家徽的和服，掩蓋了小腿被惡犬咬掉一塊肉結的疤，手臂被水蛇咬過的痕跡，當羅漢腳時與人打架的傷疤。

鏡頭焦點聚焦在他的臉上，阮成義發現大國民臉上斑點處處，似乎是患過天花留下的麻點。報紙上看到的照片沒照出麻子，原來是日本當局用濾色鏡加工，在他黑白的官方照片動手腳，經過特殊處理，讓照片泛上一層鏞黃色，掩飾臉上的疤痕。

一切都在欺罔之中。

3\.

有關阮成義的下場，有兩種說法：

一是日本當局依違反台灣銃砲火藥類取締規則，將他判刑入獄。這種說法是根據警察搜捕台灣共產黨的行動中，在員林火車站審問一個行跡可疑的青年，搜身時發現他藏有手槍，槍膛裝了三發實彈，手指戴有兩枚行凶的戒指，從他隨身攜帶的背包搜出無政府主義的文告和著作。該青年被查出是勞動互助社社員，手槍及凶器乃爲暗殺滋事行動而攜帶，警方根據這線索，全面檢舉互助社的主要成員，阮成義的住宅也遭到搜查，沒收他準備暗殺大國民的那把手槍，以及行刺的具體記述地圖。證據確切，阮成義當場遭到逮捕，「台灣勞動互助社」被判定爲一欲破壞殖民統治權的無政府共產主義企圖暴力革命團體，於昭和七年，西元一九三二年六月二十一日——始政紀念日後的第四天，將十四名社員判刑入獄，阮成義及員林火車站被審問的社員都在其中。

第二種說法是阮成義暗殺大國民沒能成事，逃離台灣，到中國大陸加入地下共產黨。

以上兩種有關阮成義下落的說法，都是因他突然失去蹤影所做的揣測。

就在眾人議論紛紛的時候，艋舺、大稻埕的風月場所沸沸揚揚地傳誦一件大新聞，艋舺一個藝旦拒絕日本人尋歡，向她求歡的日本人，還不是一般泛泛之輩，那人是會作漢詩、名重一時的日本詩人。更令好事者譁然的，是從中撮合牽線，企圖成就這樁好事的，竟然是大名鼎鼎的大國民，而被牽線的藝旦月眉，還是他從洛津家鄉帶到台北的老相好。

本島稍有見識的藝旦都不肯把肉體賣給異族的日本人，她們清楚如果觸犯這條戒律，被當做「蕃仔酒矸」，不但會弄得聲名狼藉，見不得人，令本島阿舍避之唯恐不及，一旦弄上這烙印，不得不遠走高飛，到別處討生活。活躍在台北酒樓茶館的藝旦莫不以此爲戒。

風月場爆出這條大新聞之前，阮成義打聽出大國民喜歡聽南管曲，不只一次進出艋舺淡水河邊的藝旦間聽月眉彈琵琶唱南管曲，阮成義躲在岸邊揚柳樹後，靠暗夜掩護，狩候大國民的出現。

打發鵠候的無聊，阮成義扯下一條條垂柳，放在掌中揉碎，聞嗅青腥的青草味，如果這時給那些愛造他謠的好事者看到了，一定又要去議論他這個花心阿舍玩厭了遊廓的日本藝妓，跑到藝旦間換口味來了。

爲了排遣苦悶，也是對自我的厭惡吧，他的確在歡場中玩著愛情遊戲，而且樂此不疲，他向比較有見識的煙花女子講些時髦的啓蒙主義的詞句，念兩首俳句，一等對方死心塌地的愛上他，阮成義立即閃人，離開爲愛而啼哭的女子，到別個風月場所尋找下一個供他戲弄的對象。明知自己的行爲有失厚道而且無聊至極，阮成義卻不願停止這種勾當。

現在他向留著長髮、一心憧憬紅色之戀的馬克斯青年大力鼓吹無政府主義暴力革命的理念，大談西歐國家的暗殺事件，他們爲打破舊環境而革命，爲自由而戰，也就是爲道德而戰，阮成義強調暴動、暗殺、威嚇，一切破壞殄滅的行爲都是革命家的新道德。

「台灣人太鬱悶了，快要窒息而死了，必須打開窗戶換換新鮮的空氣！」

他不齒日本虛無主義者的行徑。

「這幫人認爲人生存沒有意義、目標，沒有價值，不相信眞理、美、愛，不在乎社會準則，無政府主義絕對不是虛無主義。」

阮成義捏了一下藏在身上的手槍，很慶幸自己終於找到了生命的重心。

他常常對著鏡子比晃手槍，練習冷槍射擊大國民，不時糾正自己太過僵硬的肢體，生怕到時候無法靈活運用如意。不管成事與否，他已經準備犧牲，如果僥倖脫離死神，他想重遊小時候去過的東京，到築地小劇場，漫步神社旁邊的墓園，向夏目漱石、樋口一葉致敬，希望在青林綠葉間，與一群社會革命者、文學青年深刻地討論知識分子的責任。

阮成義很遺憾沒趕上五月一日的勞工運動，那一天岩佐作太郎、山鹿泰治、犬塚員三郎和許多勞動者實際行動，他們扛著無政府主義的黑旗與赤色工會分庭抗禮，聽說人潮洶湧卻有相當的秩序，是一次合法的勞工運動，很可惜「台灣勞工互助會」，沒有人前去東京助陣。

大國民沒有出現。拒絕日本人尋歡的月眉跑到「人類之家」要求收容避難。自稱爲人類的使徒的稻垣藤兵衛，是個被媒體界視爲怪傑的人道主義者，他提倡人類必須超越民族壁壘，進而相互友愛，支持台灣人反對殖民者的剝削，在艋舺、大稻埕風化區散發「給被虐待的姊妹們」的傳單，鼓吹娼妓自行廢業從良，成立「人類之家」給逃離火窟的妓女藏身。雖然稻垣的行動被比喩爲等於搖撼大山的一隻小老鼠，然而，他鼓吹娼妓自行脫離賤籍，回復自由身，在花柳界引起極大的震憾，短短期間，就有六十幾個娼妓決心跳出火坑，跑到「人類之家」，月眉是其中之一。

被娼妓奉若神明的稻垣，賣春業者視他如蛇蠍。謠傳他大肆鼓吹自廢，是因爲內地的救世軍即將大舉來台，試圖解放所有的娼妓，於是設下陷阱，利用一個賦閒住在「人類之家」的工匠小泉，以炸藥及手槍栽贓，稻垣被警察拘留。

查明眞相後，被釋放的稻垣聽說小泉因誣告他被收押，搖頭感慨道：

「眞可憐，還有妻子的人，爲何心地那麼卑鄙？」

小泉出獄那天，稻垣還前往接他。

2 嫁接

1.

從小到大，施朝宗印象中的祖父總是病懨懨的，抱著藥罐，整天躺在床上哼哼唧唧唉聲嘆氣，抱怨個不停。父親叮嚀朝宗不要去吵他，祖父心情鬱卒，還沒從幾年前所受的打擊恢復過來。

那年歲末一個颳風的黃昏，到台北來看孫子的寄生，臨回洛津前，走進大稻埕一條昏暗的巷子，看到路邊擺著一個舊書攤，有個老人駝著背，坐在一張破凳子上寂寞的賣著紙筆。寄生認出那個風燭殘年的老人是曾經引領詩壇風騷的漢詩人孔文達先生，一位有實學的漢學碩儒，他在《台灣詩彙》雜誌發表的詩，那分遙想故國的暗喻，令寄生低迴不已。

這位才氣縱橫的艋舺阿舍自號「悔遲生」，感嘆生不逢時，是藝旦群集的「蓬萊閣」的常客，他與風月場所中有才情的詩妓感懷身世相知相憐的詩句，曾經被傳誦一時，於今失意淪落到暗巷賣紙筆為生。

年來歡少覺愁多　百事無成蹉又跎

詩人惆悵的詩句不正也是寄生心情的寫照。

回洛津後，寄生躺在床上，再也找不到起床的理由。

漢仁擔心父親所受的刺激太深，怕他一時想不開，會有三長兩短，執意把寄生接回台北就近照顧。

一直到皇民化運動「大東亞協會台灣支部」成立，以皇道精神拯救支那、解救東亞的呼聲高唱入雲，一向不願社交與人往來的寄生，稀罕的接待兩個來客，朝宗從學校放學回家，踏入玄關，聽到客廳傳來的談笑聲。平時家裡靜悄無聲，父親以寄生正在治療慢性病爲理由，禁止家人喧嘩，朝宗納悶的進了客廳，祖父與兩個客人有說有笑，禁不住好奇，朝宗走過去拿起桌几上的雜誌，翻開來，裡面全是漢字，仗著祖父平時對自己的縱容，朝宗當著客人不屑地撇撇嘴：

「哼，支那文……」

祖父不但沒責備他，還撫掌和客人呵呵直笑。

從那一天起，他的祖父簡直換了一個人，一個他從來不認識的人。他從病床上一躍而起，打開終年緊閉的窗戶，引進新鮮的空氣，讓人把房間收拾乾淨，面窗的書桌嶄新的紙筆墨硯準備齊全，筆酣墨飽，只待詩人落筆。

朝宗看著祖父背著手，繞著房間盤旋尋覓靈感，一有佳句，便拿起毛筆伏案疾書，不只一次，祖父又喚朝宗進他房裡，把他自覺得意的詩句念給孫子聽，撫著染霜的長鬚比喻自己過去好比困在沙灘的蛟龍，而今得水再起。

潛蛟豈應長誇困　正是風雲得路時

聲稱「中流砥柱賴群儒」，矜矜自喜之餘，也感慨萬千，沒想到有朝一日，他的漢詩還能白紙黑字印在每一期的《風月報》上。

漢文起死回生令寄生大感振奮，他預感到漢文將成爲這個時代的新寵。蘆溝橋事變後，日本對懂得漢語的人才需要突然大增，他鼓勵孫子掌握時機把漢文學好，到滿洲發揮，加入東亞新秩序建設。

「學語言易，學文字難，欲入中國活躍，非語言文字二者俱精，殊難望其大成功，朝宗孫兒勉乎哉！」

做祖父的要他留心《風月報》每一期的「戰地詩抄」漢詩欄，不要去看同本雜誌連載的流行小說，那些辭不達意的白話文消遣遊樂的戲言，根本不值得一觀。更何況這些白話文的作家古套歪用，戲擬古人，顚倒認知，寄生以爲簡直罪不可赦。

朝宗不敢告訴祖父，他的姑媽每天追著《台灣日日新報》長篇連載小說《可愛的仇人》看，姑媽不愧爲是祖父的女兒，漢文根底深厚，批評《可愛的仇人》作者寫的白話文，夾雜台灣話和日語辭句，與純正的漢文有所距離，嘴裡這麼說，還是窮追不捨地看連載，一天也沒漏過。

作家張文環把這部小說翻譯成日文出版，朝宗讀了還和姑媽津津有味的議論，既然是仇人，怎麼還會可愛？

2.

施寄生說他要做他自己。用文言文寫漢詩他才能做他自己。他拒絕成爲自己以外的另一個人。

第十七任總督小林躋造如火如荼地推行皇民化運動，實施國民精神總動員。寄生的孫子朝宗早上拎著海苔包的冷飯團便當上學，今天又輪到全校師生步行到圓山參拜官幣大神社的日子。到公學校途中，他向設置在每條街的拜揖所鞠躬，看到警察命令一個穿台灣衫的阿伯站住，從口袋掏出剪刀，當眾剪掉阿伯胸前的盤扣，喝令他下次不准穿台灣衫上街。

兩個穿日本和服的台灣女子拎著菜籃去買菜，遠遠看到大人，故意大聲嘰哩咕嚕講日語，怪聲怪氣的發音，使得朝宗向她們投以白眼，十分不屑。

他是老松公學校五年級學生。從小父親漢仁夢想著送他上小學校，專爲日本子弟設的小學校也收少數的台灣學生當點綴，學生必須是來自中上階級，通過戶口調查，經過筆試才准入學，一班五、六十個學生，台灣子弟占不到十分之一。

漢仁以爲他任職公賣局，公家機構應該可獲優先錄取，沒想到戶籍調查卻沒通過，不得已只好把兒子送到公學校。教朝宗日語的女老師沒有學歷，從東京——她說帝都——隨丈夫到台北來，宮本老師鄙視通行台灣的九州腔日語，她認爲從鹿兒島、熊本、福岡來台的九州人，都是下層階級的農民，日語腔調不堪入耳。她更瞧不起台灣人混合日台語法所說的日語，痛恨被殖民者把日語台灣化。

「學生只有在學校使用日語，一走出教室，回家就講他們的土語，」宮本老師嘲笑：「台灣人不懂日本人的家庭語，把敬體和敬語錯誤的使用，鬧出父親用敬體對兒子講話的笑話！」

她把台灣話貶為低俗下流，說它是一種殘障語言，有著土語的下品感。學生在課堂上講台灣話，自視很高的宮本老師脫下鞋子打了那學生一嘴巴，還有一次用鉛筆放在另一個犯規的學生的手指縫間夾緊作為懲罰。

皇民化宣揚日語是日本人的精神血液，學習日語是成為日本人的方法。朝宗家是「國語家庭」，在入口處懸掛「國語の家」的門標，令朝宗引以為傲。他們全家都用日語交談，只有到台北來和他們住沒幾年的祖父得到父母親的默許，使用台灣話，小林總督明文規定六十歲以下的才必須在家中使用日語。

母親告訴朝宗，「國語の家」是必須經過核定才能獲得的殊榮，只有知識家庭、公教人員、醫生才有資格，這榮譽使他們得到種種優待，尤其在戰爭時期，一般人家中糧食一到月中就沒有了，他家米缸的配給米還半滿。國語家庭和日本人配給的布料一樣，都是六碼，一般台灣人減半，他母親帶著戶口名簿到榮町松井吳服店，推開日語註明的「童叟無欺，隨手關門」的玻璃門進去領配給布。

最近朝宗故意躲著祖父，他要做個徹底的日本人，不想用台灣話回答他的問語。其實祖父曾經幫過他，父親為了栽培他進以日本學生為主的小學校，從牙牙學語開始只教他日語，後來進不了小學校，到為台灣學子設的公學校，他因不會說台灣話遭到同學欺負，躲在廁所裡不敢出來，幸虧祖父常到台北小住，讓他學會了台灣話。

不過那是他一年級的往事了。現在他最不喜歡祖父叫他給的學名。父親告訴他，當年祖父抱病從洛津到台北來給他做周歲：

「可能是我和你媽結婚時沒有按照傳統那一套，什麼送定、納采那些古禮，阿公給你做周歲，補償一下他的遺憾！」

周歲的儀式特別隆重，完全照傳統，連朝宗母親娘家互送禮品的禮數都不得免，當天由寄生親自主持，準備牲禮、紅龜供奉佛祖神明以及施家列代祖先，又舉行「抓周」的儀式，爲了預知一歲大的朝宗的志向，未來是否成器，將書、筆墨、雞腿、算盤、小秤、蔥仔、田土，每件物品各有其代表意義，這些東西放在一個竹篩裡，祖父抱著孫子，以他先抓到的東西爲準。

「你抓了一本祖父寫的詩集。」

「啊，多可惜喲，抓的不是雞腿……」

「看你抓到他的漢詩集，阿公呵呵直笑，開心得很，當場給你取了學名，說是讓你讀書時用的。」

「可是，我的名字是太郎呀，你取的嘛！」

「公學校規定學生要取日本名字。」

朝宗出生那年，剛好是昭和元年，寄生引經據典，以「昭和」年號來證明日本文化來自中國儒家淵源傳統：

「昭和二字出自《書經・堯典》，取『百姓昭明，協和萬邦』的好兆頭，千萬不要弄到百姓遭殃，萬邦不和才好。」

寄生也說「明治」年號是取自《易經》：

「聖人南面而聞天下，向明而治。」

才三、四歲大，寄生把孫子抱在膝頭上，教他一筆一畫認漢字，要他跟著背唐詩：

「月落烏啼霜滿天……」

祖父晃著頭，眼睛微瞇，每一句詩拉得長長的，漫聲長吟的樣子，使朝宗覺得好玩，也模仿阿公搖頭晃腦的神情，跟著不知其義的朗誦。

進公學校讀書那天，祖父脫下他新戴上的學生帽，摸摸他的頭，黯然低聲說：

「可惜阿公的書塾被日本人關閉了，從前學子入學拜師，得經過一套規矩，馬虎不得的！」

那套拜師的儀式是：家長得給先生奉上束脩，還得準備禮品，用蔥代表聰明、芹菜表示勤學，都是同音字，這些東西連同豆餅、砂糖一起供奉在孔子聖位前，禮拜後，取一個煮熟染紅的雞蛋，從學子胯下由後往前滾，如果雞蛋剛好停在股下中間，表示學子的書一定讀得很好……

這一套入學規矩簡直又迷信又滑稽，朝宗很欣慰當時他聽了有這樣的反應。

幾天前，有個洛津同鄉到台北來找祖父，來人摸摸他的肩膀，說長這麼高了，用台灣話問他話，朝宗指著大門大聲喝斥：

「台灣人，出去！」

父親漢仁上來解圍，事後跟朝宗說，同鄉在公車上用台灣話問路，也被不客氣的阻止，他自稱天生太過魯鈍，到國語講習所學了三個月，連簡單的問路都學不會。

皇民化雷厲風行，朝宗的母親穿和服更覺得名正言順，到市場買菜，人家把她當成日本婆子，讓她喜孜孜的。她從來不穿台灣服裝，回洛津探望婆婆時也都穿洋裝，婆婆找裁縫給她量身，做了兩套對襟台灣衫給她，下身鬆垮垮的褲子，還配上劍帶。

不願傷婆媳之間的和氣，只好勉強穿著，一出洛津家門她立刻到鄰居家換了洋裝回台北，下次到洛津，便把台灣衫裝在包裡，下了火車先到鄰居家換上，再回去。

3.

外面鬧烘烘的推展皇民化運動，施寄生把自己關在屋子裡用文言文寫漢詩，做他自己。洛津鄉親到台北來找他時，他在裡屋，沒聽到孫子對同鄉人的喝斥。日本殖民者把台灣的民生風俗信仰連根拔除，從民間信仰的廟裡搬出觀音佛像、媽祖王爺到屋外舉行「昇天祭」焚燒，命令每一戶人家移走正廳供奉的佛像、祖先牌位，取而代之的是天照大神的神龕，以及伊勢神宮頒發，用白紙紮成的神位大麻。

寄生眼睛朝屋梁上看，他早已把施家列祖列宗的牌位藏在梁柱上，每年祖先祭日，他偷偷照常祭拜。唯一可抱怨的是台北的生活起居有些不習慣之處，媳婦響應皇民化運動，連飲食也日本化，老給他一些生冷的東西吃，冷飯團、涼拌豆腐、冷麵之類的，吃得他胃裡寒氣直冒，媳婦又特別愛乾淨，一天到晚洗洗刷刷，讓寄生看書都不得安寧，三天兩頭要他坐在木頭浴桶泡澡，泡得他皮變薄了，老受風寒。

然而，這些生活上的瑣碎細事影響不了他澎湃的詩興。寄生雙手背後交握，在房間裡盤旋醞釀寫詩的靈感，下月初詩社又有詩人要到中國大陸去發揮，他要寫首詩登在《風月報》上祝賀表揚此君維持漢學的功勞。這類的詩他已經寫過許多，這一年來不少漢詩人抱負日華親善、新東亞建設的使命，紛紛雄飛大陸，這一期《風月報》的寫題徵詩的題目是呼應時局的「新興亞洲」，同時登載一首〈提倡吟詩報國賦〉，其中兩句：

即今大陸風雲急　報國文章正及時

道出時下漢詩人的心聲。

寄生翻閱雜誌，近半年來每一期都以大量篇幅報導對岸大陸不同地區的風俗民情，專文討論北京話，以及進出大陸活動所需的一些常識。撫著幾近全白的鬍鬚，寄生唏噓，看來今生只能神遊故國，無緣親自踏足神州大地了。

寄生一直相信台灣與中原唐山本來陸地相連。中間被海峽隔開，是在亙古時代一次雲鼇動眼、天柱震搖的大地震，地牛翻身，山海移動，台灣才從唐山剝離出來，自成一個四面環海的孤島。

乙未變天，台灣島上的人在不知不覺間被大清帝國遺棄，一夕之間變成棄地棄民，當北白川宮能久親王率領的日本禁衛軍進駐洛津的文開書院，道光初年鄧傳安的「新建文開書院記」碑被毀後不知去向，寄生眞不想繼續漂流在這海島上了，他但願率領族人穿過海峽地道，回到泉州沿晉江而居，重又貼近華夏文化。

其後嘉南平原一次強烈的大地震，崩塌了八卦山，泥沙滾滾的濁水溪溪水奇蹟似地轉爲清澈可照人影，寄生對窗櫺斷絕、門戶崩塌的災情，預感到歷史將在他眼下重演，從唐山剝離出來的台灣，終將再一次回到中原，與大陸復合連成一塊，而他也不會再被囚禁海島無路可出了。

回歸中原的幻想始終沒有在眞實生活發生。寄生只有借詩文神遊故國，他自動請纓，幫助企圖重振漢詩的《台灣詩薈》雜誌整理清朝以降的漢詩人未曾發表或是散佚的作品，雜誌著重登載兩類詩文：一類爲清廷派遣到台灣來的官員、幕客所留下的宦遊詩，另一類爲乾嘉以來，台灣土生土長的本地詩人的作品，以詩表達島上的風土民情。

寄生集中整理評介宦遊詩。可惜《台灣詩薈》才出版四期就停刊了。

而今《風月報》雜誌有漢詩欄以文載道，斯文未喪。寄生很慶幸自己能活到今天，親眼目睹漢文起死回生，漢文的文藝界空前蓬勃景氣。幸虧沒被慢性病奪走性命，否則辜負他滿腹經綸無從發揮，那會令他抱憾而終，徒然與草木同腐，不能立言傳世。

他做夢也不敢妄想早已被貶爲守舊落伍、邊緣外的邊緣的文言文，有朝一日會變成時代的新寵，令寄生有著突然從百無一用的棄材變成棟梁的驚喜之感。紫珊室主在《風月報》一百期祝賀文中，充滿感觸地公開感謝雜誌「不棄樗櫟」，讓他得以藉文章報國，不致沒沒終老，從舊學不合時宜枉費滿腹才學，黯淡悲涼，轉爲躊躇滿志。

寄生心有戚戚焉。他早已把功名鏡中看，漢學書塾被迫關閉，擊鉢唱吟被推動白話文的文人恥笑爲無病呻吟，他一介書生屈守家中，有志難伸，鬱鬱不得志了大半輩子，總算有這麼一天，困龍而起，驀然進入佳境，無怪乎《風月報》同人以「皇恩浩蕩邇遐施」報答天皇陛下無極恩德。

漢文是漢民族的文化精粹，也是東洋日本文化的傳統。兩國本來同文同種，膚色亦同，用不著日本當局鼓吹漢文文藝與東亞新文藝道德如出一轍，寄生早就心領神會。

閒時他與幾個志同道合的漢詩人品茗聊天，說起日本的漢學、日文中的漢字，與中國儒學、漢文如出一轍。

座中有一位詩人，對歷代日本漢學的演變娓娓道來：

古代日本用漢文體寫文章，到了鎌倉時代文章與口語才分開，其後和漢混合文語文體，一直沿用到江戶末期。江戶時期漢字、漢文和儒學被崇奉為最高學問。

即使明治維新，過度崇尚歐洲文明，日本摸索新的文體，物極必反，到了明治中期，保守的國粹主義反撲回來，主張使用元祿式的雅俗折衷體，漢文直譯，還是肯定漢字的重要。

寄生提到日本領台初期第一任學務部長伊澤修二的主張。

「日本和台灣同文同種的手足關係，日文和漢文是同文，伊澤先生說的，他把四書五經納入學校教育課程裡，指定為台灣人必讀的書。」

寄生不去理會伊澤修二的目的是在中日共通漢文儒學的文化基礎上，灌輸日本天皇萬世一系的國體精神，把儒學經典當做擴充天皇國家意識形態的主要媒介，藉以養成順良的國民性格。

「教他們我們的國語，我們也要學他們的語言。」

寄生對伊澤修二這句話，感激涕零。

這位學務部長相信漢語作為本島人的生活語言，與學習日語並不相悖，於是重新找回書塾教師，對八至十五歲的學生教授《三字經》、《孝經》、四書等，寄生義不容辭挺身而出，號召區長向當局申請創辦義塾，在洛津城隍廟後殿舉辦夜學，招徠百多個學子，免費教授漢文、尺牘、書法。

可惜好景不長，公學校的教師擔心學生學習漢文，會阻礙日語學習，警察也忌諱學子太過踴躍，勒令解散義塾。

自此之後，教育界的日語同化主義變成主流，嚴厲批判伊澤的日文同種思維，應該把四書、五經踢到淡水河中，或者投入惜字塔放火燒掉。

轉了這麼一大圈，漢民族文化精粹的漢文，終於與當前的時代重新接上軌，漢詩人藉著詩文扮演日華親善的角色。

浩道秦灰燒不盡，珍藏魯壁尚遺謨。
此日歐風翻浪急，中流砥柱賴群儒。

4.

寄生把塵封的至聖先師孔子像打開，掛了起來。他很高興日本人終於回心轉意，重新肯定儒學的重要。日本人知過能改，他以孔夫子弟子儒家寬闊的胸懷原諒了。

何況第十七任的小林躋造總督一上任，就支持他的洛津同鄉詩友施梅樵發行《孔教報》，延續傳統文化的臍帶，尤有甚之，去年至聖先師孔子誕辰，小林總督擔任祭孔的主祭官主持儀式。

大龍峒的孔廟興建期間，寄生為了看出生不久的孫子經常到台北來，他不只一次抱著崇聖的心情前去探看大興土木的孔廟，黌門、泮宮、百仞宮牆都是在他眼睛底下蓋起來的。寄生最大的想望是在至聖先師誕辰那天，他得以身穿長袍，頭戴六角鳳凰頂瓜皮小帽，神情肅穆地在大成殿前參與祭孔儀式。

看來他平生志願很快得以實現。

回想起來，寄生對台南擊缽遊食那幾年始終不能忘情。除了府城文風鼎盛，與「南社」詩人唱和甚歡，還有一個使他念念不忘的原因，就是他親自參加祭孔大典。日本領台後，台南的祭孔儀式停辦了幾十年，任憑孔廟赭紅的宮牆傾圮荒廢。寄生到台南的隔年，前清廩生，望重於翰林的詩壇領袖趙雲石，招集府城文士修葺孔廟，恢復祭孔。

寄生把他肅立台南煥然一新的大成殿前的心情，寫成一首五言律詩登在當地文士辦的《三六九雜誌》，獲得主祭官趙雲石的賞識，請他在「史遺」一欄寫文章，該專欄以刊載史蹟逸史、耆老瑣聞爲主。

小林總督主持祭孔，招來台北一些思想民主的知識分子的議論，明眼人一看就知道日本當局耍兩面手法，他們對早年日軍破壞建於光緒五年的孔廟記憶猶新。日本領台，進駐孔廟大肆毀壞文物，甚至拿聖賢牌位當廁所板，幾年後又以市區改正拓寬道路爲理由，夷平了整座孔廟。

受到大正民主潮的影響，台灣成立文化協會，提出設置台灣議會的請願，要求撤除「六三法案」，日本當局御用的保守仕紳認爲文化協會人士高唱民主自決，顚覆東洋文化與倫理綱常，是危險的思想，必須提倡尊師重道、忠君孝悌的儒家孔孟之道來對治，於是向總督倡議重建孔廟。統治者順水推舟，也以當初拆除孔廟是一大失策，接納御用仕紳斥資建廟，選定大龍峒重建孔廟。一方面小林躋造裝模作樣，全身穿戴祭孔，維護封建保守的儒家思想，另一方面卻把本來已經降爲選修的漢文課完全廢除，同一個月主流媒體如《台灣日日新報》的漢文欄也遭到禁止停刊，總督卻又籠絡傳統文人，容許立場保守的漢文通俗雜誌《風月報》的存在。

具有民主意識的知識分子以爲《風月報》之所以成爲漢文欄廢止政策下殘存的異數，是總督利用這些無聊的文人的筆報導都會酒樓、風月場所的消費活動，寫些花叢小記的漢文詩，以白話文描繪都會男女情慾的連載小說，借此美化日本帝國的殖民統治，塑造繁榮浮華的社會假象，一群自命風雅、過氣失勢的舊文人和一些無行的新文藝作家臭味相投，提供市民茶餘飯後的消遣而已。

這本頹廢娛樂取向的通俗雜誌創刊時，還組織了「風月俱樂部」，標明純文藝、純休閒，絕不涉及政治立場。隨著日本軍國主義以武力侵略中國，蘆溝橋事變後，戰場作戰以及統治占領區大量需求懂華文的人才，漢文同文主義鹹魚翻身，在時代需要下，再度被起用，具有中、日文能力的台灣人派上用場，紛紛投身大陸當翻譯，漢文被當做促進日華親善的語言工具，鼓吹東亞新秩序，爲日本宣揚國策，《風月報》變成同文主義論述下的新舞台，漢文書寫被東洋殖民主義滲透嫁接，扮演興亞文學的角色。

5.

寄生沒想到這些。趁著寫詩餘興，推開紙門，走下玄關，他來到屋前小院探看半個月前嫁接的玫瑰。

小小的院子經過他兩年來的經營，已然花木扶疏。剛到台北住兒子家，本來也提不起莳花種草的興致，偶爾讀到一句詩：「芭蕉葉大梔子肥」，不由得想到洛津老家後院初月亭四周他手植的梔子花樹，他曾經每天坐在亭子裡的瓷凳觀鳥品茗賦詩，聞著梔子花香。

日本人的市區改正計畫，初月亭有一半成為拓寬道路的一部分，拆除那天，寄生發誓與亭共存亡，坐在亭子裡抵死不肯離開，派出所的警察拔出腰間長劍指著他的鼻尖，不得已寄生抱著鳥籠進到前屋，從此聽任後院荒廢，剩下半園子的梔子樹也自此不再澆水。

花樹猶如此，人何以堪。

手撫著玄關前的玉蘭回憶往事。去年夏天一次猛烈的大颱風差點把樹颳倒，風止息後，寄生到小院察看災情，觸目一片狼藉，花盆碎裂翻倒，籬笆角落的芭蕉連根被拔起，位在風頭的玉蘭樹災情最為嚴重，折斷落地的枝條鋪了半院子，剩下的主幹簡直遍體鱗傷，葉子被風颳光了，枝條折斷的傷痕在初晴的陽光下慘不忍睹，寄生不由得怨恨造化無情，此後他對這株受難的玉蘭特別細心呵護，勤於澆水施肥。

一年不到，寄生發現斷裂的枝椏被長出的新樹皮覆蓋了，傷痕癒合了，手撫著新長出的樹皮，他有點吃驚傷口恢復得如此迅速。

不知嫁接的玫瑰傷口癒合了沒？

原先寄生以為他只偏愛花形娟小、香味怡人的花樹，像桂花、梔子花等。在台北住下之後，閒時去逛附近的花圃，立刻愛上多姿的玫瑰，不僅紫紅、粉白、鵝黃美不勝收，更為濃郁的芬芳所迷。寄生在院子角落種了一排玫瑰，春末夏初開了一次花，沒想到紅色的花形狀遠不及花店的好看，而且必須湊上去才聞得到淡淡的香味。

寄生想用嫁接來改良品種，特地到花圃找來芽眼飽滿健壯、適於繁殖的母株枝條作爲接穗，選在春天萌芽以前，一個晴天早晨，露水乾了以後進行嫁接，將接穗插入已經削好的砧木，用繩子綁緊，使兩種不同的枝條緊密的紮在一起，生長成爲不分彼此的新個體。

綁好後，澆了一次透水，外面用報紙包好，再拿竹葉裹覆，寄生怕日光直射蒸散水分，還把它們移到陰涼的角落。嫁接完成後，他每天探看，苗圃的人告訴他十天後如果發芽，表示嫁接成功，可以拿掉覆蓋的報紙、竹葉，接下來拆除嫁接時用來綁緊的繩線。

「已經長在一起，沒必要再綁了，」苗圃的人說：「一看到砧木長出嫩芽，記得摘掉，只留接穗芽生長，不要讓根砧的櫱芽消耗養分，影響癒合。」

接穗的綠芽在他的期待中長了出來，寄生很爲嫁接成功而得意。

彎下腰，寄生伸出手指預備摘除砧木又長出的芽，沒想到幾天之間砧木顏色變黃黑，得了病蟲害，給病菌腐蝕了。嫁接成功後一個月，花圃的人說，便可開出品種高貴、香味沁人心脾的玫瑰花的想望落空了。

直起腰身，寄生不自覺地把目光轉向先前種的被他嫌棄的那一排玫瑰，一朵花形不怎麼美麗的紅花，孤伶伶的兀立在枝頭，寄生趨前細看，這朵花已開到盡頭，卻倔強地隨風搖晃，花瓣不肯萎落凋謝，再往下看，寄生發現玫瑰的根莖也受到病蟲害，已經腐敗的根固執地不讓花朵凋落，兀自搖曳風裡。

一對美國的海耶特兄弟，一個英國人帕克，隔著太平洋幾乎在同一時間各自用樟腦和硝酸纖維素研製壓縮出一種半透明、易燃的塑料，發明了塞璐珞（Celluloid）的原料，這是人類發明的第一種合成塑膠。它外表上看有點像象牙，攝氏九十度下會變軟，可滲入各種色澤，捏成各種形狀，冷卻後變硬，具有很大的擴張強度，耐水、耐油、耐稀酸。

製作塞璐珞的樟腦，必須是最精純的，拿純度高達九九．三以上的改良乙種樟腦，再繼續進行連串的昇華，除去水分及雜質，經過乾餾得到九九．六的精製樟腦，以它作塞璐珞的原料。

這種合成塑膠用途極廣，可用來製造假象牙、化妝品、人偶娃娃、玩具等。最重要的，隨著人類文明的進步，電影發明後，塞璐珞成為製造電影攝影用的軟片不可或缺的原料。

這是我最風光的時刻。光是日本，在一九三〇年代，軟片的銷售每年高達七、八百萬元以上的巨款，美國伊士曼、科達公司的膠卷原料，絕大多數來自台灣的精製樟腦，水漲船高，價格漲了三倍，還供不應求。若說台灣的樟腦促進了世界電影業的發達，貢獻不可小覷也不以為過吧！

3 旗袍與電影

——掌珠情事之五

1.

台灣光復，重回祖國懷抱之前，掌珠對中國的認識，都是從銀幕上得來的，她靠看電影與祖國取得情感上的聯繫，她以爲知道了中國的一切。

光復後到台灣來的接收大員的嘴臉，使她想到《故都春夢》一片中，那個投身宦海、貪污的稅務局長，好像活生生的從銀幕走了下來魚肉台灣人，而橫行霸道的國軍，簡直就是電影裡作惡多端的軍閥手下的兵士。

國民政府才接管幾個月，物價像斷了線的風箏日日升高，車票、電燈、自來水費節節上漲，徵收的稅金也比以前多了幾倍，整個社會有如箍圈鬆散的木桶分崩離析。

光復後過農曆新年，連續兩年都會台北陰風慘雨，一點也沒有過年的歡欣氣氛。老天在爲置身雙重邊緣、處境尷尬的台灣人哭泣。中日發生戰爭，有些台灣人但願能夠挺身而出，與大陸同胞並肩作戰，卻因身爲日本「皇民」而被中國拋棄。戰爭末期，當總督征召本島青年赴前線殘殺自己的同胞，百姓被迫夾道歡送，詩人用兩句詩形容台灣人複雜傷痛的心情：

無地可容人痛哭　有時須忍淚歡呼

台灣人是因爲表面上幫助日本侵略中國，光復後才聽任來接收的大陸人欺凌嗎？台灣像隻缺少了舵的船，在太平洋裡浮沉飄零無依，老百姓盼望作家、知識分子挺身而出，做人們的口舌，像日治時期一樣以筆爲劍，批評異族統治者的剝削。遺憾的是，他們有口難言，也寫不出流利的白話文，無法借文字來批判時政，即使暗地裡發牢騷，也不覺舒暢。

光復後不久，有一天掌珠路過永樂町，現在改名爲迪化街，看到路旁一排賣香菸的攤販向路人兜售，她對這日本時代從未見過的景象頗爲好奇，不免駐足旁觀。一個老婦人的菸攤被穿制服的查緝員扣住，白髮蒼蒼的老婦奮不顧身的搶救被撥落了一地的香菸，跪在地上向查緝員求情，掌珠穿過沉默圍觀的人群，上前想爲老婦人說情，她張開嘴，空氣從肺部進入喉頭，引起聲帶震動，咿啊了半天，卻有口難言，腦子一片空白，說不出一句話來。

後來還是一個會說國語的半山上前，透過翻譯，老婦人賣的是外省牌的私菸，豐原製造的，用火車運到台北，查緝員以人證物證俱獲，扣留老婦人違法販賣私菸。

掌珠狠狠地敲了幾下自己的腦袋，罵自己是啞巴，得了失語症，不會說國語，比廢人好不到哪裡去。她恨那個半山，把她當成喪失表達能力的白癡，半山還特地轉臉對住她，讓掌珠看清楚他的表情和說話的嘴型，很慢很慢地吐出一個字一個句子，發現掌珠對他所說的語音一臉茫然，他甚至還透過手勢比手畫腳想讓她明白。

悻悻地回家，巷子口的理髮店使掌珠想起那青年，文化協會運動辦得有聲有色時，懂漢文的他讀《台灣民報》給上門剃頭的顧客聽，替老闆招來財源，皇民化運動如火如荼的那幾年，青年改用日語向一群家庭主婦念公學校的課文。那青年看上去二十來歲，所謂的大正郎，一般像他這樣完全受日本教育的，不要說讀懂漢文，連台灣話都說不完全，他兩種都會，實在難得。

現在改朝換代，得說中國國語了，但不知他是不是和自己一樣，看得懂一些白話文，卻是個開不得口的啞巴？國民政府來了以後，是不是和自己一樣也淪為失落的一群？說不定那青年正在哪個國語會話班捲起舌頭，鸚鵡一樣學舌拚命學北京話。

光復後，原本教授「天地玄黃」的書塾恢復了，掌珠在南門市場看到屋簷角掛上一面小黑板傳習幾句國語會話，當臨時教室，用日本人編的《華語急就篇》的課本，用假名注音，以日本人的方式學中國話，掌珠聽說也有以標準注音教學的地方，但學費比較貴。

行政長官陳儀來台上任，禁止台灣人使用日語，認為那是被奴化的象徵，他相信唯有國語能夠使國家統一，承傳眞正的中華文化遺產。他擔任福建省主席期間也不學台灣話，自己留學日本，娶了日本妻子，可是到了台灣，明知用日語可以改善他和台灣仕紳的關係，還是堅持用國語，從來不肯說一句日語，以之表示日本對台灣影響的結束。

掌珠考慮要不要報名學國語，台灣省國語推行委員會的「國語推行所」從中國各地招聘國語教師，聲言要清清楚楚地把國語聲音系統的標準散布到台灣。政府施行中國文化重建，首先要解決的就是語言問題，令六百萬的台灣人回到祖國的懷抱。據委員會的調查，其中百分之七十，四百二十萬左右的台灣人的生活語言竟然是日語。

「五十一年中，敵人用種種心計，不斷對台灣同胞施行奴化教育，不僅奴化而已，並禁用國文、國語，普遍地強迫實施日語、日本教育，開日語講習所達七千餘所之多，受日語教育者幾乎占台灣人之半數。」

所以台灣五十歲以下的人對於中國文化及三民主義差不多沒有了解的機會，委員會警覺：

「這眞是十二萬分的危險！」

掌珠有點遺憾當初沒參加「一新會」，到霧峰學白話文及國語。

林獻堂帶他的長子林攀龍結束了環球旅行，回到霧峰，夏天的夜晚，把歐洲帶回來的留聲機搬到院子裡，放上曲盤，聽一個名叫卡羅素的義大利歌唱家演唱〈善變的女人〉，歌聲迴盪在螢火蟲飛舞的夜空。

林攀龍引用歐洲名言：

「凡人不能如日月之光照遍世界，亦當如燈火之光照遍一室。」

他認爲「台灣的再建設要從地方落實和開始，地方的革新先把清新的氣性廣大地散布開來」，他夢想「要讓番紅花在大地的沙漠開放」。

「九一八」事變前一年，山雨欲來風滿樓的詭譎氣氛下，他們成立了「一新書塾」，向日本當局提出申請教授漢文，遭到一再拖延，後來以書塾也開設日語課程爲條件，才得到許可。掌珠對一新書塾開的「六百字篇」這門課特別感興趣，她聽說每一個漢字都附有白話的標音與造句舉例。

她也聽說林獻堂親自批改學生的作文、日記等家庭作業，還不吝獎勵栽培有天賦的才女，先後資助好幾個詩文字畫俱佳的女學生到大陸的專科學校深造。

掌珠早就知道霧峰林家，她秀水鄉下的啓蒙師朱秀才，是「櫟社」詩社的會員，出席林癡仙的詩友聚會，回來形容林家大厝的百花廳雕刻擺設極爲精雅，掌珠小小年紀，恨不得下次聚會，朱秀才帶她一起去。

長大後，掌珠計畫以她的養女身分寫一部自傳體的小說，書名都想好了，拿起筆來，才發現識字有限，跟朱秀才學了幾年的之乎者也根本不夠訴諸文字，描寫受盡虐待的苦楚生涯。正在爲辭不達意而煩惱，掌珠打聽出霧峰林家萊園舉辦夏季學校教漢文，還提供學員膳宿，掌珠認爲這是充實漢文的大好時機，直至看到申請的學員必須具有中等學歷。從沒進過一天學校，自幼失學的掌珠，與萊園爲期三年的夏季學校失之交臂，她的自傳體小說始終沒能寫成。

掌珠有點怨怪霧峰林家的階級觀念，只看高不看低，不給像她這種出身寒微的貧苦養女一個機會。聽說當年活躍於「一新書塾」的女性，大都是林家的女眷，再不就是霧峰當地有頭有臉的仕紳的家眷千金，慶祝「一新」兩周年的遊園會，飲食攤位便是由這些夫人小姐親自販賣招待，讓貴婦閨秀拋頭露面，無怪乎遠近扶老攜幼前來參加。

掌珠也不是不羨慕那些有機會彈風琴、舞蹈唱歌、寫作文演講的學員，聽說「一新書塾」還經常放映電影。

總督府舉辦始政四十周年的博覽會，「一新會」組團到台北來參觀，學員們光鮮亮麗的打扮，聽說吸引了不少注視的目光。

王掌珠爲了想看懂中國電影銀幕上的對白說明而起了學白話文的念頭。

她立志要當台灣的第一個女辯士，默片電影的劇情解說員，後來聽說早在大正初年，報紙上就登載過台北新起街市場內常設館演電影，有一位日本女性講談師當辯士，她有一個很美的名字，叫本莊幽蘭。

掌珠退而求其次，希望當上第一個用台語發聲的女辯士。

她此生第一次看電影，還是在文化協會「美台團」的活動寫眞電影巡迴隊上，社會運動的積極分子先後用演講、講習會、舞台劇向農民、勞工宣揚民主思潮，啓蒙人心，反對殖民政策，而用「會動的照片」放映電影宣傳反對總督言論的「美台團」活動，則是把文化協會運動帶到最高潮。

蔡培火從他母親七十歲的賀儀中捐出三千餘圓，另外又募集同志的捐款，到東京購得美國製的放映機，以及七卷教育民智的影片，挑選文化協會口才好的青年會員，把他們訓練成劇情解說員，首先在台南大舞台首映，接著巡迴台中、台北，全島各地放映。

每到一地，電影開映之前，團員合唱〈美台團之歌〉：

「愛台灣，愛伊風好月也好……，愛伊花木透年開……，大家請認真，生活著美滿……」

「美台團」下鄉演電影，每每造成轟動，民眾一聽到風聲，奔走相告，穿上過新年的衣服，興奮的扶老攜幼，夜晚聚集在廟埕空地，好奇地看著用竹竿撐開的白布上會動的畫面，拍手叫好。

一旁解說劇情的辯士，趁機會顧左右而言他，對日本統治者的種種苛政剝削明喻暗諷，觀眾心領神會，激動拍掌附和。批評太露骨了，高高坐在最後面的臨檢警察便大聲吹哨子阻止，放映師不得不停下手搖的機器，警察上前警告辯士，要他小心言論。

王掌珠當場見識到辯士解說員鼓動人心的影響力。

有鑑於電影放映啓蒙人心的宣傳效果比預期的成功，蔡培火趁上海之行，又買回一些影片。可惜好景不常，「美台團」巡迴不過一年，文化協會分裂，受到左派分子的阻擾。日本統治者無法壓制的「美台團」活動，卻因自己內部分裂，手足相殘而無疾而終。

王掌珠到電影院看劇情片，是她到台北以後。迷上電影之前，她是劇場的座上客，後來發現攝影機像變魔術一樣，可以把千里之外的風景、事物拉到眼前，讓觀眾直呼不可思議，銀幕上街道、室內、電車、餐廳、汽車、海灘，與銀幕下的觀眾距離那麼近，相互交織成密切的網絡，看久了，讓人幾乎要身臨其境。尤其是電影的那種流動感，不斷變換場景，前一秒鐘還在車水馬龍的都會，一個瞬間，轉換成綠樹滿蔭的鄉下，天馬行空，遷流不停，影像視覺的豐富層次，遠爲空間固定的劇場所不能及。

舞台劇的演員，或坐或站老是在同一個空間位置，喋喋不休說上半天話，聽得人呵欠連連，哪裡像流動的電影把觀眾帶入鏡頭，和劇中人一起哭笑，一起冒險。好萊塢的喜劇片，是身心憂苦、生活艱難的台灣人散心消遣的良方；卓別林的默片，令人捧腹大笑大快人心，餓昏了的流浪漢，把人看成了雞，三番兩次拚所賸的力量撲上去要吃了牠，觀眾笑過後，摸摸臉頰，是濕的。

王掌珠對電影達到癡迷的地步。假日一天連續看三場，中午進去，出來時天已黑盡，她還以爲是日蝕。爲了看電影，她可以走好幾哩路，到郊區看她以爲漏過的好片，坐在設備簡陋的小電影院，銀幕好像一直在下雨，沙沙直響，她睜大眼睛從頭看到尾。其實鄉下電影院爲了賺錢，把片名改了，她對早已看過的片子，還是津津有味再看一遍。

台北市內的電影院她每間都熟悉，擠在人群當中，像過節一樣熱鬧。她會一個人跑到萬華遊廓的芳明館，發現觀眾青一色都是男人，他們以爲設在花街柳巷的電影院，附近的歡場女子一定會成爲座上客。男人們爲了看美女而來。

大稻埕太平町的第三世界館，掌珠從最初脫鞋進去，裡面鋪了草蓆，如要墊子得多加五錢的費用，一直看到後來設了木製長凳，可五、六個人坐一排。

暗黑的電影院，眼睛盯住銀幕上川流不息的畫面，鼻子聞到外面小吃攤食物的味道，也可聽到街上小販的叫賣聲，散場後踩著一地的瓜子殼、龍眼核、香蕉皮、甘蔗渣出來。

永樂座的觀眾也是以台灣人爲主，門口不貼海報，只用粗筆把放映的片名寫在豎立的招牌上，同一部片子連續放映幾個星期。

2.

台灣人不看日本電影，對專門放映日本影片的榮座、新世界館、第二世界館都裹足不前。總督爲鼓勵本島人學日語，不理會片商的要求，堅持不准在影片上打中文字幕，藉以懲罰那些不肯學日語的人。

「要享受就得學習日語，不懂日語，不來看電影也無所謂吧！」

掌珠是少數不在此限的台灣人。她常是與日本觀眾平起平坐，坐在舒適寬敞的位子，欣賞半年前或一年前，有時甚至兩年前已經在東京首輪放映過的電影。

台灣在舉行始政四十周年的博覽會之後，景氣大爲好轉，西門町被規畫爲娛樂區，新建的電影院富麗堂皇，有迴轉式的椅子、冷氣設備、咖啡廳等。

她也是西門町芳乃館的常客，這家電影院和第二世界館一樣，都是日本風的建築，售票窗口左右兩邊的櫥窗陳列著劇照，夏天晚上，會有涼風吹過庭園走廊。經營芳乃館的是一個年過中年濃妝豔抹的肥胖日本女人。默片時代的電影配樂是由樂團伴奏，後來改爲播放唱盤，華麗的旋律經常飄到街上來。

掌珠穿和服坐在內地觀眾當中看日本電影，自以爲就是其中的一分子。她隨著劇情的發展與銀幕上的日本明星一起哭笑，自覺融和無間。

鄰座的日本人轉過頭，從肩膀往下打量掌珠的穿著，先是不敢確定，直至禮貌的兩句寒暄，掌珠一開口，這人便確定旁邊坐的是個本島女子，她穿和服，頭上戴蝴蝶結，把自己裝扮做內地女人的樣子。

被這樣評頭論足，掌珠渾然不覺。

有次看完《秀子的車掌先生》，散場走出新世界館，街上一個穿大裪衫的婦人，好像得了急病猝然仆倒地上，和掌珠一起走出電影院的日本觀眾，不約而同的把目光投向她，好像知道唯有她能夠上前與倒地的婦人溝通。

掌珠回家照鏡子，也許是自己生得皮膚比較黑，鼻子塌一點才會被認出是本島人吧！對著鏡子，她用日語把銀幕上女主角的一句對白重複了一次，發覺自己齜牙咧嘴，口型的牽動與那日本女星完全兩樣。同樣的話語，從她嘴裡吐出來，卻是那麼難聽，完全缺乏女主角悅耳的節奏感。

攝影機把鏡頭拉近，放大演員的五官，可以看到日本女人長相骨骼的好多特質，鏡頭推遠，女明星舉手投足，上身微微向前傾，內八字的小腿向內彎，扭捏的走路樣子，也不是掌珠學得來的，雖然她也穿日本木屐。

掌珠雙手放在膝前，對著鏡子彎下腰鞠躬，她實在不像內地人。

隔天她到永樂座看上海胡蝶主演的《女兒經》，掌珠發現她看了那麼多中國電影，卻沒曾去注意的，銀幕上的明星其實熟口熟面，好像她老早就認得的，他們的家居擺設、生活習慣，都令她感到無比的親切，劇中人的欲望希求、情感的需要，她也大都能認同，察顏觀色，掌珠覺得能夠與他們靈犀相通，意會出他們的心語。

電影裡那個工人蹲在小圓凳上抽旱菸，使掌珠想起住家巷子口那個捧著海碗扒飯的老阿伯，同樣蹲著，老阿伯是蹲在地上。電影裡的那工人吃起飯來，也是張大嘴喳喳有聲地咀嚼吧！

掌珠困惑不解，和日本人平起平坐看電影，距離那麼近，爲什麼近身的日本人反而使她感到親疏有別，當中橫跨踰越不得的鴻溝，相反地，銀幕上十萬八千里外，摸不著的支那人，反而令她不感到陌生。

也不只是她，散場後掌珠聽到觀眾議論不停：

「那一個明星，叫胡蝶吧，只有一個酒窩，親像我的小姨子，眞古錐……」

「不稀罕吧，同樣是漢民族，當然長得比較親像，鼻子不像阿本仔那麼尖，皮膚也沒那麼死白……」

一個青年小聲問同伴：

「喂，不是說有一個台灣人跑去上海當明星？」
「怎麼樣？也想去嗎？」
「哪裡敢，看到支那的山川風景，有點思慕，一起去念書如何？」
幾個女觀眾欣賞胡蝶的拖地長旗袍，也想去做一件來穿。

3.

光復第二年，台灣文化協進會在中山堂開第二次服裝問題懇談會，計畫製作「文化服」，先製成一般市民、農民、商人、學生各種服裝各一種，然後舉行公開展覽會，邀請各界人士批評。協進會視此爲台灣文化重建的項目之一，目的是消除殘除的日本風俗習慣的影響，把日本化的台灣人改造爲中國人。

王掌珠很得意她身上穿的旗袍正是協進會制定的婦女服飾。她已經穿了好幾年的旗袍了，皇民化運動的最高潮時，她穿旗袍上街，不只一次被日本巡警喝斥，命令她立即回去脫下，換上和服。掌珠死不肯從命，仍舊穿著旗袍，挑著僻靜的巷子走，避開巡警的耳目。

二二八事變動亂的那幾天，穿旗袍的掌珠被當做外省婆，把她從三輪車上拉下來，用剪刀剪掉下襬裙裾，掌珠回家脫下旗袍，從此換回大裪衫。

王掌珠打算當默片的辯士而穿上了旗袍。

辯士的重要性不容輕視，他的解說風格與技巧多少決定了影片是否賣座的關鍵。觀眾與其說喜歡某部片子，不如說是喜歡解說劇情的辯士。

受歡迎的辯士在電影開場前，在觀眾的鼓掌中出現在銀幕左邊的小桌子前，桌子上會有一盞小燈照亮桌上的劇本，使他可以不用轉頭看銀幕打出的字幕，方便忽男忽女念對白說明劇情。

最受觀眾歡迎的詹天馬在第三世界館當辯士，他擅長解說《關東大俠》、《火燒紅蓮寺》之類的武打片和古裝片。明快清脆的口齒，爲他博得了「台灣的德川夢聲」之美譽。德川是全日本最著名的解說員。

據說連不懂台灣話的日本觀眾，到第三世界聽詹天馬的解說，也能感受他傑出的技巧，儘管他與德川夢聲的聲音格調不同。

掌珠對當時泛濫的武俠神怪片不感興趣，她喜歡文藝片，劇情可以使她聯想到自己的身世。她最初也跟著影迷起鬨，喜歡永樂座的辯士海咖啦源，他因髮臘塗到可以滑倒蒼蠅的西裝頭而得到這個綽號。他每次出場，總是戴著墨鏡，西裝上衣口袋塞了條紅色的手帕，自覺風度翩翩，銀幕下有一個他專屬的樂隊配樂，小提琴、黑管、伸縮喇叭各一隻，由五、六個樂師所組成。

無聲默片轉得很慢，配合樂隊的伴奏，海咖啦源兩隻手悠閒地插在褲袋裡，緩急自在地解說劇情。

王掌珠對海咖啦源的說明愈來愈不滿意。她每次坐在第一排的位置，距離辯士的小桌子很近，她發現海咖啦源解說劇情時，既不轉頭看銀幕上的字幕，也沒照著燈下的劇本念對白，其實他戴著阿狗兄的時興墨鏡，就是看也看不清楚吧！掌珠看他兩手抱在胸前，編造加添一些銀幕上所沒發生的故事，喁喁自語，好幾次摘下墨鏡，眼睛閃著淚光，好像被自己編的故事所感動。

五、六個人的小樂隊，也與辯士有默契，盡量把配樂調到最微弱，讓他盡情發揮。

掌珠不想聽海咖啦源忽男忽女瞎扯，他嘴裡說的與故事情節的起承轉合不相配合，段落也交代不清楚，她尤其受不了海咖啦源用他那嘶啞的破鑼嗓子扮女聲，向觀眾說明《神女》、《桃花泣血記》等阮玲玉主演的電影。

這位女明星是她最崇拜的偶像。身世和掌珠一樣飄零，是個苦命女子，才五歲當工人的父親辛勞過度離開人世，阮玲玉跟著母親到富人家幫傭當小婢女。靠自己力爭上游，終於當上明星，她沒有忘記自己微寒的出身，電影裡扮演的都是社會底層被侮辱、被損害的悲劇型女性，雖然出身階級卑下，但卻有生活理想，努力向上。

這是掌珠最認同讚嘆的典型。令她憤憤不平的是，形勢比人強，在封建社會的壓力下，除了像《野草閒花》，阮玲玉飾演街頭賣花女成為歌女，富家少爺有勇氣打破門閥觀念，這對情人最終有完滿的結局。其餘她所主演的片子，不是被迫投河自殺而死，就是被關進監獄，下場悲慘。

阮玲玉在《神女》一片中飾演一個受盡屈辱的妓女，為了讓兒子上學，賣身賺來的錢卻被流氓拿去賭光，在痛苦與憤怒之下，她用玻璃酒瓶意外打死流氓，以殺人罪被判刑。電影中，飽受催殘的阮玲玉，緊蹙兩道眉，無語問蒼天的眼神，看得掌珠揪心揪肺，只恨幫不了她。

對這可憐的女子，辯士海咖啦源沒有絲毫同情之心，在阮玲玉被警察帶走後，還說了些天網恢恢、正義道德的話，氣得掌珠眞想上去叫他閉嘴。

另一部《桃花泣血記》，富家子弟厭倦於上海燈紅酒綠的都會生活，到鄉下認識、愛上了阮玲玉飾演的牧羊女，這是場注定失敗的戀情，被拋棄的牧羊女最後在淒苦中死去。哭紅了眼的掌珠體會出導演是用桃花來比喻牧羊女的薄命，如果由她當辯士，同爲女性將心比心，她的說明不知會賺取多少觀眾的熱淚。

王掌珠多麼想取代海咖啦源的位置。她要爲電影中可憐的女性發聲，拿回由女人解釋女人命運的權利。她聽說當辯士要參加考試，通過後拿到解說員的許可證，到電影院講一天可賺一塊錢，做半個月便能訂做一套新西裝。

當上用台灣話發聲的第一個女辯士，王掌珠連穿什麼樣的衣服都心裡有數。站在銀幕旁講解上海天一、聯華、明星製片廠出品的中國電影，當然是穿長旗袍才有味道，更何況電影裡阮玲玉總是一襲拖地的長旗袍，風韻十足，襯得她更楚楚動人。

愛趕時髦的女友，認爲掌珠穿旗袍太古板，缺少變化，建議她多去看日本時裝片，好把握時下穿著打扮的最新流行趨勢。掌珠擺擺手，說她迷過和服，也穿洋裝，旗袍才是她現在的最愛。

她想像自己穿上旗袍，像阮玲玉在《三個摩登女性》一片中飾演的那個思想進步的女性。這部電影有一場戲，她穿著樸素的旗袍，出現在十里洋場的上海的大宴會上，以自己逃難受苦的親身經歷駁斥在座的紳士淑女不知民間疾苦的謬論，而令男主角聽了，有感而發：

「今天我才知道，只有眞能自食其力，最理智、最勇敢、最關心大眾利益的才是當代最摩登的女性！」

這句話說到王掌珠心坎裡。台北都會那一群以摩登自詡的女性，她們抽菸、穿美國進口的絲襪、盪秋千、在草地上跳舞、標榜維新自由戀愛新風氣，整天唱著：

阮是文明女，東西南北自由志，逍遙恰自在，世事如何阮不知。阮只知文明時代，社交愛公開，男女雙雙，排做一排，跳舞樂道我上蓋愛。

掌珠一向看不慣這些「文明女」。

滿洲事變後，中國電影漸漸受到總督府的禁止。事變爆發的第二天，台北西門町電影院前的電線桿上面貼了號外：

「昨天十八日夜，奉天郊外柳條溝滿洲鐵路被炸，因此關東軍已做好戰鬥態勢了。」

盧溝橋事變，中日戰爭爆發，總督對中國電影的輸入愈來愈嚴格，慶祝新年上映的電影，規定只准放映有聲日本片，還是不准片商放上中文字幕。

日本對英美開戰，太平洋戰爭發生的那一天，國際館本來放映米高梅、派拉蒙製片廠的洋片，立即被取消，改演日本電影。芳乃館、大世界館同時安裝擴音機，讓路人聽戰事新聞，並且在劇照窗塗上有色地圖，通報戰況的明顯動向。

在日本當局的檢查控制下，永樂座只放映滿洲製片廠誇大宣傳大東亞共榮圈的影片。禁演上海出品的中國電影後，掌珠只去過一次永樂座，爲了看李香蘭的《支那之歌》，她沒想到隨片登台的歌星是那麼嬌小。

總督府「主動遠離支那電影」的宣傳下，鄉下的壓力比城市小，掌珠寧願走遠路，到景尾、三重埔看小電影院放映以前的中國舊片，也不願意光顧市內票價便宜的日本電影。

到了戰爭末期，連鄉下也徹底控制中國電影，並透過台灣映畫協會強制民眾觀賞日本電影，連台灣人拍的影片也必須用日語對白。

掌珠既無電影可看，夢想做台灣第一個台灣話發音的女辯士的想望，也終究沒能實現。

掌珠轉而計畫用她剛學會的白話文寫自己的自傳體小說。

讀了一些坊間流行的大眾小說，她發現《三六九小報》、《風月報》、《南方》這些雜誌連載的言情小說，那些都會愛情故事，毫無例外地都是出自男作家之手，情節總是跳不出一個多情男子被兩個或更多的女性圍繞，一男多女糾纏不清的三角、多角關係，要不然就是已然爲人夫的禁不住未婚少女的追求而外遇，知情的髮妻猶是在家癡癡的等待他回頭，這類一波三折，男作家一廂情願的小說層出不窮。

掌珠還讀過好幾篇描寫內台聯姻的，題材不外乎是優秀的台灣男子遠赴日本或留學或任職，受到異地東洋女子的青睞，自己投懷送抱，情不自禁的偷嘗禁果，未婚同居，甚至產下私生子。

這類內台聯姻的小說，結局千篇一律，無不是東洋女子遭台灣情人始亂終棄而無怨無悔，結果是女的流落風塵，或因難產而死在醫院。

即使是掌珠，她也一眼看出，寫這種小說的男作家，是出於一種補償心理，在作品中滿足對日本女性的情慾想像。

不難想像這類表現男性集體意識的小說，廣爲流行，深受台灣男讀者的喜愛。

掌珠環視周遭的女性，她們處在新舊社會交替的夾縫中，受到環境的限制，要不是被男人當做肉慾的對象，出賣肉體，就是婚姻不幸倍受婆家欺凌，丈夫在外受盡日本統治者的氣，回到家把委屈發洩在妻子身上，而主婦大都缺乏突破傳統禮法的勇氣，不敢走出家庭，尋找自己的一片天。

比在家做小伏低的女人好不到哪裡去，甚至更爲悲慘的，是爲了糊口必須外出打工謀生的女工，離鄉背井艱苦誰人知。有一首歌曲形容這分感傷的景況：

小雨毛毛落昧煞　冷風吹來也會寒
單身謀生來出外　親像雨中的梅花

在仰人佈食的職場中，受到老闆上司挑逗性騷擾，工作環境惡劣，男女工資不平等的對待俯拾皆是。被羨慕爲好差事的女車掌，文人把她們當做摩登的象徵，還寫詩讚頌：

長裙短髮衣開襟　轆轆聲中俏影臨
升降有權休賤視　七香車上載千金……

事實上女車掌在公車上歷盡風霜，從早忙到晚，身心筋疲力盡，女看護、電話接線生、女店員也好不到哪裡去。

掌珠構想的小說，主要想描寫一個處在新與舊的過渡世代，卻勇於追求命運自主，突破傳統約束，情感獨立，堅貞剛毅的台灣女性。

盧溝橋事變後，樟腦的需求孔急。

本來樟腦大都做為藥用，中醫以它治療風濕、疹癬、霍亂等疾病，西醫用它做內科強心劑、皮膚病、神經衰弱的治療，樟腦也可製造藥用注射液，及防蟲、防腐、熏香等。

無煙火藥發明後，樟腦成為製作過程中最重要的塑化原料，硝化纖維素與硝化甘油混合而成的無煙火藥，必須用樟腦作為穩定劑，中和剩餘的酸及其他有催化作用的分解劑。

日中戰爭期間，日本為了確保台灣樟腦生產提供軍事上火藥應用，凡是在山裡製作樟腦的腦丁、腦長都屬於國防產業，從業人員不必受徵召及當志願兵。

4 三世人

1.

施朝宗躲在洛津海邊的林投樹後，昔日祖父寫詩讚嘆的滄海，已變成舉目無盡的鹽田，沙灘上長著野草，隨風海浪一樣披靡，朝宗眼望一寸寸隱沒的落日，感到泉州遠如天邊，不可企及。為防止煽動民變造反的共產黨徒乘漁船逃回大陸，國民黨派重兵嚴守海岸加緊封鎖。至此，朝宗不得不承認偷渡無望。

他還有另一條路可逃，祖屋後院月洞門旁有條地道可通唐山。他父親年少時曾經走過這條黑黝黝的地道，還說聞到一股強烈的泥土的味道。

他父親漢仁是個武俠迷。祖父不肯送兒子上學接受日本教育，以公學校的秋千、運動場太過危險，怕兒子受傷為理由，漢仁早已超過入學的年齡，還是把他留在家裡。派出所警察上門勸導，寄生也置之不理。

流連布袋戲棚下，漢仁看了無數遍《火燒紅蓮寺》的連台好戲，癡迷到起了入山修道當劍俠的念頭。他以為施家屋後月洞門旁邊的地洞，往下走，沿著長長的地道，最後可抵達唐山拜師學藝。

半夜背了包袱，帶著米粉作爲乾糧，悄悄推門而出……。日後漢仁向兒子形容恍恍惚惚感覺自己眞的進去了，走在黑黝黝的地道，鼻子聞到泥土的味道，走著走著，也不知走了多久，始終到不了盡頭……

不只是漢仁，朝宗的祖父也一直相信台灣與中原本來陸地相連，一次天柱震搖的大地震，山海移動，台灣才從唐山剝離出來自成一個島嶼。表面上波濤洶湧的海峽阻隔了兩岸，其實，施朝宗的父祖兩代都相信深海底下，存在著一條互通往來的海底隧道，讓人可以如履平地，從台灣這一端走到另一端。

漢仁所走過的地下隧道，那是日本人來之前，清朝的土匪覬覦施家的財富，企圖進屋搶劫而挖的。施家的父祖輩爲了防賊入侵，設了兩重厚厚的後門，月洞門地下埋了沉重的青石板，土匪再是強悍，從屋後挖掘地道，終不能得逞。

大東亞戰爭期間，家家戶戶挖防空洞躲美軍空襲，施家族人移開月洞門下的青石板，赫然發現地下被挖空了，原來土匪挖地道想打劫，最後無法移開壓在上面的青石板，被迫放棄。

「結果挖空的地洞變成現成的防空洞，省了好多力氣！」

白天施朝宗躲在黑黝黝的防空洞內，藉著手電筒的微光，雙手在洞壁上摸索，他想像朝著唐山的方向繼續挖下去，有沒有可能穿過台灣海峽，到達對岸的泉州？

清鄉運動由北到南，警備總部發出命令，各縣市政府應嚴飭鄉鎭區村里長，以及警察會同當地駐軍憲兵檢舉奸暴，如被發現窩藏奸匪，依法從重處分，執行連坐法，一人有罪，累及全家族。

施朝宗害怕族人向派出所通風報信，遲早會有人前來逮捕他。天黑後，從防空洞潛回屋裡，他躺在紅眠床，看到牆壁似乎變柔軟了，石灰後的磚塊進進出出，浮現出無數隻眼睛與耳朵，窺視偷聽他在屋子裡的一舉一動。

一次深夜，警察突擊上門清查戶口，朝宗及時逃入防空洞僥倖躲過。自此他以防空洞爲家，連晚上也不敢回屋裡，害怕突如其來的戶口檢查，他躲避不及。

禁閉在密不透風的防空洞內，因恐懼噁心嘔吐的穢物，使得空氣更爲混濁，朝宗感到胸悶心悸，手心出汗，全身肌肉痠疼，頭痛欲裂，精神無法集中。他老是處於一種強烈的興奮之下，只要兩腿一摩擦，陽具立即勃起，卻又不能發洩，令他更焦慮煩躁，晚上老做些與狐仙魅女相好的春夢，夢境令他羞愧，想抑止性慾，卻又欲罷不能。

朝宗懲罰自己，將陽具施以痛楚，拿繩子把它綁住用力縛繫，禁止它勃起，但終歸徒勞。一邊手淫，一邊禁不住想著那個肌膚雪白的女學生。

日本投降前一年，朝宗當志願兵，駐防觀音山海邊，因被徵召參戰的青年農民太多，下田耕種的人力短缺，各高女的女學生組成挺身隊，下鄉到農村幫忙，用簡單的農具耕作。觀音山腳下的田地，有天來了一群台北高女的學生，大熱天，又以爲身在野地工作沒有人會看到，女學生一個個裸露雙臂。

施朝宗坐在坡地往下看，發現一個皮膚最白的女學生。夜晚他躺在星空下，想念那個因彎腰而胸口鼓起的女學生。她一定是日本人，本島的女性不會有那麼白皙的皮膚，也不會有那麼一頭豐盛濃密像浮世繪似的黑髮。

這種時刻還在想日本女生。施朝宗警惕自己。晚上又做了在軍隊裡與其他志願兵因無聊傳閱日本春畫的綺夢，醒來一身冷汗，眼前還搖著春畫上日本男人如巨杵般的陽具。朝宗曾經覺得在日本人面前，他顯得軟弱自卑，有次躺在沙灘上假寐，被日本排長用軍鞋在他身上踩踏，當時他不以爲忤，還感到快樂。

果眞自己如民政長官陳儀所說的，台灣人被日本奴化的程度深到無可救藥？

2.

I'm not Japanese, I'm Chinese.（我不是日本人，我是中國人。）

日軍以迅雷不及掩耳之勢，搶先攻占了菲律賓的美國基地，又趁勢占領了菲律賓和馬來西亞。美軍奪回菲律賓，台灣人個個談空襲色變，以爲空中投彈的下一個目標就是台灣。

I'm not Japanese, I'm Chinese. 這兩句英語是施朝宗在皇民化運動的青年道場受訓時學到的，教台灣人在美軍登陸島上時這麼說。

結果美軍並沒登陸台灣，跳過它去打琉球，日本對美軍的威脅不敢掉以輕心，調了十八萬滿洲軍到台灣，加上島上的後備軍一共三十五萬軍力，派軍隊沿海岸造柵欄、挖地洞蓋掩體、建機場，將整個台灣要塞化，準備美軍上岸時打游擊戰。

施朝宗就在這時當了志願兵。那是他在台北高等學校的最後一年，校長把英、美兩國比喻爲「魔鬼畜生」，每天朝會恭誦完明治天皇「教育敕語」，在肅穆的餘音裡他會在一張大東亞地區戰局地圖上，把昨天日本軍轟炸、登陸的地點畫上紅圈圈，在攻陷的要衝插上小小的太陽旗。

美軍占領菲律賓後，日本當局下令關閉學校，施朝宗接到志願兵的報到書，帶著千人祝福的千人針腰巾加入聖戰，身披大紅綵帶，與一起入伍的同志站在「祈皇軍武運長久」的白布條下，接受隊伍旗海飛舞歡送。高唱軍歌兩天前，施朝宗還夾在人群當中，默默地參加「無言的凱旋」迎骨灰儀式，戰友用白色的布帶把陣亡的士兵骨灰罈吊掛在胸前，從海外戰場一路捧送回來舉行告別式。

千人中取一個的志願兵是台灣人最高的榮譽，施朝宗的家門口掛上標誌表揚，平日作威作福的日本警察經過他家時都得敬禮。

朝宗割破手指，用鮮血寫效命的血書：

「天皇陛下萬歲，我是日本男子，具有大和魂……」

額頭綁著用鮮血染紅的太陽旗巾，雖不是生爲日本人，卻發誓要成爲日本鬼。安藤利吉總督稱他們爲偉大帝國的人民，不再是支那人，不再是清國奴。

朝宗和其他的志願兵在火車站排隊上車，在歡送的人群高唱著〈光榮的軍夫〉聲中出征：

「掛上紅色的帶子，光榮的軍夫，年輕的我們是日本的男子漢……」

這首由〈雨夜花〉的歌曲，曲調不變，歌詞改爲激勵台灣入伍的軍隊進行曲，聽在朝宗心裡，他發誓經過軍隊猛烈訓練，脫胎換骨的身體完全處於如虎添翼的「鬼に金棒」，他將無視於如雨飛般的彈丸，勇敢地挑起解放東亞民族免受歐美帝國主義侵略的天職，粉身碎骨在所不惜。

打開火車上發的便當，白米飯當中一粒象徵太陽旗的紅梅，朝宗盈眶的熱淚終於嘩嘩流下。

出征前跟隨軍隊從緬甸打到馬來西亞、瓜哇、香港，完成天皇大東亞光榮圈的夢想立刻被打碎了，朝宗所屬的一三八六二部隊被分配到觀音山南郊駐紮，任務是防守海岸線的周圍，預防美軍登陸。

說是防守，中隊長卻只發步槍給他們，而不發子彈。朝宗托著沒有子彈的長槍發愣。一個並非像他一樣自願，而是被徵召的學生，猜測中隊長是怕萬一台灣兵和敵人的登陸部隊內應外通，從背後偷襲日本皇軍，一直要等到美軍眞的登陸才發子彈。

朝宗喝斥那學生這種對日本人不信賴的推測。狩候敵人上陸期間，他們每天的工作就是挖戰壕，幫隊伍中的日本兵打飯、打水，被規定給日本兵飯多一點，台灣兵少吃一點。

朝宗在山腳下當兵，聽說觀音山上有個痲瘋病院，院子外面的墳場很大，專門用來埋葬鼻爛肉腐的病人，軍人避之唯恐不及。有一個上去過的形容病院四周種的相思樹，長得歪歪斜斜，沒有一株是直的，他看到一個車夫帶一個有病的男孩上山住院，那男孩明知爲什麼被送去，卻因能坐車而很高興咧著嘴笑。

「I'm not Japanese, I'm Chinese.」念咒語一樣，朝宗背著沒上子彈的步槍在海邊巡邏，輕聲唱著〈光榮的軍夫〉，唱著唱著，猛然覺察到他是用台灣話唱〈雨夜花〉的歌詞！

「雨夜花，雨夜花，受風雨吹落地……，花謝落土不再回。」

嚇得他趕緊搗住嘴。

那個總是喝得醉醺醺的中隊長，有次清酒喝多了，搖頭晃腦的連連嘆息：

「戰爭恐怕拖不過今年……」

出征那天，士兵排隊等他來，卻遲遲不出現，等到火車快要開時，中隊長才乘人力車趕來，搖搖晃晃的走進車站，顯然喝醉了酒，搖搖手中的便當，向歡送的人群告別，上了火車便沒有再露面。

「I'm not Japanese, I'm Chinese.」

朝宗的這兩句英語始終沒派上用場。

美軍轟炸台灣總督府那天，轟炸機遮住了晴空，天地一片灰暗，炸彈落地濃煙和火光竄起。空襲警報解除後，朝宗在海灘上撿到美國空軍撒下的傳單，避開監視的眼光，他偷偷躲進廁所，打開來看是一幅漫畫，一個戴墨鏡抽菸斗的美國大鼻子軍人，和一個日本軍人在下象棋，朝宗認出蓄著短髭的日本人，是東條首相，他用手搔頭，不知該如何走下一步棋，因爲他只賸下相和仕，而美國人車馬炮俱全。

戰爭到了末期，軍中嚴重缺乏糧食，摻地瓜的米飯令朝宗餓得慘兮兮的，陸軍大臣還從東京發出指示，就算是嚼草根、吃泥土、伏屍原野也要決戰到底。

飢餓難忍，朝宗發現觀音山西邊腳下種了一片鳳梨田，他打算強忍住肚餓，等鳳梨熟了，才挖來充飢。結果還沒等到它熟，日本就投降了。中隊長並沒立刻把投降的消息告訴他們，有兩、三天，美軍停止轟炸，軍機飛得很低很低，幾乎僅掠過農舍的屋頂，飄下雪花一樣的傳單，朝宗撿到一張，才知道日本投降了，距離天皇用日本女人似的哭嗓廣播終戰的消息已經有好幾天了。

朝宗仰望溫柔起伏的觀音山上的晴空，回想八月十五日，日本投降那一天，天空一朵雲也沒有，只聽到蟬鳴。後來他聽說這一天在日本，除了廣島、長崎，也是萬里晴空，只聽到蟬鳴。

3.

日本投降的消息傳來，台灣人還不大敢喜形於色，家家戶戶不約而同把家裡的電燈捻得亮亮的，到處燈火通明，好像過節慶祝一樣，空襲時燈火管制以來從沒見過這麼亮的燈光，每個人都爲之目眩，眼睛眨呀眨的。儘管沒有什麼事，個個紛紛走出家門，臉上漾著抑止不住的笑容，主動招呼並不認識的路人。

施朝宗看到他的父親三兩下動作十分俐落地拆掉奉祀了八年的日本天照大神的神龕，隨手丟棄一旁，又見他登上竹梯，雙手從天花板捧下兩個盒子，打開一看，原來是一尊白瓷觀音像，以及施家祖先牌位，父親恭敬地把佛像和牌位安置在本來放天照大神神龕的位置，焚香祭祖，稟告列祖列宗，台灣光復了。

沒想到多年來只說日語、皇民化得徹底的父親，竟然會把牌位偷偷藏在天花板上，這頗出乎施朝宗意料之外。

難道八年來的皇民煉成不過是虛情假意，從來沒有過眞心？

隔天施朝宗在一個場合裡的感受，令他體會到民族情懷不僅深植於他父親的骨子裡，自己竟然也感同身受。他回到還有一個學期才畢業的高等學校，操場上低班的學生在自動舉行朝會，他也加入行列裡。站在最前頭的班長用台灣話喊口令，全體一致望著青天白日滿地紅的國旗緩緩上升，眼睛含著淚光，可惜沒有一個人會唱中華民國國歌，升旗儀式在寂靜無聲中進行。施朝宗打從心底湧起複雜的情緒，令他全身皮膚起了雞皮疙瘩。

幾天前還願意為天皇犧牲性命的他，竟然像翻手掌一樣迅速改變了效忠的對象。施朝宗不懂他自己。

皇民化運動開始在各地設「皇民煉成所」之後，就在同一個操場，空地用兩支竹竿拉起一塊白色的布，手轉的電影放映機放映一些充滿殖民色彩的紀錄片，校長規定學生們提著用木片紙糊的燈籠，坐在夜晚星空下的地上，聽紀錄片的旁白者用很純正的日語報導在日本統治下，世界上最模範的殖民地──台灣的種種，日本領台後舉凡衛生、教育、經濟神速躍進的實況。在這些充滿數據的宣傳片中，被訪問的台灣百姓，對殖民者的德政恩賜無不額手稱慶、感恩不盡。

中日戰爭爆發，操場拉開的白布逐漸放映戰地的新聞片，無非是日本皇軍氣勢如虹，在中國大陸連連攻城掠地的捷報。

雖然電影膠片的原料供不應求，但是戰爭時期新聞片依舊源源而出，除了在各學校操場放映，關心戰局的群眾也都蜂擁到公會堂看七七事變的紀錄片，區區一百米長的片子，每天吸引一萬二千個觀眾，場場大爆滿。

戰爭越演越烈，一九四一年底，美、英加入世界大戰，一群年輕人配合日本軍方政策受到支援，組織「台灣電影協會製作部」，將淡水河畔一棟原為英國人居住的洋樓，改裝為沖洗室、印片室、放映室，一個月定期製作一支新聞片，稱為「台灣電影月報」。施朝宗看過一部《被打敗的將軍們》，是關於花蓮港廳下管轄的英美同盟軍俘虜的生活片段，另外拍攝陸軍特別志願兵的《明日的神兵》更令他印象深刻。

配合軍國主義大東亞共榮圈政策所拍的新聞片，看得施朝宗和他的同學們熱血沸騰，恨不得立即出征，爲天皇粉身碎骨而無怨無悔。銀幕上將起飛出擊的日本軍機編隊，令他和其他觀眾起立合掌向開軍機的戰士致敬送行，鼓吹台灣人當軍夫出征的《榮譽的軍夫》，令施朝宗義不容辭的加入志願兵的行列。

他哪知道到了戰爭末期，日軍已節節敗退，已到日暮途窮。經過刪剪改編的紀錄片，竟然看不出日軍敗象已露，使他和同學們猶然陶醉於皇軍節節勝利的狂歡中。

4.

離開學校操場，回家途中路過太平町，派出所前人頭洶湧，幾個赤膊壯漢圍著毆打穿制服的警察，圍觀的人愈聚愈多，痛快的喜悅形之於色。

「日本仔，打乎死，打乎死！」

打的是日本警察。爲虎作倀同樣被痛恨的台灣警察害怕被報復毒打，早已逃之夭夭，躲得不見人影了。派出所一片狼藉，桌椅被打翻，公文散了一地，兩個臂上有刺青的漢子拉開抽屜翻出一疊疊文件，嘩一聲倒在地上，蹲下身在紙堆中翻尋，一發現什麼立即扔到火盆中焚化。

「大哥在毀屍滅跡，用火把證據燒掉。」

圍觀的人低聲交頭接耳。

「對，燒了戶籍簿，日本警察登記有案的不良紀錄燒掉了，沒了犯罪刑事，在新政府眼裡，大哥變成良民……」

滾滾濃煙裡，施朝宗看到抱著頭任人毆打不敢還手的日本警察，年紀較輕的那個，眼鏡被打掉到地上，彎腰正要去撿，立刻被毆打他的一腳踩過去，把眼鏡踩成稀爛。那警察蹲在地上，睜著茫然空洞的眼睛，瞬間瞎掉一般。施朝宗想起跟大場原先生——學校教文學的老師——借的一本小說還在家裡。

大場原先生節省到用棉線紮住斷成兩片的眼鏡，卻拿自己的薪水從東京訂文藝雜誌給學生當課外讀物。朝宗回家翻出先生借給他的小說，芥川龍之介的《河童》，外出還書前看到廚房桌上母親爲慶祝光復提早過年所蒸的年糕，切了一大塊，用包袱巾包好，趕到大場原的家。

青田街的日本宿舍，家家門戶緊閉，街上杳然無人。施朝宗曾經到過大場原先生的家一次，那時是暮春，轉入街口就聞到柚子花綻放的清香，先生告訴他，這日本人住的社區每個月都有不同的花枝飄香，都市中常見的鳥，白頭翁、綠繡眼、痲雀、過境的伯勞、白腹鶇也會在落葉中覓食。

來到大場原先生的宿舍，探出灰色牆頭的桂花飄過一陣清香，聞到花香，施朝宗莫名地感到心安。他相信日本老師不只人好好的，臉上依然戴著用棉線紮住斷成兩片的圓框眼鏡，還沒有被遣返日本。

推開先生家虛掩的大門，眼前出現了一個不可思議的景象：

大場原先生咬著菸斗，專心一意地在糊紙門，上身只穿背心，因工作而汗流浹背，聽到開門聲，轉過身看到施朝宗，好像算準他會來似的，竟無驚訝之色。口咬著菸斗不便作聲，使眼色要朝宗把漿糊遞給他。

外面的世界亂成一團，台灣人終於熬到這一天，長時期以來剝削壓榨他們的官吏、怕挨打的日本人多半逃逸無蹤，也有受不了戰敗的刺激飲汞自殺的。四處鬧哄哄的，大場原先生還留在家裡，心平氣和地在糊紙門，難不成他想留下來繼續教書？

那天施朝宗回到學校，所有的日本教師、職員好像一夜之間全部消失，他躡手躡腳地來到校長室，赫然看到本田校長背對他，立在那幅「大東亞戰局」地圖前。從前每天朝會，學生恭誦完〈教育敕語〉、〈戰陣訓〉，本田校長會把日軍轟炸最新登陸的地點，用紅筆在大東亞戰局圖上畫下醒目的紅圈做記號，再驕傲地插上太陽旗。

朝宗看到他拔起一支支太陽旗，握在手中，校長背對著他，看不清校長臉上的表情，應該是很沮喪吧，施朝宗不想看下去，轉身跑離校長室。

紙門糊好了。大場原先生退後幾步打量他的勞作，似乎很滿意自己的成績，空出手摘下菸斗，悠悠地吐了句：

「要離開的鳥兒不弄髒窩。」

他讓妻子先搭船回名古屋，自己留下來等下一輪遣返。

先生是爲了把紙門糊好才留下的嗎？

施朝宗差點脫口而出，大場原似乎意會到他的心思，淡淡地說：

「住了這麼多年，也算是家吧！一大捆糊紙不用，可惜呢！」

進到屋裡，大場原從廚房取了半瓶清酒，兩個酒杯，示意朝宗在玄關坐下。他感慨自己離開以後，不知這棟日本房子會面臨什麼樣的下場。

「多半被拆毀吧！」

他幽幽地嘆了口氣。單扇拉門是日本建築的特色之一，到鎌倉時代才出現，大場原告訴他的學生，室町時代才普及開來，爲了配合單扇拉門，日本屋舍建築設計了格窗。

「格窗不只是爲了採光或通風，它的另一個作用是擋住戶外的光線，不讓刺眼的光線直接射入室內。有了格窗，室內比較陰暗柔和，人住在裡面，舒適自在，沒有壓迫感！」

大場原說清酒喝完了，也好走人了。原本以爲會在台灣生根，教一輩子書終老。他給施朝宗倒了一杯，兩人對飲起來。與一向敬畏的老師平起平坐，而且還喝清酒，做學生的作夢也不敢想像。

「昨天聽到一件事，西川滿先生，你知道吧，那個作家，也是《文藝台灣》雜誌的編輯……」施朝宗頷首。

「啊，西川滿先生，唯美浪漫主義的作家，對台灣的風土人情很有興趣，他寫的艋舺、迎神賽會那些小說，先生介紹我們讀過！」

「是呀！他也編過《媽祖》，西川先生很喜歡美化台灣的風俗，趣味性很濃，本島一些寫實主義的作家對他有些批評，不過，這些都已經過去了，西川先生就要回日本了。」

大場原啜了一口清酒，接著說：「臨走前，他把圍棋的棋譜還給文友楊雲萍先生，還告訴楊先生他自己的祖先是中國人，有意思吧，太郎！」

聽到喚他的日本名字，施朝宗反射性地身體一震，下意識往旁邊挪移，似乎要與日本先生拉開距離，又立刻警覺到這樣的動作很不禮貌，一時不知如何適從，尷尬地僵在那裡。

日本人也敏感地意識到兩人立場的對換。

「變化太快了，」他微喟著：「最近我很少上街，現在車輛和行人都要靠右走，如果不按照交通規則會受到處罰。」

大場原埋怨天天把自己關在宿舍，感覺到與外面的世界隔絕，切斷聯繫。

「好像住在外國，想知道時事，報紙改版了，二、三版的中文新聞有好幾則消息很想知道內容，可惜無法完全看懂！」

抬頭望著屋外的天空，他寂寞地自語：「好像才幾天，日本的影響全部消失得無影無蹤，不要說五十一年，最後八年的皇民化運動難道會是一場夢？」

「不，大場原先生！」

一開口，意識到自己說的是日語，舌頭打結，施朝宗說不下去了。

日本人看出他的窘困，也就閉口，默默地啜著酒。

隔了半晌，借著酒力，還是忍不住說：「不過，我還是不明白，太郎，台灣人積極推動脫離日本化，前一陣子支那軍來了，你們很高興的歡迎，可是市場休業，什麼都買不到，台灣人一看到支那兵，趕快把店門關了躲起來，不是很尊敬他們嗎？怎麼會不想和支那兵打交道？」

施朝宗很想反駁，可是日本人說的都是事實。對他口口聲聲的支那兵，覺得很刺耳，卻又鼓不起勇氣跟他說，施朝宗爲此很恨自己。

告別前，大場原帶他上了凌亂的客廳，指著一些帶不走的家具，表示很願意送給他父母，施朝宗連忙搖頭。這兩天他母親正忙著摺疊她穿了八年的一襲襲和服，把它們藏在箱子最底處。朝宗出門前，他父親拿著從相框拆下來與公賣局日本長官合影的幾幀照片，爲不知如何處理而發愁。

他建議大場原先生學其他的日本人，在路旁設攤拍賣，大場原哂然一笑，擺擺手。他送給學生一件卡其色夾克，學校最後一次上課，他就是穿這件夾克。日本人又在夾克口袋插了一支鋼筆，說是留給學生做紀念，又遞給他一紮日本製的信紙，留下名古屋的地址。

「如果你願意，以後可以繼續聯絡。」

抱著一大落過期的文學雜誌，施朝宗卻拒絕大場原先生放在上面一頂全新的日本製蚊帳。

「拿去，以後你會用得著，」大場原帶著深意叮嚀：「小心衛生，不要被蚊子咬了，請轉告你母親，別忘了春秋兩季的大掃除！」

走下玄關，穿上木屐，送施朝宗到大門，大場原語重心長地嘟囔了一句：「不知爲什麼，我對台灣的將來感覺到不安，模模糊糊的不安。」

道別時，把朝宗的手握得緊緊的：「好好爲你的人生奮鬥吧！太郎。」

沒有問大場原先生何時離開台灣，即使知道船期，他也不可能去送行。日本先生將寂寞地搭船回去，岸上不會有人拉起船上拋下的各色彩帶，唱著〈螢光窗雪〉這支歌曲，在汽笛聲中爲他送別。

沒想到大場原先生送的這頂日本蚊帳，沒多久就派上用場。國軍來了以後，占據所有的醫院，連觀音山上的痲瘋病院也佔了，士兵把醫院的門框、樓梯的欄杆扳下來，在水泥地上生火煮東西吃，又把台北市的垃圾車全部據爲己有，街頭的垃圾堆積如山，無人清理，老鼠橫行。

一九二一年以後已經絕跡島上的傳染病，國軍來了以後，霍亂、痢疾、天花又復發，雞瘟、豬瘟更不用說。

5.

從日本投降到二二八事變發生，短短的十八個月，施朝宗好像做了三世人。從日本的志願兵「天皇の赤子」，回到台灣本島人，然後國民政府接收，又成爲中國人。到底哪一個才是他眞正的自己？

朝宗回憶那一次到青田街看大場原先生，他即將被遣送回去的日本老師，師生在玄關並肩而坐喝清酒，談到台灣人、中國人、日本人的身分認同，大場原先生站起身來，回復到從前在學校上課的嚴肅神情。

「一個人可以是日本人，又不是日本人，」他說：「幾個月前，你刺血自願當志願兵，發誓爲皇國——日本帝國奉獻生命在所不惜，那個時刻在國家意義上來說，太郎，你是日本人……」

朝宗當時默然，無言以對。

「……日本戰敗了，台灣已經不屬於日本帝國，不再是殖民地了，在很短的時間內，你們立刻把日本這個『國家』丟得一乾二淨，好像翻手掌一樣容易，要你——太郎，回歸日本這個國家，你是抵死也不肯的……」

朝宗自覺地點點頭。

「這種心情我多少可以瞭解一些，你認同支那，在民族意識上，太郎，你從來就不是日本人。」

台灣一光復，五十一年的日本皇民幾乎在一天之間就消失得無影無蹤。

施朝宗最懷念從八月十五日到十月十七日，日本投降到國民政府軍第七十軍登陸基隆接收，當中兩個月的政權眞空期，那是台灣人當家做主的自治時期。那兩個月，客觀來看，是政治上最不穩定的空窗期，台灣人卻感到從未有過的安穩。

雖然處於無政府狀態，海岸線沒軍隊防守，關卡也沒人管，坐火車不用買票，直接從窗口鑽入車廂，然而，這兩個月的群眾權力時期，台灣各地組織三民主義青年團，既無報酬，也沒接受任何人的命令，自動自發擔任治安的工作維持秩序，夜間自願輪流擔任防火、警衛、清理垃圾，從監牢放出來或亡命海外趕回來的左翼活動分子，積極籌備學生、農民、工會等組織，頗有令農民組合再生、文化協會復活的氣象。可惜這些組織後來在陳儀政府命令下被迫解散。

那兩個月，台灣人自尊自愛，治安良好，家家夜不閉戶，台灣人向戰敗的日本人示威，做精神上的競爭，雖然經過五十一年的壓制，台灣人並沒有屈服。

那兩個月，施朝宗是青年團的一分子，代理警察維持治安。站在街頭，來來往往的路人，個個臉上露出喜悅適意的笑容，使他禁不住打從心底歡呼：

啊！台灣人可愛的表情呀！

施朝宗在公共汽車上看到了動人的一幕：一個年輕的母親從皮包掏出紙巾，彎下腰細心地擦拭她孩子掉落在地上的冰淇淋，不厭其煩一遍又一遍地擦著，那母親把車廂當做自己的家，一定要保持到完全乾淨。

呵，台灣人的公德心！

台灣人一面當家做主，一面以孤兒迎接母親的心情，一日如三秋，以赤誠而且以空前熱烈的場面歡迎國民政府軍隊的到來。從北到南，再是窮鄉僻壤，都搭起彩門，準備讓凱旋的國軍通過，百姓自動殺豬宰羊，以備慰勞士兵，台北、基隆的旅館住滿了客人，沒地方住的甚至在野外或路旁露宿。鵠候國軍期間，日夜都派人到高處山頂守望，一見船艦，群眾便燃放鞭炮，揮揚青天白日滿地紅的國旗。

守候了整整五天，即使從船上走下來的，是一群軍服破爛，腳穿草鞋，小腿綁了一大坨布，也有的光著腳，形容邋遢的國軍，老的滿臉風霜，像苦力一般，也有十幾歲的少年兵，他們一根扁擔跨著肩頭，兩頭吊掛著的是雨傘、棉被、鍋子和碗筷，搖擺著推擠下船，爲終於能夠踏上穩固的地面很感欣慰似的，眼睛卻不敢去看兩旁軍容整齊，制服一無塵垢，皮靴擦得雪亮，向他們敬禮的投降日軍。

聽說有位日本將軍無法接受日本居然輸給這麼邋遢的破爛叫化兵而飲彈自盡。台灣人還是自我安慰，八年抗戰就是靠他們，運用想像力替這群衣衫襤褸的殘兵尋找解釋：

「綁腿那麼大，裡面紮有鉛塊，拿掉了，軍人跑起來就輕快如飛。」

「綁腿裡頭藏有鐵棒，部隊要追擊敵軍時，取出鐵棒，可以快快行軍……」

「啊，比日本忍術還棒喔！」

「士兵背了把傘，遇到危難時，當降落傘，從高處降落到地面脫險……」

也有人說那不是雨傘，而是殺日本鬼子的鐵叉，也有的說是青龍偃月刀等等。

陳儀座機降落松山機場，裝備機關槍的吉普車槍口對著學生歡迎的隊伍，後面還是跟著用扁擔挑大鐵鍋與棉被、褐色油紙傘的士兵。台灣人爲了慶祝民政長官蒞臨，還是買空飄氫氣球，飄滿了天空……

熱切衷心期盼的中國同胞終於給盼來了。

台灣人的期待很快的落空了，他以爲大陸人會對被迫淪爲異族統治的同胞的苦難表示同情，沒有想到在國民政府眼中，台灣人深受日本奴化，與儒家傳統文化斷絕，已經忘記自己的祖先是中國人。

台灣人看到中國官員的愚昧貪婪、腐敗無能，相信國民黨政府只會把台灣拖累到和中國一樣貧窮落後。爲了宣洩憤怒，台灣人把既矮又胖、細眼厚頰的陳儀畫成豬，用「狗去豬來」的漫畫諷刺。

太平町天馬茶房外的槍聲一響，原本理性善良的台灣人，憤怒得好像水牛看見火焰在面前燃燒，揮動雙角不顧一切衝向火焰。

施朝宗也感覺到自己在一夕之間變了樣，從因怒火滿腔以致雙肩高聳肌肉僵硬的他，一下變得暴戾而冷酷。他加入「若櫻敢死隊」，自喻爲人中武士，戴回他當日本志願兵的軍帽，從軍警手中搶奪了手槍，揮動第一次上手的槍枝，一路唱著日本軍歌〈軍艦進行曲〉，與同志出發去跟陳儀拚個你死我活。

「人中之王是武士，花中之后是櫻花」，武士精神像盛開的櫻花一樣，在清晨第一陣風吹起時，隨即飄落死亡。美和死的結合。施朝宗誓言要像武士一樣，爲正義榮譽而戰，表現他的男子氣概，發揮本能，承擔最大的痛苦，漠視死亡，隨時準備告別生命。

當他面對欲置他於死地的二十七軍，施朝宗畏懼退縮了，把沒發射過的手槍丟到陰溝裡，躲藏起來，當追緝的腳步逼近時，他展開南下逃亡。

5 傷逝

被囚禁在集中營的猶太人向衛兵要水喝，被拒絕。

「為什麼？」

Hier ist kein warum. (Here there is no why.)

（在這裡，不需要理由）

1.

二二八事變發生後，台灣的女人變得十分勇敢。幾乎在同一時間，一群傷慟得瘋了一樣的女人，在台灣各個城市、鄉鎮焦慮的奔跑疾走，找尋失蹤的丈夫、父親、兒子、兄弟。

這些台灣人都是在家裡，有的在病床上，或是在辦公室被破門而入的持槍憲兵逮捕，戴上手銬，推上軍車、吉普車、轎車——國民政府的車輛不夠使用，必須向各處車行調動車子去抓人。

不講理由，不出示拘捕令，這些被逮捕的台灣人，臨離開家門時都異口同聲的向家人說：

「我沒有犯罪，不用怕，很快會回來。」

「我跟他們去，我沒做什麼壞事。」

自認為有功地方社會，反而被列為要犯的被帶走時說：

「我去向他們說明。」

那些被帶走的台灣人大都從此就再也沒有回來。

這一群突然變得非常勇敢的女人，她們都有一個共同之處：同是在一夕之間家破人亡，同時失去最親愛的人，失去一切，她們將永遠不會知道親人何時離開世間，眞正的忌日是哪一天，失蹤下落不明的，找不到屍體，無法舉行葬禮，無墓可掃。

這群彼此並不認識的女人，有丈夫一去不回年輕的妻子、拄著拐杖找尋兒子的白髮母親、背著剛出生嬰兒尋覓父親的少婦、手足情深的姊妹，在還活著的男人不敢上街時，她們不約而同的跑到水門、橋下、公園空地、墳場、殯儀館……去認屍。這群女人害怕隨時因焦慮傷慟過度而暈死過去，她們扣住手掌心提起全部的精神跑到城鄉交界的橋邊，傳聞的地點辨認屍體，聽說原本要運到海港岸邊沉入海中的，半途被槍殺，家屬不顧死狀難看，動手翻看屍體。

一個母親痛苦的狂叫。兒子向信佛虔誠的母親託夢：哪裡可以找到他。

「我在南港。」

兒子的喉嚨被刺得稀爛，死狀淒慘。

沒有夢見的，心存希望，表示親人尚在人間。然而一聽到哪裡發現死屍，她們還是不放心的前去尋覓。

基隆河河道曲折處，浮現好幾個著名人士的屍體，裡頭有二二八處理委員會的委員、大學文學院院長、高等法院推事、檢察官、台灣省議員、報紙發行人、企業家……

新店溪交疊著眼睛暴突、全身赤裸的七、八具死屍。

台北植物園的樹下血跡遍處，地上顯示屍體被拖走的痕跡，只留下難以忍受的屍臭。

台北橋下、關渡墳場屍體遍處。

而這群勇敢的妻子、母親、姊妹在屍體堆中翻尋，看到死者被鐵絲鉛線貫穿鼻孔、手掌、腳掌，有的用老虎鉗轉緊，嵌入皮肉中，有的用鑽子將雙手穿洞，再用鐵絲串起。

幾乎在一夜之間，變得勇敢無比的女人們，驚惶地傳遞訊息：

淡水河六號水門的幾具浮屍，都是先被鐵鍊綑綁，槍殺後踢下水。基隆港口也同樣發現用鐵絲、鐵鍊綑綁的屍體，海岸邊可看到雙腳綁著石塊，卻沉不下去的死者。

高雄火車站、愛河畔橫屍處處，雙手雙腳反綁的屍體卡在螢橋下的石頭，面目模糊，已然無法辨識，漁夫用竹篙將衣襟挑開，露出上衣內繡的名字。

絕大多數的死者都是衣衫不整，帽子、西裝、錢包、戒指、手錶、懷錶，甚至鞋襪都被剝光。

憲兵到家裡逮捕，有的還穿著睡衣，有的從病床被拖走，妻子給他們穿上外褲，加外套，有的把衣服整理一箱讓他帶走。

「明天就死了，還穿什麼。」

憲兵惡狠狠的，還是把衣箱拿走。

裸著身的屍體，死前遭到種種刑求，使面目扭曲變形，親人從補過的牙齒辨認。死者一見親人，七孔流血，生前枉屈而死，有的屍體運回家中，血流不止，用好幾包棉花都不能止血。

冤死不瞑目，四肢僵硬，經過家人撫慰，手足變軟，才瞑目而去。清洗過程中，有的子彈打過太陽穴，另一邊露出白骨，有的子彈從右頸射入，額頭穿出，炸開一個洞，被槍殺的有的胸口還有刺刀的傷跡。

火葬場被看到一堆屍體，沒交代爲什麼被槍決，也不通知家屬，其中一個被認出來了，雙手反綁，身中八槍，領回屍體還得給錢。

「人死了我也要錢。」

肚腸外流，把血肉模糊的傷口縫起來，也被索價要錢。

橫死的不只是頭面上的菁英，一般百姓也難逃劫數。野地放牛的牧童被士兵們當活靶，以他們戴的斗笠當作靶，輪流射擊，兵士相互以手勢作暗語，比賽打死人數的多寡。

農夫到田園裡去巡田水，一去不回。

兵士跑入農家，護主的狗狂吠攻擊士兵，使槍口朝天，沒被射中的農人躲到豬舍，躺在豬群中藏匿，殺不到人的士兵拉走豬作爲補償，農人還是一命嗚呼。

荒僻的漁村，打魚回來的漁民，被迎面駛來的軍車擋住，漁民在長槍下被拖上車，自此一去不返。

鄉間仙公廟的神筶，附在神桌的桌圍上，以爲神明有所指示，吸引了許多好奇的人，廟對面的軍營看到群眾聚集，出動軍車沿路掃射，挨家挨戶撞門搶劫，用麻繩綑綁住民，強押上車槍決。

2.

施朝宗做了一個惡夢，夢中的他使勁地揮舞著青天白日滿地紅的國旗，嘴裡卻用日語喊：「萬歲！」「天皇の赤子」，朝宗在睡夢中被自己的叫聲喊醒。

南下逃難時唱過日本國歌，這也會是他的罪狀之一。他在五股投奔勝光歌仔戲班，班主看他穿卡其夾克，頭髮理得短短的，一副學生模樣，先用台灣話問話，聽說是台北來的，問了地址，又用日語試探他，對答幾句，班主還是不放心，要他唱日本國歌證明自己是台灣人。

這要求令朝宗很難從命。鄉間田野闇暗一片，歌仔戲棚是唯一有亮光的所在，爲了讓可能追緝他的憲兵辨識不出，朝宗摘下近視眼鏡，以爲這樣可以改變樣貌，變成另外一個人，闇暗一片的田野，看在他朦朧的眼裡，更是淒清恐怖，朝宗無法想像自己在山溝裡以稻草取暖度過眼前和以後春寒猶重的夜晚。

深深吸了一口氣，施朝宗以低到幾乎聽不到的聲音輕輕地唱日本國歌：

君之華年
千代八千代
小哉石兮
卓然成巖
苔生方亟

獲得班主義氣收容，朝宗隨著歌仔戲班穿城走鄉，投入一個與他所熟悉的截然不同的環境，那段經歷讓他覺得既眞實又虛幻。戲班在鄉間巷道、田野阡陌、土地公祠、媽祖廟前搭台演酬神戲，紅色布簾當橫批，戲棚左右掛一副對聯：

千里路途三五步
百萬大軍六七名

夜戲點兩盞電土，放出綠幽幽的微光照明，拿掉眼鏡的他，望著綠色的光，朦朦朧朧，總是把他帶到夢的邊緣。

戲班的老生告訴他一些必須遵守的禁忌，像是道具人頭、眼睛、喉嚨不可動手觸摸，摸了唱戲的嗓子會啞掉，嚴重的甚至唱不出聲。扮仙的道具有仙氣，碰了人頭會疼，戲箱不准人坐，狗接近戲棚是好兆頭，表示班運要興隆……

勝光歌仔戲團的演員都是烏合之眾，除了幾個「有戲演戲，無戲種田」的，其餘都是失業，賭輸錢，欠債跑路的躲到戲班混口飯吃。勝光一路走來，經歷過不少風浪，日本偷襲珍珠港那年，台灣三百多團歌仔戲班，一下子只賸三十多團，勝光是人氣最旺的一團。皇民化時期，禁演歌仔戲，他們不敢公開演，背著警察的耳目偷偷演酬神戲，從都市演到小地方，最後只能在窮鄉僻壤演。戰爭激烈的那幾年，日本當局要歌仔戲演員穿和服，演武士道的劇本，宣揚皇民思想，大東亞聖戰，每年還規定繳大洋十三圓的「俳優登記」。

「不甘心那十三圓，日本劇演到一半，換上古裝演《狸貓換太子》，叫人在外面把風，警察仔一來，趕快脫下龍袍，換上和服，和日本仔捉迷藏……」

講戲的先生說給施朝宗聽。加入戲班之前，他原本在媽祖廟前擺攤給人測字算命，此人見多識廣，頗贏得生旦們的敬重。每場戲開演前，他個別給每個角色講一段情節，由演員上台即興發揮，散戲後，眾人聚在後台打四色牌、擲骰子賭錢，玩累了，看他用紅紙寫上日本領台第一任總督樺山資紀，為他測字批命：

「『樺』字是木字旁，把木分開即是十八，日本人做到第十八任總督就結束對台灣的統治。」

屈指一算，算到安藤利吉末代總督，剛好第十八任。

「測中了，眞靈驗啊！」

他要大家看「華」字。

「有五個十又多一畫，」講戲先生在紅紙上批文：「倭寇據台五十一年是也。」

眾人嘆服，直稱先生不愧爲神算。

日本人戰敗，事先有了預兆，本來在艋舺裝藝閣，失了業才加入戲班的，談到投降那一年慶祝六月十七日始政紀念日，和往常大張旗鼓的神道慶祝方式截然不同。八年皇民化運動，慶祝日本種種節日的祭典一年比一年隆重盛大，每次天還沒亮就放煙火，神社祭司手持楊柳枝對神轎舉行驅邪儀式，然後將神位恭恭敬敬地移到神轎上，兩名神官做先導，四個人抬著神轎，鼓手跟在後面，引領一大群穿著法衣的信徒擊鼓巡行市街，前來參拜的愈來愈多，表演給神看的能劇狂言，藝妓手拿小鼓，穿著草鞋跳著舞翩然出場，把祭典的氣氛帶到高潮。

日本統治台灣第五十年，全島各地展開大規模的慶祝活動，總督公開宣稱，島上六百五十萬居民爲日本天皇的子民，勛勉台灣人要培養日本的「大和魂」。

才隔一年，五月初，台北艋舺、大稻埕傳出始政紀念日要演歌仔戲、妝藝閣遊街，回到從前台灣人迎神廟會的方式，戲班、藝閣店沒有人敢去接頭，雖然戰爭困難時期大家都很需要這個外快。

台灣人的廟會遊行，早被嚴令禁止了八年，怎麼會在戰爭最緊要的關頭，突然解禁，貼出布告，要市民冒著美軍投彈緊密、空襲的危險綵街，慶祝五十一年的統治？

結果銷聲匿跡了八年的廟會遊街，眞的出現了，有如從天而降似地突然出現在艋舺、大稻埕，隊伍在被轟炸過荒涼的廢墟中蜿蜒穿過，天兵神將、藝閣美女穿行破磚敗瓦的景象，光是聽講不用眼看也令人毛骨悚然。

「日本仔知道要敗了，自暴自棄，不要台灣人拜神社，講什麼大和魂了！」

話題轉到批評國民黨。

「狗走了，現在換了豬來，說我們是『同胞』，是啊，是『糖包』！」

菸不離手的講戲先生把紀念光復後取名「寶島」、「新樂園」牌的香菸，說成「吃寶島」、「失樂園」。

管伙食的總鋪師雙手一攤：

「米倉的台灣無米可吃，成什麼世界？」

其他的人紛紛壓低聲音，議論政府的貪污腐敗。

官商勾結，走私白米運到上海，美其名支持內戰，從中賺取幾十倍的暴利，結果米價一日三市，舊台幣貶值，買一斗米，必須提一整布袋錢。

「買東西，五十塊，收據要一百塊，連抱狗過門檻也要錢！」

「聽說過嗎？阿山仔死了人，抬上山埋葬，空棺材抬回棺材店，要老闆退錢。」

入戲班之前，在大稻埕陣頭店做事的，也說了剛光復台北的一些見聞：

阿兵哥一輩子沒走過平鋪的柏油路，看到菊元百貨公司的電梯自動升降，以爲是什麼稀奇怪物，嚇得拔腳就跑。

搶了人家的自轉車，不會騎，扛在肩上找人脫手。

把香菸按在電燈上，想把香菸點燃。搧扇子要把電爐的火搧大，發現行不通，氣得把扇子一甩：

「這種東洋製的火爐眞差，還是中國的炭爐比較好用！」

看到自來水從水龍頭汩汩流出，到五金行要金屬水龍頭，隨便在牆壁上打一個洞，扭開水龍頭，水不出來，氣得找五金行理論。

「日本話鐵錘叫金錘，阿兵哥闖到人家家裡找金錘，草鞋也不脫，直接踩在榻榻米上，金錘沒找到，搶衣服、毛毯充數。」

演丑角的也說他的親戚就碰到這種土匪，進門搶劫，扒去人家手上戴的戒指、手錶，命令掏出口袋裡所有的錢，拉開主婦的領口，扯斷脖子戴的金鍊子，最後扛著留聲機的金色喇叭揚長而去。

施朝宗也聽說國民黨的接收人員，在移交清冊上動手腳，徵收日本人留下的土地、房舍，當做「敵產」充公。撤退來台的公務員，到從前日本人居住的高級住宅區，選中意的房子，貼上封條，儼然成爲房子的主人。

大場原老師被遣返日本，朝宗有次路過青田街，看到他從前住過的宿舍被人用兩條三四吋寬、二呎來長的封條交叉封住。他差一個學期畢業的高等學校，被阿兵哥進駐，把學生的課桌、椅子當柴火燒飯，玻璃撬開偷走。

國民黨軍人擺出一副：「沒有老子八年抗戰，你們哪有今天」的氣焰，口口聲聲台灣光復是「死了三千五百萬的中國人換來的」。

演老生的用養雞來做比喻：

「阿本仔管台灣人，養雞建雞舍，給水給飼料，阿山仔養的是放山雞，不但不給飼料、飲水，還要殺雞兼取卵。」

國民黨來了以後，講戲先生編了一齣借古諷今譏評時政的《土地公漫遊記》，讓老生用四句聯唱土地公出巡，眼見老百姓困苦度日的慘狀，引起觀眾共鳴，連演不輟。

沒卸妝的小丑苦著臉，用京腔道白念道：

「陳儀是大蟲，大陸人是蝗蟲，日本人是臭蟲，台灣人是可憐蟲！」

平常不加入談話的戲班老闆，也忍不住湊近前發表議論：

「台灣人眾人騎，也不是個個可憐蟲，當年迎接日本人進城的那些台灣人，國民黨來了，不是馬上跑過去和他們合作？」

仰天嘆了一口長氣，戲班老闆語重心長地說：

「唉，一切都是天意！你們知道嗎？戰爭到了末期，日本人計畫，如果國軍或盟軍登陸台灣，他們準備把一些心向中國的民族主義人士捕殺做血祭，幸虧日本人投降，台灣沒有流血接收，結果，哼！」

講戲的先生面色沉重、拉長聲調附和：

「日本美國沒有在台灣開戰，像菲律賓、琉球那樣破壞慘重，光復後台灣比日本島還好，老天看不過去，所以讓國民黨來，這是天意！」

3.

二二八事變後，勝光歌仔戲班籠罩在極端憤怒、傷慟卻又不敢公開發作的情緒中，本來一上台就從頭哭到尾，台南哭、彰化哭、艋舺哭、大哭調、小哭調哭得昏天地暗的苦旦，事變後怕招來國民黨憲兵的干涉，只敢默默流淚，不敢放聲嚎啕，台下觀眾也一齊飲泣。

演樊梨花、孟麗君的武旦，用肢體動作來發洩她壓抑的悲痛，春寒猶重的三月，只見她在戲棚上踢飛翻滾，非發洩全部精力不能解氣似的，一場戲下來，大汗淋漓，身上的戰袍從裡面濕到外頭，幾乎可絞出水來。

下戲後，憤憤地脫下戲服，可惜台上威風凜凜的樊梨花是假的，做戲而已。武旦恨不得她眞有本事，那她就可以跟那些阿山兵拚個你死我活，她自恨比不上十四、五歲的女學生而深深自責。

二二八事變爆發時，戲班正好在南部演出，高雄省立一中的學生組織起來，準備以血肉之軀阻止二十一軍入侵，學校附近的主婦到學生宿舍煮飯給他們吃，看到學生只有向警察搶來的幾支手槍、步槍，武器少得可憐，就帶他們到日本軍隊埋藏武器的地點，挖出好多槍枝。

學生開始武裝鬥爭，兵分兩路，一路圍攻高雄火車站的憲兵，一路抵制從鳳山來鎭壓的二十一軍，結果傷亡慘重。

嘉義的情勢更爲慘烈，民眾控制了電台，拿著奪取來的武器包圍機場，阻止軍隊入侵市內，十四、五歲的女學生做飯糰送到機場，一路唱日本軍歌鼓舞士氣。

軍隊從機場開入市區，被槍殺的男女學生的屍體，用卡車載回，堆在市中的噴水池邊示眾，軍人在街上一見到人立即開槍掃射。

嘉義市變成雞不啼狗不吠的死城。

講戲先生不忍戲班沉浸在哀慟中，他編了朱一貴、林爽文起義的故事來振奮人心，又和戲班的小生合編《國姓爺鄭成功》一齣大戲。小生出身殷富的人家，小時候迷上歌仔戲，跟著戲班走，被祖父千山萬水找到，要他回家讀書，不肯回去，最後還是日本警察用手銬銬住強迫他回去。祖父去世後，他又回戲班了。

小生受過日文教育，也學過漢文，鄭成功的故事就是他參考日本作家鹿島櫻巷所著的《國姓爺後日物語》編的，戲從日本母親生下他那晚燈火齊明，遠近異之，演到國姓爺反清復明可歌可泣的功業爲止。

本來戲班的傳統劇，劇中人經過一番離散波折，到最後總是苦盡甘來，以大團圓收場。二二八事變後，苦旦苦情戲的結局，每一齣常都被小生改編成以悲劇結尾，劇終時，苦旦跪在戲台上，淚眼仰望冤情籠罩的天，叫一聲：

「苦哇！」

台下觀眾跟著呑聲飲泣。

戲班巡迴到烏日，講戲先生提議搬演冤魂顯靈、包公伸張正義的《烏盆計》，他仔細地講解劇情：出門經商的旅人，投宿一人家，半夜被謀財害命，屍體丟進窯裡燒成灰，骨灰和泥做成烏盆，賣給一個姓王的，王老夜裡起來對著烏盆灑尿，烏盆竟然開口叫屈。

大驚之餘，王老帶著烏盆向包公報案，第一次審問時，烏盆自覺赤身裸體，見官不雅，而在公堂外徘徊。第二次，王老用衣裳裹著烏盆去見包公，才將被謀財害命、挫骨揚灰的慘事全盤托出。

飾演包青天的淨角演出之前齋戒沐浴，開鑼上台的第一夜，睡夢中好像夢見來到一個海角，正欣賞海景，突然一群兔子無聲無息地朝他的方向奔跑而來，他發現兔子隻隻神色淒慘、兩眼含悲，更奇怪的是每一隻頭上都戴了帽子，靜靜地圍繞在他的腳前，似乎有所乞求。

淨角知道這群兔子來託夢。

「可是，兔子戴帽，從沒見過呀！」

他向講戲先生請教。

「而且，動物中只有和人最親的狗不開心時，尾巴下垂，眼露悲愁，從沒見過兔子也有這樣的表情呀！」

見識廣博的講戲先生聽了，嘆了一口長氣，用手指沾著唾液，在戲箱上寫了一個「兔」字。

「『兔』字戴了帽，」講戲先生加多了個寶蓋頭：「這不就成了『冤』字，亡魂來找清官訴冤，要求爲他們雪冤呀！」

隔天晚上淨角又在夢中看到滿身浴血的鬼魂，前仆後繼，潮水一樣向他湧過來，湧過來。

《烏盆計》演到第三個晚上，雲陰月暗，蟲鳴唧唧，過了半夜台下觀眾稀落，戲班酬神演戲，一定要演通宵。台上鑼鼓有一陣沒一陣，厚厚的烏雲遮天，周遭黑如墨水，過了下半夜，黑暗的角落閃著微光，一陣陣衣服窸窣聲，一群白衣人，都是女人，有的身邊帶著很小、很小的孩子。白衣女人排成一排，來到戲棚下，靜靜地跪下。

白衣女人個個神色淒慘，兩眼含悲，台上扮演包青天的淨角想到夢中那群兔子。

4.

「攏是命，命中注定。」

苦旦哽咽。

跪在戲棚下的未亡人，她聽說當中有一個丈夫是當地有名望的律師，太太上街買東西不夠錢，從丈夫西裝口袋拿出錢包，用過後忘了放回去，隔天丈夫出門，發現忘了錢包，回家拿，碰到憲兵上門來抓他，結果一去不回。

「婆婆怪媳婦害死兒子，恨她，那種恨……」

另一位的丈夫是學校的訓導主任，當天不必上課，卻替別的老師當值。

「一出門，當街被打死，好心的人把屍體埋在路邊，他騎的自轉車放在一旁，雨傘插在墳頭，他母親認出那把黑傘，當場暈死過去，老師的兒子才五歲……」

一位文化協會的積極分子，批評日本人，反對賣鴉片給台灣人，躲過日本警察的追捕，逃到大陸去，光復後才回來。

「他懂北京話，當協調代表，」苦旦爲他婉惜：「大陸不好好待，跑回來送死。」

這人被槍決的前一天，偷偷用香菸盒裡寫下：

「今天是我在世上最後一天……」

屍體運回家後，家人在他的衣服發現他的絕筆。幾年後，他的女兒在日記上想念她的父親：

「……牽著一雙小手，到原野、山岡到處走，一面告訴我人間的一生事，還沒講完你就走了……」

這群遺族在跪在戲棚下之前，她們已經用盡種種方式嘗試與冤死的親人取得聯繫。親人走得那麼猝然，撫摸著體溫猶存的枕蓆，聞嗅他衣服殘存的氣味，總以爲只是暫時離開一下，隨時會回來，於是夜夜坐在燈下，等待親人推門而入，她們相信一定會回來的。

期待終於成空。家屬把被槍殺、刑求至死、支離破碎的屍體領回家，細細地清洗，換上簇新乾淨的衣褲，梳理好頭髮，萬分不捨地放入棺木，卻無法永別。

她們透過靈媒，千方百計想與親人再見一次面，說一回話。二二八後被帶走就沒有回來的親人，下落不明，找不到遺體，沒能把屍體安置在棺材內，埋在地下讓他入土爲安，未亡人心懷愧疚，也透過靈媒到陰間尋夫，穿過漫天黃霧，白光滿地，來到奈何橋，腳下滾滾黑水，對岸望鄉台似乎有親人的影子乍隱乍現，卻是陰陽殊途，不可企及。

在那肅殺恐怖的空氣下，遺族不敢爲死者舉行葬禮，也不敢找道士招魂、超度亡魂，她們多麼想偷偷地到地藏王廟燒金塔前，給死去的親人燒紙衣。有的坐在家中，感覺到眼前飄過一團又輕又冷的氣流，看到死去的親人回來打開衣櫥找衣穿，有的夢見死者身無寸縷，含冤抱屈，躲在一角羞於去見閻王，託夢給陽間的生者給他們蔽體之物，好到地府伸冤。

這明明是一樁樁有頭公案，可是卻告不進去，有冤無處訴，比包青天在世時還悽慘，哭訴無門，最後只有乞求戲台上的包青天主持正義，爲她們伸冤。丈夫下落不明的，請包大人指點迷津，已被處決的，請天帝頒聖旨，讓這些無辜犧牲者死而復生，他們全都夙緣未盡，不該這麼早就死於非命，一縷縷清魂在四十九天之內還可能還陽，即使借屍還魂，變成另一個人，也總比死了好，甚至死不瞑目，因難消之恨而變成鬼魅，她也要他來做伴。

戲班不忍違逆遺族們無語的乞求，出動所有的演員，扮演金甲神人從天而降，手捧黃帛聖旨宣讀，大赦世壽未盡的幽冥還陽，赤面長髯、身著綠袍的關公現身，光射數尺，聯袂包青天為戲棚下的遺族伏魔除弊。

5.

逃避憲兵追捕，回到洛津老家躲在屋後防空洞的施朝宗，長時間的禁閉隔離，加上無止盡的恐懼，使他陷入焦慮沮喪的不穩心緒，開始想像捏造自己從未曾犯過，甚至不可能發生存在的種種罪行，其中一項準備向偵察人員招供的，就是保護日本神社的神器。

日本投降後，施朝宗承認他害怕圓山官幣大神社的聖器，遭台灣人報復洩憤，擔心褻瀆神物，他把自轉車騎得飛快趕到圓山保護神社，免遭破壞。

事實上這是不可能的。日本軍隊封鎖投降的消息，當志願兵的他，還是在觀音山腳下撿到美軍從飛機撒下來的傳單才知道的。那已是日本投降後的好幾天。

恐懼令他的思緒零碎，拼湊不出任何條理，心臟好像整個被拉起，扭轉到另一邊，意識解離，開始無中生有幻想未曾犯過的罪行，諸如保護日本神社聖器，台灣光復後，他還向一個日本技工卑躬屈膝地行禮等等。

他好像在夢中從外面看自己，看到一個人，體格和自己差不多，戴了黑框眼鏡，穿著卡其布上衣。

那個人不會是他吧？

烏日離開歌仔戲班的那個晚上，三月末的天氣反常的悶熱，白天還很涼爽，到了夜裡卻燠熱難當。施朝宗沒帶走他的卡其布上衣，說是因天氣太熱穿不下，其實他是故意留下的，他要與過去的他割絕，那個參加「若櫻敢死隊」的自己，卡其布上衣繡有他的名字，他不想做施朝宗，他要變成另一個人。即使憲兵從他留在戲班的衣服名字追蹤到他，他也會否認那件衣服是他的，而聲稱自己是別人，他是用假的名字投靠歌仔戲班的。

他是誰？

褲袋摸出國民身分證，南下逃亡時，他怕自暴身分，二二八事變後，本省人沒有它卻寸步難行。還很新的身分證，照片戴了眼鏡，臉上光滑的年輕人，那不會是他吧！爲了改變容貌，讓追捕他的憲兵不易辨識，逃難那天晚上，他摘下眼鏡，把它扔到五股的稻田裡。

撫摸著沒有眼鏡的臉，長久不刮的下巴，滿腮鬍鬚，他絕對不是身分證上的那個人。拿出爲了自衛從不離身的菜刀，把那張國民身分證切割成兩半，再細細撕成一小塊一小塊碎片，撕著撕著，他記起這不是第一次撕毀自己的身分證，他還毀過另外一張，先用墨水塗掉身分證上的日本姓氏，然後撕成碎片，丟到廁所裡，就此與那個名叫太郎、台北高等學校差一學期畢業的學生永遠告別。

他在幾種不同的身分裡變來變去。

「這個人是我嗎？」

「這個人不會是我吧！」

我從本來的臭樟，搖身一變，變成芳香襲人的芳樟，日本人在我身上提煉芬芳的腦油再製試驗成功後，從文山堡試製所把我當做樣板，挖掘移植到新建立的南門工場。

早期在山林中將樟木削成薄片，經過初步的蒸餾所生產的粗製樟腦，必須送到神户加工；台北南門工場設立後，成為加工調製粗製樟腦的官營工場，自此山林生產的粗貨不必再送到日本，而是裝在竹籠、布袋直接運到台北就地進行加熱蒸餾融解，使樟腦與夾雜的不純之物分離，再昇華製造純度高的再製樟腦。

總督府土木局為了配合南門工場的新建計畫，僱用一百九十個工人將拆除台北城牆的唭哩岸石搬運過來，在工場旁邊建了一棟兩層石造方形屋頂的倉庫，囤積製好的樟腦及香油，這建築因用白色岩石所造，被稱為小白宮。和日本人在台灣所有的公共建築一樣，西洋式的外觀，裡面總要加點日本的味道，小白宮方形的屋頂，鋪的是日本黑瓦。

幾年後，日本人才在距小白宮不遠的地段建了一棟壯觀、文藝復興式的磚造建築，作為專賣局辦公大樓。

我被移栽在小白宮旁的庭園，水池旁有一叢長得十分茂盛、生命力很強的台灣竹子，應該是日本人建工場前就立在那兒了，整地時沒把它連根拔掉，留下來點綴庭園風景。

除了我，還種了兩棵日本種的樟木，如果說專賣局利用我來表現製造腦油技術的驕人成就，引以為傲，那麼，我旁邊這兩棵分別來自九州、四國的樟木，似乎是為了提醒林務局的失敗，看著它們記取教訓吧！

總督府有鑑於台灣天然樟木，經過不斷砍伐，日漸減少，腦產量也隨之日減，於是積極造林，選用價格比較便宜、品質大大不如台灣樟木、產量卻很多的九州及四國的種子，來種植在本島山坡地上，結果水土不服，造林不成，栽植日本樟的政策有疾而終。不得已，林務局還是用回台灣的種子，採取混合種植的方式，每隔一行樟樹，栽植一行相思樹或台灣馬尾松，等到樟樹生長到適當狀態，再將相思樹、馬尾松伐除。

每天工場休息時間，工人們到我樹下乘涼，他們跳起腳，扯下九州、四國那兩棵日本樟的葉子，揉碎它放在鼻下聞一聞，立即嫌棄地丟掉，不屑地低聲嘟囔：

「坐在那邊辦公室的那幾隻二撇鬍子的狗，騎在我們台灣人頭上，台灣什麼都贏不過日本仔，就只有樟樹，長得又高又大，讓矮日本仔採種困難！」

工人們仰望我參天的樹枝，拍拍我的樹幹：

「台灣樟，算是幫我們出了一口氣啊！」

說著，踢了兩腳日本樟洩憤：

「矮冬瓜，人矮連樹都長得一丁點。」

日治時期，南門工場曾經發生過兩次大火災，第一次是大火燒毀新建的廠房，三年後樟腦油再製工場重油分餾室失火，那天凶猛的火焰把天空染得赤紅，濃菸嗆得我喘不過氣來，眼看水池畔的那叢竹子差點就有燃眉之急，幸虧最後安然無險。

我實在由衷讚嘆這叢生命力旺盛的竹子，不要說熊熊大火，工場的試驗作業都不得不中止，這叢竹子髮膚無傷，就是無數次強烈颱風豪雨的侵襲，它們也沒仆倒，依然挺立在水池畔，竹節從未斷過一根。

光復後，陳儀政府一來，大聲疾呼要立刻抹去台灣人被日本奴化的影響，光復一周年，報紙去除日文版，規定人人必說國語，沒有風也沒有雨，我發現水池畔的台灣竹，缺乏養分往上輸送，生氣萎縮，變得襤褸不堪，奄奄一息。

有如晴天霹靂，光復後不到兩年，一場台灣人的浩劫悲劇，從距離南門工場不遠的公賣局引起！

二〇一〇年四月二稿

六月定稿於紐約

代後記

與和靈魂進行決鬥的創作者對談

——陳芳明與施叔青

陳芳明（以下簡稱「陳」）：從《行過洛津》、《風前塵埃》到這冊《三世人》，可以看見你的對台灣歷史的解釋。先不進入你的小說，我比較好奇的是，涉獵這麼多的掌故野史之後，你對台灣歷史從清朝到日治，以至戰後的演變，最能夠衝擊你的力量是什麼？經過那樣豐富而辛苦的閱讀，你最大的收穫又是什麼？

施叔青（以下簡稱「施」）：回答之前我想先向你這老友表示深深的謝意，當初是受了你的激勵，要我這個台灣的女兒用小說爲台灣史立傳。十年下來，頭髮寫白了，日子卻沒有白過，對自己、對你有了交代，心裡覺得踏實。

「創作過程本身就是總在與自己的靈魂進行一場決鬥，在即將被擊敗之前，發出恐懼的尖叫。」這是班雅明對波特萊爾寫詩時的形容，我把它用到自己身上，寫作過程中不斷地發出尖叫，最慘烈淒厲的叫聲還不是對自己創作力的質疑，而是「二二八」事件對我的衝擊。閱讀這段歷史資料時，往往看了幾頁就掩卷不忍往下看，太慘了！我向白先勇前輩討教，他建議我不要把事件發生時的台灣孤立來看，而是應該放開視野，放到當時整個中國的狀況宏觀地來看這事件，就不會那麼難過了。

可惜我無法那麼超然。明知小說是藝術，太一面倒的敘述，太感情用事無法把小說寫好。夏志清先生在評魯迅的小說，有一句話極為中肯：

「個人的喜怒哀樂已經淨化，所以好。」

我再是淡化情緒，還是把「二二八」和納粹的屠殺寫在一起，「傷逝」一章，我用一個被囚禁在集中營的猶太人向衛兵要水喝被拒絕作為開頭。

「為什麼？」

「在這裡，不需要理由。」

「二二八」殺台灣人不需要理由。

最大的收穫是把台灣史（正史、野史）大致讀了一遍。

陳：如果從現代化歷程的觀點來看，你這部小說其實是在描述台灣社會在一九二〇年代至四〇年代的生活變化。其中的女性角色王掌珠，似乎是撐起整個故事的一個註腳。從養女到自我解放，從書店店員到模仿日本女性，從一位電影愛好者變成中國白話的愛好者，處處都可看到台灣歷史的轉折。在小說中掌珠以五個片段出現，似乎與前面兩部曲的手法不太一樣，不再以女性角色作為故事主軸。為什麼會有這樣的變化？

施：我一直有個願望，想好好描寫一個充滿了生命力、淺識可愛，最具台灣味道的女性，她出身農家，充滿泥土味，可又不能讓她局限於鄉土，必須走出去，見識都會文化，打開視野，才可能提升。

我剛到香港參加文學節，演講文學作品中的城市質感，近代中國文學作品中，鄉村往往被形容成爲簡樸、單純，卻同時也狹隘、愚昧，都市雖充滿野心欲望，卻也是進步、文明現代化的象徵。

掌珠參加文化協會的婦女運動，開始覺醒，到台北文化書局當店員，蔣渭水的衛生手冊，使她不再視女人的身體爲不潔，自食其力經濟獨立的她，迷上電影後，她想當女辯士站在女性的立場來說明劇情，找回詮釋自我的權利。

掌珠先後穿過大裪衫、和服、洋裝、旗袍，「二二八」之後又變回穿大裪衫，這二十多年的台灣她走了全過程。每個時期她都告訴自己：

「我就是我所穿的衣服的那個人」，到底她是誰？一個大問號。

掌珠要用自己的身世寫一部小說，小說中的小說，在歷史與虛構之間，什麼才是眞實？

陳：你的歷史小說，往往可以發現眞實的歷史人物，例如從事文化運動的蔣渭水，參與農民運動的李應章、簡吉都成背景人物。這次故事的主線則是以虛構的施寄生、施漢仁、施朝宗的家族三代爲中心，分別代表日治時代三個時代的典型。你以男性爲中心來說故事，是不是企圖轉換你的語言技巧？

施：我倒沒蓄意，也許不自覺吧！

這段歷史太過複雜，我決定用主題式的方式來處理，不想架構單一情節故事，由一個家族來串連，而是創造了幾組有代表性的人物，利用服飾、博覽會展覽、事件、觀念，單獨以章節處理，人物不一定有相互之間的關連，像拼圖一樣，拉開這二十年台灣社會的展軸，探索台灣人的生存情境，歷史狀況不是一種背景，而是一種人類情境，昆德拉說的。

幾組人物最先想到施寄生，這個前清秀才，堅稱要做他自己，用文言文寫漢詩，不學日語，不用白話文。蘆溝橋事變後，被壓抑久矣的漢文被日本當作促進日華親善的語言工具，替日本宣揚軍國主義政策，被東洋殖民主義滲透嫁接，扮演興亞文學的腳色。

施寄生的舊詩重又找到發表的園地，他以為漢文起死回生而沾沾自喜，突然從百無一用的棄材變成棟樑，卻不知道其實只是被利用而已。

陳：小說分為三卷，每一卷都以樟腦的擬人化獨白作為楔子。曾經被嫌惡的臭樟，由於具有腦腺，而被發現可以製成樟腦、樟油，突然翻身成為香樟，受到日本統治者重視而成為獨占的專賣事業。以樟樹作為整冊小說的隱喻，是不是在強調台灣歷史充滿太多隱晦的意義？

施：樟樹擬人化，台灣命運的隱喻。

砍下來的樟木片，焚熬得到含有雜質的樟腦，必須經過連續蒸餾，將不純的夾雜物分離，雜質驅逐殆盡後，昇華成為純度高的精製樟腦，將色如白雪的粉壓榨成結晶塊。小說中的醫生，他的日本化過程等於樟腦製作的過程。

台灣的樟樹小兵立大功，賽璐珞成為製造攝影的底片，卓別林風靡全球的喜劇是以無數在台灣山林遭原住民出草的漢人腦丁的生命換來的。

陳：小說中相當精采的部分，是描寫一九三五年的台灣博覽會。在建構這段場景之前，你是否讀過日治台灣作家朱點人的小說〈秋信〉。他的小說也是寫一位漢詩儒者，對日本帶來現代化的政策表達不滿，與你小說中的施寄生可以對照。你的構思是否與朱點人有關，還是不謀而合？

施：斗文先生和我小說中的施寄生應該屬於同類人。如果施寄生參觀博覽會，他和斗文先生一定心有戚戚焉。

公元一九三五年的博覽會，日本展現對台灣日本化、現代化的經營成果，殖民者向島上的人民驕示帝國雄厚的實力，也讓全世界看看殖民台灣的成績。博覽會在這部小說中占極重要的分量，我把重點放在新公園（現今二二八公園）的第二展覽館，日本當局用日語教育、神道思想、現代化的科學、醫療知識，來對台灣人進行同化，掃除所謂落後、閉塞的島民信仰習俗，強制改變台灣人的思維及生活方式，與過去歷史切斷，把台灣人塑造成為沒有過去，沒有歷史，只知有大和民族的一群。

日本殖民的終極目標，我以為是想改變台灣人的心靈視野，最後用他們的眼光來看世界，極端的例子就是皇民化運動。

我安排兩個台灣知識菁英去參觀博覽會，一個是被日本人塑造成功的日本化的醫生，一個是反抗，加入文化協會、農民組合社會運動，最後抗爭失敗，不得不屈服，變得頹廢虛無的律師。

醫生一心一意想成為日本人，無話可說。肯定現代化、世界化的律師卻不願意同化於日本民族，他的妻子還是日本人，可是，像他這種不肯屈從殖民者，只認同現代化的知識分子，被日本語言、文化薰習，不斷滲透，也會不自覺地受到影響，動搖了自主性，我想我要表達的是自我與異己之間的混雜所造成的曖昧性。

陳：漢詩人與藝妓的故事，在日治時期的報紙俯拾可見。不過，施寄生與月眉相遇的那段故事，在小說中寫得很傳神，你對月眉有某種程度的同情，但是用力不深。月眉的角色不像過去你的小說受到深刻描述，你的用意何在？

施：我好像特別喜歡描寫身分地位卑微、社會邊緣的女性，「香港三部曲」的黃得雲、《行過洛津》裡的阿婠、珍珠點，演旦角的許情也是吧！我由這幾位娼妓、藝旦、伶人來暗喻被殖民的香港、台灣的處境，一路寫來，到了月眉，覺得夠了。這本書中，這個被大國民從洛津接到台北來唱南管曲給日本人聽的藝旦，隨著時代變遷，聽曲藝的聽眾品味的變化，我描寫她跟隨時尚，放下琵琶，不再唱優雅的南管曲，改學音調高亢的北管，甚至拋頭露臉去演戲。北管、京戲取代了南管，受當時士紳的喜愛，我只是很好奇，聽不懂北京官話的台灣觀眾，是如何欣賞京劇的？還稱它為「正音」。

為了呼應總督的放足政策，也以為脫掉三寸金蓮可以贏得大國民的歡心，她沒想到會表錯了情，原來大國民表面上支持放足運動，骨子裡還是個有小腳癖的傳統自私的男人。不過，月眉後來不願意委身大國民拉線的日本人，不肯賣身給異族殖民者被稱作「蕃仔酒矸」，顯示台灣女人的氣節，我覺得她很可愛。

陳：《三世人》是台灣進入現代化運動以後三個世代的故事。始於文化協會的啓蒙運動，止於二二八事件的爆發。在整個歷史過程中，台灣人的批判力道似乎顯得衰弱，這是不是暗示你對台灣命運抱持某種悲觀。

施：台灣人是很悲哀的。在不同的政權統治下，命運掌握不在自己手中，一直都是身不由己，無法自主，眞的是一種宿命。

平情而論，草莽強悍、族群意識強、具移民性格的台灣人，歷史上出現過好漢，反清的朱一貴、林爽文，抗日的簡大獅、陳秋菊等，都很轟轟烈烈過。二〇年代文化協會、農民組合更是人才輩出，只有到了「二二八」後，才完全噤聲。

台灣人的反抗總是被動，官逼才民反，每一次運動都很短暫，像東部的河流，颱風一來，山洪爆發，溪水暴漲，一下雨過天青，溪底石頭清楚可見，台灣民主國，亞洲第一個共和國，曇花一現，「二二八」事變，九天就結束了，被形容短得像撥一下開關，就把電燈熄滅一樣迅速。

陳儀接收台灣，口口聲聲批評台灣人被日本奴化，這兩個字很不中聽，往深處想，在異族統治下苟活，無形之中形成被殖民者的性格，爲了求生存，活得很卑微。

日本領台後，先以同文同種收買人心，接下來強制日語教育，漢文從選修到了滿洲事變後廢止，中日戰爭爆發，積極推行皇民化運動，企圖把台灣人變成日本人，殖民高壓下當二等國民的台灣人，接觸到日本統治帶來的現代化、科學知識，走出封建狹隘的儒家思想，把認同有郵電、鐵路、衛生設施的現代化與屈從殖民政策混爲一談，從早期的抵抗到晚期的屈服被改造，使台灣人的日本化扭曲曖昧。

陳：小說中的「大國民」，影射的是鹿港辜氏，幾乎有關他的傳說都出現在你的故事裡。「大國民」作為一位反面教材，則又彰顯你的批判立場，歷史過程中正與邪的消長，是不是你重要史觀？

施：正邪消長，邪不勝正，是嗎？可悲的是，不只歷史裡，現實世界中往往更是邪惡當道。

有人會說大國民引日軍入城，減少傷亡，應記一功，然而，日人領台後，他的種種負面作為，卻是不爭的事實，像是出賣抗日的義勇同胞，打壓文化協會的民主人士，創「公益會」，糾結一批台奸箝制林獻堂、蔣渭水，晚年又當日本人的特使，到中國大陸遊說軍頭反抗中央，欲使中國四分五裂，大國民的為虎作倀替他換得榮華富貴，被封官賜爵。

一個一無所有的羅漢腳，可以變成好幾屆總督、民政長官跟前的紅人，代表台灣人參加大正天皇的葬禮、昭和天皇的即位大典，最後還被日本封為貴族，這個傳奇人物，好像不是只有改朝換代，碰對了時機，加上擅於逢迎巴結日本人這麼簡單吧？

如何在小說中塑造這個台灣人心目中的反面人物？我決定不讓他正式出場，而把他安排成被反日的無政府主義者暗殺的對象，側寫他如何企圖使自己變成上流社會的日本人，娶日本妻子教他日式的生活起居，從東京禮聘禮儀大師來教他穿和服、社交禮節應對進退之道，好讓他得以周旋官場，不致鬧出太大的笑話。大國民不說日語，他自知一開口羅漢腳的粗鄙無文立即使他原形畢露，外表裝扮模仿比起「學舌」說話容易太多了，他聽了策士的進言：「不說日本話，顯得莫測高深」，這一點，大國民比起當年英國殖民地的印度、香港的本地菁英，一口牛津腔英語的「學舌」，還要高招。不過，在總督面前凡事「尤羅須」（日語「好」的意思），不知害死多少台灣人。側寫大國民，比較得意的是在羅漢腳的行徑與日本武士道之間找到了共通之處。

陳：阮成義是最具有力量的小說人物，卻是隱身在歷史迷霧中，你對他在故事中的作用，是不是爲了對照黃贊雲的軟弱，以及律師蕭居正的動搖？

施：剛才談到三〇年代三種知識分子的典型，我自己覺得阮成義這個人物比較有創意。這個出身富裕茶商家庭的阿舍，是台灣最早擁有照相機這種現代攝影機器的人，我讓他在醫學校學眼科，預示他將會用一種與眾不同的眼光來看台灣這個殖民社會。

阮成義把自己比喻爲單飛的漂鳥，都會中遊閒的高等遊民，他找不到生活的位置。日本人一方面教他理性，引進西方的科學知識，新的思想使他對民主、自我發揮充滿了憧憬與幻想；另一方面，殖民者壓制他，不讓他自由，兩種衝突之下，他苦悶不已。

後來他受克魯泡特金互助論的影響，成爲無政府主義者，他不像一般的知識分子，雖有理想，滿懷不平，卻又軟弱躊躇，缺乏行動的勇氣，特別是在日本當局大肆逮捕民主人士左翼分子，大多數人都畏懼於強權，退縮妥協，甚至靠攏，阮成義卻在這種風聲鶴唳的時機決定行動暗殺大國民。

我想像出這個在歷史中並沒有眞正出現的英雄，潛意識裡是希望台灣人中會有這樣有血性、勇敢好樣的知識分子吧！

陳：台灣人的歷史身分與國族認同，是你撰寫台灣三部曲的重要意旨。《三世人》帶有強烈的悲愴氣氛，不同於《行過洛津》的批判，也不同於《風前塵埃》的抵抗。三部小說並置合觀，你自認爲哪一部最能揭示你的心情？

施：我不喜歡重複。《行過洛津》史料龐雜，面面俱到，幾乎是本方誌小說，我以撒豆成兵的技巧來鋪陳清領時的台灣（洛津），到了《風前塵埃》則是換了一種敘述方式，單一線性的情節，透過時空轉換，以少勝多，用安靜從容的語言來表現一家三代的日本女子，對我是一種挑戰。和服作爲象徵，優雅的布料織上坦克、武器的圖案，反應菊花與劍兼具的日本民族性。

我在學傳統山水畫，一個也許不十分恰當，會讓人笑話的比喻：《行過洛津》好像我臨摹的宋畫，崇山峻嶺，布局繁複，苔點遍布，寫實的巨幅山水畫，《風前塵埃》則像元、明的文人畫，疏朗的筆墨抒寫心中逸氣，《三世人》剛寫完，像隻剛出爐的饅頭，需要沉澱。

陳：你說《三世人》完成後，就要宣告封筆。你果眞如此肯定？你寫的小說，確實已經有了穩固的地位。但是，我覺得你是一座火山，還會爆發能量，你確實從此封筆嗎？

施：從十七歲的《壁虎》，寫到現在，幾乎半個世紀了，近二十年香港、台灣兩部歷史小說寫掉我半條命，把史料、歷史事件反芻成爲小說藝術，事倍功半，完成《三世人》，我想好好休息，預備把餘生用在修行上。

曾經有一個修行功夫很深的朋友跟我說：作家用文學寫作，受五蘊（色、受、想、行、識）所限制，再怎麼寫也跳不出這個框框，早已被寫完了，這一代人再也變不出什麼新花樣了。我一向把寫作看得和命一樣重要，聽他這樣貶低文學，氣得差點動手打他。兩年多來跟一位教原始佛教的師父學因緣法，漸漸體悟文學、藝術其實只停留在感官、情緒的轉折，現在我對生命有另一種看法，試著超越對世間一切的欲望渴愛，不想繼續流轉文字障中了。

原本構想這部書是寫到台灣錢淹腳目之後。我看了陳界仁拍的片子，加工廠荒廢後，報廢的縫紉機、電腦堆得滿坑滿谷，人去樓空，只有椅子的辦公室，那種後工業的荒涼冷漠，令人怵目驚心，怎麼經濟起飛才沒多久，台灣就淪落到這個地步！

因緣遷流，世事無法預料，說不定大休息之後，會再提筆寫第四部，誰知道呢?!

對談者簡介：陳芳明，國立政治大學中文系教授、台灣文學研究所所長。

新人間叢書 208

三世人

作　者—施叔青
主　編—嘉世強
編　輯—黃嬿羽
美術設計—張士勇工作室
責任企劃—黃千芳
校　對—許常風、蕭淑芳
董事長
發行人—孫思照
董事長
總經理—趙政岷
總編輯—余宜芳
出版者—時報文化出版企業股份有限公司
10803台北市和平西路三段二四〇號三樓
發行專線—（〇二）二三〇六—六八四二
讀者服務專線—〇八〇〇—二三一—七〇五
（〇二）二三〇四—七一〇三
讀者服務傳真—（〇二）二三〇四—六八五八
郵撥—一九三四四七二四時報文化出版公司
信箱—台北郵政七九～九九信箱
時報悅讀網—http://www.readingtimes.com.tw
電子郵件信箱—liter@readingtimes.com.tw
法律顧問—理律法律事務所　陳長文律師、李念祖律師
印　刷—盈昌印刷有限公司
初版一刷—二〇一〇年十月一日
初版三刷—二〇一七年一月二十五日
定　價—新台幣三二〇元
（缺頁或破損的書，請寄回更換）

時報文化出版公司成立於一九七五年，
並於一九九九年股票上櫃公開發行，於二〇〇八年脫離中時集團
非屬旺中，以「尊重智慧與創意的文化事業」為信念。

國家圖書館出版品預行編目資料

三世人 / 施叔青著. -- 初版. -- 臺北市：時報文化, 2010.10
面；　公分. --（新人間叢書；208）

ISBN 978-957-13-5273-2（平裝）

863.57　　99016436

ISBN 978-957-13-5273-2
Printed in Taiwan

1Q84
村上春樹
1Q84
村上春樹
告白
Einstein
愛因斯坦
目送
龍應台
我教你變成有錢人
I will Teach You to Be Rich
不抱怨的世界
推力
Nudge
創業是人人必備的第二專長
Escape from Cubicle Nation
NAOMI KLEIN
震撼主義
THE SHOCK DOCTRINE
浪漫